KB150694

열하일기,
그 길 위에 서다

■ 선양한국국제학교 책쓰기 활동

2017년에는 선양한국국제학교 책쓰기 활동은 인문 고전 「열하일기」를 테마로 진행되었으며, 열하일기 답사, 고전 평론가 고미숙과 함께하는 「열하일기 인문학 캠프」를 실시하는 등 인문고전을 내면화할 수 있는 다양한 활동을 통해 총 5권의 책(동화, 에세이, 평론집)으로 엮어 책 축제에 선보였다. 열하일기의 무대이자 시대를 앞선 실학자 박지원이 고무되었던 선양이란 곳에서 이루어진 인문 책쓰기 활동이기에 더욱 의미가 깊다. 이 활동을 통해서 권지유, 이지은, 김윤정의 작품을 책으로 기획하게 되었다.

열하일기, 그 길 위에 서다

초판 1쇄 인쇄_2018년 6월 5일 | **초판 1쇄 발행**_2018년 6월 10일
지은이_권지유, 이지은, 김윤정 | **엮은이**_김은숙
펴낸이_진성옥 외 1인 | **펴낸곳**_꿈과희망
디자인 · 편집_김창숙, 박희진 | **마케팅**_김진용
주소_서울시 용산구 백범로 90길 74, 대우이안 오피스텔 103동 1005호
전화_02)2681-2832 | **팩스**_02)943-0935 | **출판등록**_제 2016-000036호
e-mail_jinsungok@empal.com
ISBN_979-11-6186-032-9 43810
※ 책 값은 뒤표지에 있습니다.
※ 새론북스는 도서출판 꿈과희망의 계열사입니다.
©printed in Korea. | ※ 잘못된 책은 바꾸어 드립니다.

교육부 책쓰기 프로젝트 선정 도서

중국에 사는 18세 소녀 3명의 열하일기

열하일기,
그 길 위에 서다

권지유 · 이지은 · 김윤정 지음 / 김은숙 엮음

꿈과희망

1. 책쓰기! 중국 선양에 씨 뿌리다

열정적이고 뜬금없고 끊임없는 도전을 하는 내게 주변인들이 붙여준 별명은 날국쌤(날라리 국어쌤), 야국쌤(야생 국어쌤)이다. 난 이 별명들이 참 좋다. 교사로서 학생들을 위한 열정이 일상 속에서 무뎌져 갈 때 나를 채찍질하는 역할을 하기 때문이다.

2015년 나의 열정은 중국의 선양이란 낯선 곳에서 전환점을 맞았다. 2015년부터 근무한 선양한국국제학교는 한국 교육과정에 따라 재중 한국 아이들을 가르치기 때문에 처음에는 한국의 교육과 별반 다르지 않을 것으로 생각했다. 하지만 외국에서 한국 학교의 위상과 역할은 한국과 많이 달랐다. 지식 전달의 장이며 사회화 기능을 담당하는 곳, 이런 학교로서의 기능을 넘어 그 이상의 책임감이 강하게 느껴졌다. 재외 한국인으로서 내가 사는 이곳에 대한 문화적 이해와 더불어 한국인으로서의 정체성을 잃지 않고 자신의 꿈을 향한 탐색을 위한 장으로써의 기능을 학교가 모두 책임져야 했기 때문이다. 한국에 비해 너무나도 열악한 교육적 환경이었기에…….

선양한국국제학교에서 나의 첫 내디딤은 '나는 누구? 여긴 어디?'에서 시작되었다. 부모님을 따라 어쩔 수 없이 타지에서 생활해야 하는 수동적 존재가 아닌, 넓은 땅, 다양한 민족, 다채로운 문화가 존재하는 이곳에서 '나'에 대한 탐색이 우선적으로 필요했다. 이러한 자기 탐색의 일환으로 나는 그동안 각 시도를 다니며 추진했던 '진로 탐색을 위한 책쓰기' 프로젝트를 선양에 있는 학생들과 시작했다. 하지만 쉽지 않았다.

2. 책쓰기! 중국 선양에 싹 틔우다

A4 한 장에 자신의 생각이 담긴 완결된 한 편의 글조차도 버거워하는 아이들에게 1인 1책쓰기(A4 50장 분량) 활동을 지도한다는 것은 정말 그 동안 내가 했던 그 어느 활동보다 무모한 도전이었다. 하지만 아이들은 해냈다. '재외 한국학생들이 가능할까?'라는 생각을 순간순간 했던 내가 미안함이 들 정도로 아이들은 저마다의 언어로 자신들의 책을 엮어냈다.

그 결과 2015년, 2016년 2년 연속 외국 한국학교에서는 유일하게 교육부 주관 '학생 저자 책 축제'에 책을 출품할 기회를 얻게 되었다. 이런 2년간의 진로 탐색의 책쓰기 활동을 통한 가장 큰 성과는 아이들이 자신의 꿈을 향한 큰 그림을 그릴 수 있었다는 것이다. 꿈도 목표도 없이 낯선 땅이 싫어 막연히 한국에 대한 그리움만 가득한 아이들이 변하기 시작했던 것이다. 한국의 또래보다 좀 더 넓은 시야를 가질 수 있고 다양한 경험을 할 수 있는 해외 생활에 감사하며 이러한 생활을 발돋움 삼아 꿈을 키우기 시작한 것이다. 그리고 2018년 그 아이들은 동화 작가, 모델, 변호사, 만화가, 통역가 등 자신만의 색깔로 꿈을 향한 도전을 하고 있다.

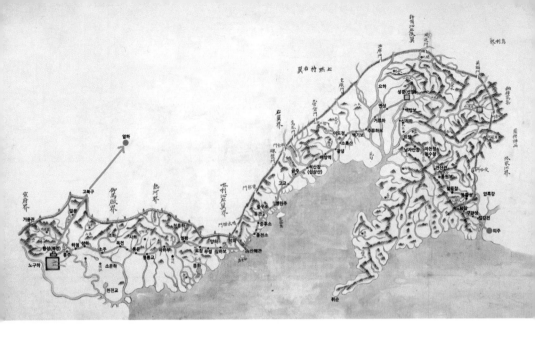

3. 책쓰기! 인문 고전 《열하일기》로 꽃 피우다

2017년! 3년째 책쓰기에 접어들면서 이제는 시선을 밖으로 향했다. '나'를 넘어 우리가 현재 있는 '이곳!' 박지원의 《열하일기》의 무대인 이곳 선양에서 《열하일기》를 완독하고 그 의미를 되새기고자 했다.

"요즘 인문학이 뜬다고 하지? 우리도 폼 나게 인문 고전 한 번 읽고 책 써 보자!"

라고 좀 있어 보이게 아이들을 꼬셨지만(?) 고전을 처음부터 끝까지 완독한다는 것은 무한한 인내심을 요구했다. 하지만 《열하일기》에 관한 여러 영상을 찾아보고, 평전을 찾아 읽고, 조선 후기와 청나라에 대해 조사하고 박지원에 대해 공부하면서 서로의 생각을 공유하며 조금씩 행간의 의미까지 읽어낼 수 있었다.

그리고 박지원이 청나라의 발전한 모습을 보고 우물 안 개구리와도 같은 조선의 현재를 느끼며 발전한 조선을 꿈꾸었듯, 세간의 다양한 이야기들을 모아 〈허생전〉, 〈호질〉 등 멋진 작품을 만들어 냈듯, 아이들 또한 자신만의 《열하일기》를 써내려가려는 욕심을 내기 시작했다. 그 열정은 세상에서 유일무이한 고전 평론가 고미숙 선생님을 이곳 선양까지 발걸음하게 했고, 고미숙 선생님, 문성환 선생님, 신근영 선생님과 함께한 〈열하일기 인문학 캠프〉를 통해 '나만의 열하일기'를 쓸 수 있는 원동력을 얻을 수 있었다.

고미숙 선생님, 문성환 선생님, 신근영 선생님!
선생님들이 계셔서 우리 아이들이 책을 낼 수 있었습니다.
또 감사합니다.

그리고 책을 엮어내는 모든 과정에 무한한 신뢰와 격려를 해주신 선양 한국국제학교 송인발 교장 선생님 너무 감사합니다.

교장 선생님의 아이들에 대한 믿음이 책을 완성하게 했습니다.
고맙습니다.

이 책의 저자이며, 나의 제자! '윤정, 지은, 지유'!!

열정 덩어리 교사 만나서 그 열정 식지 않게 하려고,
나와 함께한 모든 시간 내내 함께 열내줘서 고맙고 사랑한다.

마지막으로 이 책이 출판될 수 있도록 지원해 주신 교육부와 대구시교육청 담당 연구사님과 장학사님께도 감사드립니다.

2018년 산동성 웨이하이 앞바다 카페에서

김은숙

함께 걷는 길

열我일기

권지유

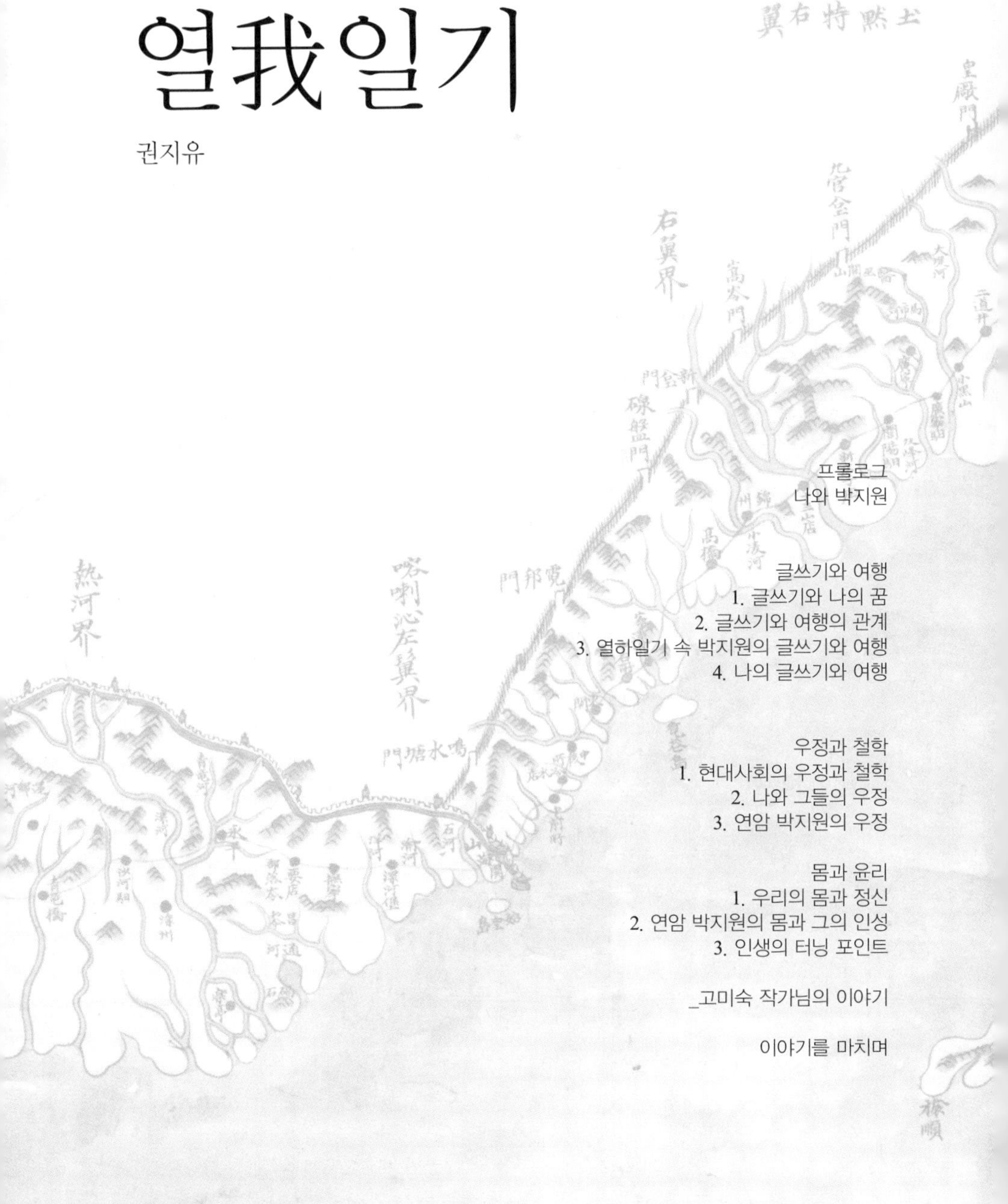

翼右特默士

皇廠門

右翼界

高太門

門台新

碳鹽門

熱河界

哮喇沁左翼界

門邪覽

門塘水鳴

■작가 소개

권지유는 유치원 때까지 서울에서 살다. 초등학교 1학년이 되어 부모님을 따라 중국 선양에 오게 되었다. 현지 학교를 다니며 한국 문화를 접하기 어려운 환경이었음에도 불구하고 한국 문학을 사랑하여 작가의 꿈을 꾸기 시작하였다. 현재까지 꿈을 이루기 위한 글쓰기 관련 활동을 많이 하였으며, 서른이 되기 전 신춘문예 등단을 목표로 하고 있다.

나와 박지원

연암과 나와의 만남

나는 중국에 살고 있는 18세 여고생이다. 고 2라는 나이에 중국에서 살고 있다는 점만 빼면 또래 아이들에 비해 공부를 잘 하는 것도 아니고, 다른 무언가에 특출난 재능이 있는 것도 아니고, 그렇다고 빼어나게 예쁜 것도 아닌, 그저 그런 평범한 학생이다.

사실 처음 중국에 오게 된 계기는 그렇게 큰 것이 아니었다. 어린 시절 아빠가 회사에서 중국으로 파견근무를 가게 되어 온 가족이 이사가는 바람에 부모님을 따라 온 게 전부이며, 내가 원해서 온 것이 아니었으니 당연히 중국에서 살게 된 것에 대한 어떠한 기대도 감흥도 없었다. 요즘 한국에서는 외국에 유학을 가고 싶어 하는 학생들이 한 둘이 아니라는데, 나는 장장 7년이라는 시간 동안 중국에 살면서 처음 중국에 왔을 때 느꼈던 약간의 이질감조차 잃어버린 것 같았다.

물론 아주 긴 시간동안 중국에 살면서, 한국에 살았다면 절대 경험하지 못했을 법한 특별한 사건들을 많이 겪은 건 사실이다. 하지만 생각해 보면 그 많은 경험들 중 평생 잊지 못할 감동을 받았다거나 깊은 인상을 가지게 된 사건은 하나도 없었던 것 같다. 말 그대로 나는 중국이라는 이질적인 나라에 대해 어떠한 특별함도 느끼지 못했고 그것에 대해 아무런 지

연암 박지원

각도 하지 못했다. 나에게 있어 중국이란 그저 매일 똑같이 반복되는 평범하디 평범한 일상이었으니까 말이다. 하지만 몇 달 전부터 중국이라는 나라에 대해 조금의 특별함을 느끼기 시작했는데, 바로 '연암 박지원' 선생을 만나고 나서부터였다.

내가 갓 기어다니기 시작할 때부터 어머니는 내 손에 장난감 대신 그림책을 쥐어 주시며 어떻게든 책 읽는 습관을 들이려고 노력하셨다. 그 덕에 어려서부터 많은 책들을 접해왔고, 고등학생이 된 지금도 독서는 정말 좋아하는 편이다. 그러나 초등학교 5학년 때 중국에 온 뒤로는 환경상 한국어로 된 책을 접하기가 어려워지게 되었다. 물론 내가 다니고 있는 한국국제학교에 교내 도서관이 있긴 했지만 내가 읽고 싶어 하는 모든 책들이 학교 도서관에 들어와 있는 것이 아니었으니 내 독서에 대한 갈증을 해소할 방법을 찾는 것은 정말 힘들었다.

아쉬운 대로 아버지께서 한국에 출장을 나가실 때마다 내가 원하는 책을 잔뜩 사와 달라고 부탁하는 것으로 갈증을 해소했고, 출장을 마치고 돌아오신 아버지의 캐리어는 항상 내 책으로 가득 차 있게 되었다.

하지만 이런 나조차 몇 달 전까지만 해도 읽어보리라고 생각조차 해본 적이 없었던 책이 있다. 초등학교 2학년 즈음, 아주 인상 깊게 읽었던 삼국지가 고전소설이라는 것을 알게 된 뒤, 고전이라는 문학 갈래에 대해 잠깐의 관심을 가진 적이 있었다. 그리고 도서관에서 발견한 《열하일기》라는 제목의 책을 빌렸다. 소설은 아니었지만 같은 고전이니 삼국지처럼 아주 재미있는 책일 것이라는 생각에서였다.

처음은 호기롭게 시작했지만 열하일기는 당시의 나에게는 너무나도 어려웠다. 한국어가 맞기는 한데, 도대체 이해를 할 수가 없는 단어들에, 한글과 거의 50:50의 비율로 있는 한자들, 그리고 너무 과하다고 생각되는 풍경에 대한 세세한 묘사. 이 모든 요소가 당시의 나를 경악하게 만들었다. 결국 한 문장도 이해하지 못한 채 내려놓았던 기억이 있는 열하일기는 그 뒤로도 손도 한번 대 보지 않았음은 물론 읽어보려고 시도조차 하지 않았다.

열하일기를 읽을 기회가 없었던 것도 아니었다. 고등학교 1학년 때, 학교에서는 열하일기의 배경이 되는 '열하(중국이름 려허. 연암 박지원의 최종 목적지 피서산장이 이곳에 있다.−편집자주)'로 테마학습을 다녀왔다. 테마학습을 가기 전, 나는 사전 정보가 있는 상태에서 테마학습을 간다면 눈으로 보는 것들에 대한 의미가 더욱 클 것이라고 생각하여 테마학습을 가기 전까지 열하일기를 정독하겠다는 다짐을 했다.

그렇지만 결국 나는 테마학습을 가기 전에도 다녀온 뒤에도 열하일기를 읽지 못했다. 그 이유는 나도 잘 모른다. 열하일기는 어려운 책일 것이라는 선입견 때문인 것 같기도 하였으며, 지금까지 읽어온 책들은 전

열하일기

부 내가 읽고 싶은 재미있는 소설책 위주였기 때문이었는지도 몰랐다. 어찌되었든 그때는 읽어야 할 책보다 읽고 싶은 책이 먼저였다.

하지만 2017년도가 되고 2학년이 되어 학교의 '책 쓰기 동아리'에 가입하고, 책의 주제를 열하일기로 정하게 되면서 열하일기를 제대로 읽어볼 기회가 생겼다. 열하일기라는 고전을 읽는 것은 연암 박지원의 발자취를 따라가는 것인 만큼 아주 힘들고도 먼 여정이겠지만, 언젠가는 꼭 읽어봐야 할 책이니 재미있는 소설책이라고 생각하고 읽어보기로 했다.

괜찮은 사람

먼저 《열하일기》를 읽기 전에 박지원이라는 사람에 대해 조사해 보기로 한 나는 책에 적혀 있는 설명 외에도 인터넷 검색 등을 통해 박지원에 대해 탐구하였다. 우리가 보통 책을 읽을 때 작가의 머리말을 읽으면서 작가는 어떤 의도로 이 책을 쓴 것이며, 이 책이 쓰여진 배경은 무엇이고, 작가가 어떤 생각을 가진 사람인지 등을 파악한 뒤 그 책을 읽기 시작하는 것처럼, 《열하일기》라는 기행문을 더욱 잘 이해하려면 먼저 그 기행문의 저자인 박지원에 대해 이해를 해야 하지 않을까, 하는 생각에서 시작된 조사였다. 우리가 옷을 한 벌 살 때, 그냥 매장에 가서 아무 옷이나 집어오는 것보다는 한 벌을 사더라도 많은 시간을 투자해 비슷한 디자인의 옷들을 찾아보고, 여기저기서 가격을 비교해 보는 등의 사전조사를 한 뒤 사는 것이 성공적인 쇼핑에 가까운 것처럼 말이다.

인터넷에는 정말 많은 정보들이 있었다. 박지원의 일생에 대한 특별한 일화부터, 웃지 않을 수 없는 이야기들, 그리고 눈물 없이는 볼 수 없는 이야기까지. 자료를 찾는 동안, 단 한순간도 지루함을 느낄 수 없었다. 그렇게 많은 자료들을 찾아본 결과, 박지원이라는 사람은 아주 '괜찮은' 사람이라는 것을 알 수 있었다. 말 그대로 정말 '괜찮은' 사람 말이다.

박지원은 조선후기 당시 힘 있는 권력가 집안에서 태어났다. 모두가 알고 있듯이 그 시대에는 양반이라는 사실만으로도 출세할 수 있는 길이 활짝 열려 있었다. 심지어 박지원의 학문이 깊고 문장 실력이 아주 뛰어나다는 소문이 궁까지 퍼졌는지, 나라에서는 어서 박지원을 데려가고 싶어 안달이 났고, 심지어는 과거시험을 보기만 하면 합격시켜 주겠다는 이야기까지 오갔다고 한다. 말 그대로, 과거시험을 보기만 한다면 그의 미래는 탄탄대로였다. 하지만 박지원은 그 모든 것을 거절한다. 떠밀려서 억지로 참가하게 된 과거시험에서도 답지에 그림을 그리거나 낙서를 해서 제출하는 등 관직에 나가기를 한사코 거부했다. 그 이유는 간단했다. 바로 자신이 하고 싶은 공부를 마음껏 하고 더욱 많은 것을 배우기 위해서였다. 관직에 나가면 따라오는 명예와 부는 물론 더 나아가 평탄하게 살 수 있는 미래를 자신이 하고 싶은 것과 맞바꾼 것이다. 당시의 양반들에게서는 정말 보기 드문 케이스라고 할 수 있다.

이러한 모습 외에도 박지원은 새벽에 몰래 월담을 해서까지 저잣거리로 나가는 등의 행동을 하고, 조심 좀 하랬더니 순간의 실수로 죽을 뻔도 하고, 글씨를 써 달랬더니 이상하게 생긴 용이나 그려내는 등의 모습을 보인다. 나는 그런 그의 모습을 보며 박지원은 그 시대 최고의 말썽꾸러기가 아니었을까, 하는 아주 진지한 의문이 들기도 하였다.

나는 자료를 찾으면 찾을수록 박지원이라는 사람에 대해 더욱 알고 싶어지는 것을 느꼈다. 박지원에게는 사람을 끌어당기는 매력이 있었다더니, 그 매력은 시대를 넘나드는 것인가 보다. 물론 어릴 적에 처음 접한 열하일기에 대해서는 좋지 않은 기억이 있긴 하지만 지금의 나는 어릴 때와 다르니 열하일기가 재미있을 수도 있겠다는 생각이 들었다. 그렇게 생각하다 보니 아직 책은 펼치지도 않았는데 벌써부터 기대가 되기 시작했다.

모든 조사가 끝나고, 드디어 《열하일기》를 읽기 시작했다.

정말 재미있을 것 같다는 생각과는 달리, 처음에는 책을 붙잡고 있는 것조차 매우 힘들었다. 온갖 매력이 넘치는 박지원에 비해 그의 글은 마치 공자나 맹자가 이야기할 법한 철학적인 말들이 난무해 지루함을 조성

했으며. 반 이상을 차지하는 처음 보는 수많은 한자어들이 나에게 글자를 읽어 내는 것조차 힘겹게 만들었다. 그래도 국어 방면으로는 나름 자신이 있던 나였지만 처음 보는 한자어들 앞에서는 어쩔 도리가 없었다.

하지만 열하일기는 한번은 꼭 읽어보아야 하는 책이라는 생각을 하며 계속 읽어나갔다. 잘 읽혀지지 않아도 계속 붙잡고 읽다가 보니 어느 순간 재미있게 읽고 있는 나를 발견할 수 있었다.

고민과 결정, 그 과정

하지만 재미있는 것과는 별개로 이해가 되지 않는 것은 어쩔 수가 없었다. 나는 박지원의 열하일기를 읽으면서 이해가 되지 않는 부분이 정말 많다고 느꼈다. 한자어 같은 것들은 사전에 검색해서 알 수 있다고 치더라도, 곳곳에 등장하는 박지원의 사상과 관련된 철학적인 내용들은 내가 가지고 있는 상식으로는 도저히 이해할 수가 없는 것이었다. 무언가 심오한 뜻이 있는 건 분명한데, 도대체 무슨 뜻인지 해석할 수가 없었다. 인터넷 포털 사이트에 검색을 해보아도 이도 저도 아닌 어정쩡한 답변들이 대부분, 내 궁금증을 개운하게 해소해 줄 만한 이야기는 없었던 것 같다.

그런 나에게 선생님께서 열하일기 평론서를 건네주셨다. 처음 평론서를 받는 순간 마음속에 온갖 감정이 스쳐지나가는 것을 느꼈다. 내가 이런 생각을 한 것은 원본보다는 아니었지만 평론서도 그 두께가 만만치 않았기 때문이었다. 나는 방금 두꺼운 《열하일기》를 다 읽어 냈는데, 또 다시 두꺼운 열하일기 평론서를 읽어야 하다니!

하지만 페이지 수에 대한 두려움보다 열하일기에 대한 궁금한 점이 더욱 많았다. 또 다시 열하일기 평론서를 열심히 읽었다. 그나마 다행이었던 건 한번 읽었던 내용들에 대한 이야기라 평론서를 읽는 데 그렇게 큰 어려움은 없었다는 것이다. 평론서를 읽다보니 내가 열하일기를 읽으며 가졌던 궁금증이 해소되는 것을 느꼈으며, 내가 생각했던 것과 똑같은 해석이 나오면 짜릿한 쾌감을 느끼기도 했다.

고미숙 작가의 열하일기 평론서
《열하일기, 웃음과 역설의 유쾌한 시공간》

물론 평론서로도 이해가 되지 않는 이야기들이 있었다. 그런 것들은 내 생각대로 내 눈높이에 맞게 풀어내보기도 했고, 스스로 질문하여 해답을 찾기도 했으며, 아무리 생각해 보아도 혼자 해결되지 않는 건 부모님과 친구들과 함께 서로의 생각을 이야기해 보기도 했다.

그러한 과정에서 나는 열하일기를 읽으며 느낀 것들과 함께 나의 생각을 하나의 이야기로 써서, 한 편의 책으로 써내고 싶다는 생각을 하게 되었다. 몇 주 전의 나처럼 열하일기에 대해 어렵게 생각하고, 열하일기를 읽는 것에 거부감을 가지고 있다거나, 열하일기를 읽으면서 만난 이야기 안에 무언가 심오한 뜻이 있는 건 알겠는데 그 의미가 해석이 되지 않아 답답해하는 친구들이 읽었으면 하는 바람에서다.

먼저 열하일기라는 이 길에 발을 들인 사람으로서, 이 뒤의 길을 걸어올 친구들과 함께 고민하고 해답을 찾으며 진솔한 이야기를 나눠보고 싶은 마음이랄까?

하지만 열하일기라는 주제에 대해 내가 이해하고 해석한 것들이 정확한 것인지 등, 나에게 드는 수많은 의문들을 해소할 방법이 없었다. 자료 조사도 한계가 있었다. 인터넷에서 얻은 정보가 100% 사실이라는 보장도 없었지만 인터넷 외에는 내가 정보를 얻을 수 있는 수단이 없었다. 책이란 나의 생각을 타인에게 전달하는 매개체인데, 저자인 내가 주제에 대해 이해가 되지 않는다면 글을 쓸 수 없다는 생각이 들자 과연 내가 책을 잘 써낼 수 있을지 걱정까지 되기 시작했다.

그런 내가 열하일기라는 하나의 주제에 대해서 조금 더 이해할 수 있게 되고, 내가 가졌던 의문들에 대해 어느 정도 확신을 가질 수 있게 된 계기가 있었다. 바로 책 쓰기 동아리 활동을 시작한 지 몇 주가 지나, 아주 특별한 세 분의 작가님을 만나면서 부터였다.

우리 학교 동아리 담당 선생님이신 김은숙 선생님께서 힘써주신 덕에 우리는 열하일기 계에서는 가히 최고라고 할 수 있는 고미숙 작가님과 함께 그 동료 분이신 문성환 작가님, 신근영 작가님을 실제로 만나볼 기회가 생겼다. 세 분의 작가님께서 이틀 동안 우리 학교에 오셔서 함께 열하일기 인문학 캠프를 진행하기로 한 것이다.

나는 이 소식을 처음 들었을 때 정말 많은 기대를 했었다. 그도 그럴 것이 어릴 적 아빠가 읽으시던 책에서 '고미숙'이라는 이름을 많이 봐왔고, 고미숙이라는 이름을 인터넷 포털 사이트에서 검색을 하자 연관 검색어에 '고미숙 열하일기'라는 연관 검색어가 뜰 만큼 고미숙 작가님은 열하일기와 아주 밀접한 관계를 가지고 계신 분이라는 것을 알고 있었고, 게다가 고미숙 작가님은 고전 평론가로써 유명한 텔레비전 프로그램에 나와 강의를 하신 적도 있는, '텔레비전에 나온 사람'이기도 하셨다. 나는 이렇게 유명한 작가님을 실제로 만나 뵐 생각을 하니 정말 가슴이 뛰었다.

세 분 작가님과 함께하는 열하일기 인문학 캠프는 총 2일이라는 시간 동안 이루어졌다. 그중 첫째 날에는 세 분 작가님께서 우리에게 열하일기와 관련하여 각각 한 분씩, 세 번의 강의를 해주셨으며, 둘째 날에는 전날 들은 강의를 주제로 학생들이 조별로 발표하는 시간을 가졌다.

나는 세 분 작가님께서 강의하실 때 전달하고자 하는 모든 말을 이해하기 위해 또 한 번 열하일기를 열심히 읽었다. 그 주제에 대해 정확히 알고 있다면 강의를 이해하기 더욱 쉬울 것이라고 생각했기 때문이었다. 물론 열하일기 원본 뿐 아니라 고미숙 작가님께서 쓰신 평론서도 열심히 정독했다. 작가님의 생각을 잘 이해하기 위해서였다. 작가님들이 우리 학교에 오시는 것이 나에게는 열하일기를 한 번 더 읽으며 더욱 잘 이해

'고전 평론가 고미숙과 함께 하는 인문학 책쓰기'에서 고미숙 작가의 강연 모습

할 수 있었던 계기가 된 것이다.

나와 이 세 분 작가님의 만남은 내가 열하일기를 더욱 잘 알게 되었고, 내가 쓰고자 하는 책의 방향을 정하는 데 아주 중요한 촉매제가 되었다고 할 수 있다.

확신과 결심

강의가 끝난 뒤 이어진 활동에서는 연암 박지원과 관련하여 뭔가를 생각하고 도출해 내는 활동을 계속 하였다. 나는 이 활동을 함으로써 책 쓰기에 도움이 될 만한 것을 많이 얻었을 뿐만 아니라, 나 자신의 지식 창고도 훨씬 더 채워진 듯한 것을 느꼈다. 작가님들의 강의를 들으며 내가 느꼈던 연암과 열하일기를 작가님들과 함께 공유하는 것만 같은 기분이 드는 것과 동시에, 연암 박지원에 대해 더욱 잘 이해할 수 있었던 시간이었다.

그리고 나는 확실히 결정할 수 있었다. 내가 쓰고 싶어 하는 책에 대한 구체적인 주제와 함께 내가 써 나갈 책의 정확한 윤곽이 잡힌 것이다.

열하일기를 처음 접할 때, 많은 친구들이 고전은 어렵다는 이유로 읽는 것을 포기한다. 나도 처음에는 그랬다. 구성부터 내용까지 모든 것이 어렵게 느껴져 읽는 것을 포기한 적이 한두 번이 아니다. 하지만 지금은 열하일기가 얼마나 다채롭고 재미있는 책인지 아주 잘 알고 있다. 그리고 다른 친구들에게도 이런 즐거움을 선사해 주고 싶다는 생각을 하였다.

나는 연암 박지원의 열하일기를 내 이야기와 함께 쉽게 풀어 나가며, 계속해서 질문하고, 해답을 찾기 위한 책을 쓸 예정이다.

나와 비슷한 눈높이의 친구들이 이 책을 읽고, 열하일기에 대해 훨씬 쉽게 느끼며 친밀감을 가져준다면 정말 행복할 것 같다.

글쓰기와 여행

♠여행이란- 이질적 세계, 만남, 자신에 대한 질문, 유머.
♠박지원의 '열하일기'- 여행의 모든 요소가 포함된 것.
♠연암의 글쓰기- 유머로써 풀어낸 것!

　연암은 당시 조선인들이 배척했던 청나라를 직접 두 눈으로 볼 수 있는 기회가 왔을 때, 청나라를 있는 그대로, 어떠한 편견 없이 관찰했다. 그리고 청나라가 조선보다 훨씬 앞서 있다는 것을 깨닫고, 조선에 돌아가 청나라를 배우자는 북학론을 주장하며 조선을 더욱 부강하게 하기 위해 힘쓴다.

　열하일기에서 나타나는 연암의 글쓰기란 장난기 있고, 역설적이고, 해학적이며, 본능적이다. 즉, 놀이하는 인간의 모습을 나타내고 있다고 할 수 있는데, 연암의 글쓰기란 즐거운 놀이와도 같았다는 것을 보여주고 있다.

　하지만 놀이라고 해서 박지원의 글쓰기가 가볍다는 뜻은 절대 아니다. 고미숙 작가님께서는 박지원은 가벼운 사람이 아니었다는 점을 아주 강하게 강조하셨으니 말이다.

　그리고 고미숙 작가님은 박지원이 가진 아주 특별한 능력에 대해서도 말씀하셨다. 열하일기 중에 그런 장면이 있다. 사절단이 하루 빨리 북경에 도착하기 위해 비 때문에 불어난 강을 어쩔 수 없이 건너게 되는 장면인데, 그중에서 연암은 말을 타고 강을 건넌다. 그러다 잠깐의 실수로 말에서 떨어질 뻔 하는 아주 아찔한 상황을 겪는다. 하지만 연암은 그런 상황 속에서도 아주 천진한 말투로, 대수롭지 않다는 듯이 자신이 이렇게 순발력이 있는지 몰랐다고 말하며 유머를 던진다. 이처럼 조금은 무겁게 느껴질 수 있는 사건을 유머러스하게 매듭짓는 능력이란 연암 박지원이 가진 아주 뛰어난 능력이며, 이러한 능력은 글을 쓰는 사람들에게 있어 가장 부러운 능력이라는 것이다.

　고미숙 작가님의 강의를 들은 후, 글을 더욱 잘 쓰기 위해서는 더 많은 것을 보고 느껴야 한다는 사실을 깨달았다. 그리고 그걸 위해 여행이란 요소는 글쓰기에 꼭 필요한 것이며, 지루하지 않은 글쓰기 또한 글쓰기를 위해 꼭 필요한 요소라는 것을 깨달았다.

　앞으로 인생을 살아가면서 꼭 출판하기 위한 글이 아니더라도 대학이나 회사에 면접을 보기 위한 자기소개서, 대학에서 과제로 나오는 리포트, 더 나아가 직장에서의 보고서 등 많은 글들을 쓰게 될 텐데, 그 많은 글들을 쓸 때, 보다 많은 경험이 있다면 글을 더욱 깊이 있게 쓸 수 있지 않을까 하는 생각을 하게 되었다. 그리고 나는 많은 글들을 더욱 '잘' 쓰기 위해 더욱 넓은 시야로 세상을 보아야겠다는 다짐을 하였다.

1. 글쓰기와 나의 꿈

글쓰기

여러분은 글쓰기란 무엇이라고 생각하는가?

대한민국 전 장관이자 베스트셀러 작가이며 지금은 각종 텔레비전 프로그램에서 큰 활약을 하며 높은 인기를 얻고 있는 유시민은 말했다.

"내 글쓰기는 예술이 아니다. 내가 쓰는 글은 예술품이 아니다. 단지 의사소통을 위해 만드는 도구일 뿐이다. 남들이 이해하고 공감하지 않으면 아무 가치가 없는 쓰레기다."

나는 이 말에 전적으로 동의한다. 글쓰기란 하나의 소통의 장이라고 생각해왔기에 글쓰기가 즐거웠던 한 사람으로서 고개를 끄덕이지 않을 수가 없는 말이다.

하지만 사전에서는 '글쓰기'의 정의를 단어 그대로, '생각이나 사실 따위를 글로 써서 표현하는 일'이라고 설명하고 있다. 글쓰기를 그저 '글로 써서 표현하는 일'이라고 할 수 있을까?

글쓴이는 하나의 문장을 완성하기 위해 고민에 고민을 거듭한다. 더욱 나은 문장을 써내기 위해서이다. 여기서 '나은' 문장이란 그것을 읽는 사람의 마음을 움직이느냐 하는 것과 연관된다. 글쓴이는 자신의 생각을 타인에게 보다 잘 전달하기 위해 오랜 시간에 거쳐 '나은' 글을 써낸다. 그리고 그렇게 오랜 시간이 걸려 만들어진 글은 그것을 읽는 사람에게 고개를 끄덕이게 하며 그 진가를 아낌없이 발휘한다. 그 '끄덕임'이야말로 소통의 산물이며, 더 '나은' 글쓰기는 더 나은 소통을 이끌어낼 수 있다.

그렇다고 글이 소통을 하는데 있어 가장 뛰어난 매개체라는 이야기는 아니다. 영화나 드라마 같은 영상매체는 상황에 맞는 배경과 인물의 미세한 표정 등을 하나하나 묘사하여 더욱 생동감 있는 전달이 가능하고, 라디오 같은 음성매체는 부드러운 목소리와 따뜻한 말투로 청취자의 마음을 울린다.

그리고 글은 더욱 깊이 있는 전달이 가능하다.

한번 보고 들으면 끝인 다른 매체와는 다르게 글은 한번 읽었을 때 이해가 되지 않거나 감명 받은 부분이 있으면 계속 반복해서 읽을 수 있다는 장점이 있다. 또한 중간쯤 읽다가 덮어둔 글을 시간이 있을 때, 읽고 싶을 때 읽을 수도 있다. 이런 면에서 나는 다른 매체에 비해 글은 보다 심도 있는 소통이 가능하다고 본다.

예를 들어보겠다. 여기 '해리포터'라는 작품이 있다. 이 작품은 본래 소설로 집필되어, 1초에 수십 권이 팔릴 정도로 어마어마한 인기를 얻었다. 그리고 그 인기에 힘입어 영화화까지 되었는데, 그 영화 또한 엄청나게 흥행한 작품이다.

이 작품을 영화와 소설 모두 접한 사람들은 알겠지만 영화에서의 내용과 책에서의 내용은 조금씩 다르다. 영화를 봤을 때 조금은 이해하기가 힘들고, 어떻게 보면 전혀 개연성이 없는 것처럼 보였던 장면들이 책을 읽으면 이해가 된다. 물론 책의 방대하고도 복잡한 내용을 길어봤자 두 시간인 영화 안에 다 집어넣으려다 보니 생긴 부작용일 수도 있지만, 그럼에도 불구하고 나는 글과 영상은 그 내용을 전달하는데 있어 큰 차이가 있다고 생각한다.

예를 들어 각 등장인물의 심리 묘사에 대한 연출이 있다. 남자 주인공이 여자 친구에게 차인 상황이라고 가정해 보자.

'톰은 심장이 찢겨나갈 듯 아픈 것을 느꼈다. 차라리 눈물이라도 흐를 것을, 눈물은 그저 톰의 가슴속에 고여 있을 뿐이었다. 숨이 막힐 듯 목이 메이고 귓구멍에서는 왱왱거리는 소리가 울려 퍼진다. 그녀 외에는 아무것도 보이지가 않았다. 메리가 점점 멀어져 가는 것을 바라보며 아무것도 할 수 없는 무능한 자신이 죽을 만큼 싫었다. 나에게 다시 한 번만 기회를 준다면, 그때는 정말 잘 할 텐데.'

이 장면을 영화로 연출한다면 어떨까? 영화로는 톰이 제리를 아련하게 바라보는 장면 연출이 한계일 것이다.

물론 톰의 귀를 보여주며 왱왱거리는 효과음을 집어넣을 수도 있을 것이고, 톰의 심리를 나타내는 독백을 넣을 수도 있다. 하지만 그 어떤 효과를 사용하더라도 글의 풍부한 표현력을 따라잡기란 쉬운 일이 아닐 것이다.

그래서 나는 책을 읽을 때 모든 문장과 단어를 이해하면서 읽으려고 노력한다. 작가가 전달하고자 하는 감정을 잘 느끼기 위해서이다. 방금 읽은 문장이 이해가 되지 않으면 단어 하나하나를 곱씹으며 다시 한 번 읽는다.

그렇게 읽어간 책의 마지막 페이지를 넘겼을 때, 모든 복선이 연결되고, 책의 모든 내용 하나하나가 다 이해될 때의 그 상쾌함은 이루 말할 수 없다. 마치 오랫동안 준비해온 시험이 끝났을 때의 기분 같달까?

하루는 학교에서 쉬는 시간에 슬픈 소설책을 읽고 있던 적이 있었다. 그 책의 주인공은 밖에서는 열심히 하는 학생, 착하고 좋은 친구였지만 집에서는 달랐다. 주인공은 엄마를 끔찍이도 싫어했다. 매일 엄마에게 상처 주는 말을 일삼고, 가출을 밥 먹듯이 하는 등 엄마의 속을 썩인다. 어느 날, 병원에서 주인공에게 연락이 온다. 알고 보니 주인공의 엄마는 폐암 말기였고, 임종이 얼마 남지 않았다는 것이다. 그리고 주인공은 이미 돌이킬 수 없게 된 상황에서 엄마를 붙잡고 죄송하다는 말을 연발하며 오열한다.

나는 그런 주인공의 모습에 감정이입을 너무 격하게 한 나머지 학교라는 사실도 잊은 채 펑펑 울고 말았다. 혼자 조용히 앉아 있다가 갑자기 눈물을 흘리는 나를 다른 친구들이 이상하게 쳐다본 것은 당연했다.

그렇다. 이런 것이야말로 소통이라는 것이다. 나는 아주 어릴 때부터 글과의 소통, 즉 독서를 즐겼고, 이러한 독서에 대한 애정은 점점 더 깊어져 갔다. 그리고 그 애정은 글을 쓰는 쪽으로 발전되어져 갔다.

나의 꿈

앞에서 나는 기억도 나지 않을 정도로 아주 오래 전부터 독서를 좋아해왔다고 말한 바 있다. 하지만 내가 직접 글을 쓰고 싶다는 생각을 갖게 된 건 초등학교 4학년 때였다.

아마 교실 구석에 놓여 있는 작은 책꽂이에 책이 많이 없어서 그랬던 것 같다. 나는 종이를 여러 장 이어 붙여 책처럼 만든 뒤, 내가 머릿속으로 상상한 짧은 이야기를 적었다. 너무 오래 돼서 내용은 기억이 잘 나지 않지만 글 아래에는 재미있는 그림도 함께 그려 넣었던 것 같다. 나는 그때, '책'을 만드는 내내 왠지 모르게 정말 기분이 좋은 것을 느꼈다.

그렇게 만든 두 개의 책에 내 이름을 적고 조용히 교실 책꽂이에 올려두었다. 며칠 뒤 몇몇 친구들이 나에게 다가와 책 이야기를 했다.

"야, 저거 네가 쓴 거야? 진짜 재밌어! 팔아도 되겠다! 저런 거 어떻게 쓰는 거야?"

그 순간 느꼈던 뿌듯함이 아직도 강렬한 기억으로 내 가슴속에 남아 있다. 나는 그냥 내가 좋아하는 것을 했을 뿐인데, 친구들의 반응은 정말 기분 좋게 다가왔다. 아마 그때부터였던 것 같다. 내가 글을 쓰고 싶다고 생각했던 건.

그러나 내 꿈이 작가라고 주변에 이야기하고 다니기 시작한 건 초등학교 6학년이 거의 끝나갈 무렵부터였다. 조금은 부끄럽지만 그 전까지는 외교관을 꿈꿨었다. 그것도 그냥 외교관이 아닌 유엔사무총장이 되고 싶었다. 그리고 그 꿈을 위해 아주 많은 노력 또한 했었다. 그런데 왜 갑자기 작가를 꿈꾸게 되었냐고?

물론 현실을 깨닫고 꿈을 포기했다는 그런 안타까운 전개는 아니다. 중국에 오기 직전, 나는 당시 반기문 전 유엔사무총장이 쓴 책을 읽고 크게 감명을 받았고, 그분같이 훌륭한 제 2의 한국인 유엔사무총장이 되고 싶다는 꿈을 갖게 되었다. 그리고 엄마께서 말씀하신 외교관이 되려면 일단 아주 기본적으로 외국어를 잘 해야 한다는 말에 나는 영어는 물론이고 중국어 공부를 정말 열심히 했던 것 같다. 중국에 온 지 1년도 채되지 않아 내가 하고 싶은 말을 중국어로 웬만큼 다 할 수 있게 되었으니 말이다.

그렇게나 열망하던 꿈이 작가로 바뀌게 된 건 정말 순수하게 내가 더 좋아하는 것이 생겼기 때문이었다. 중국 현지 학교를 다니던 시절, 수업 시간에 자꾸 잠이 오는 바람에 '졸지는 말자!' 하는 생각으로 공책에 짧은 이야기를 끄적였다. 그리고 그때 나는 글쓰기 그 자체의 매력을 처음으로 깨달았다. 내 손으로 직접 새로운 세계를 써내려가는 듯했다. 그리고 그 뒤로는 시간이 날 때마다 공책에 글을 썼다. 처음에 전체적인 내용을 잡는 게 힘들었을 뿐, 한번 쓰기 시작하니 나중에는 이야기가 술술 풀렸다. 그날 학교가 끝나고, 친구들에게 내가 쓴 짧은 이야기들을 공책에 적어서 보여주었더니 친구들이 정말 재미있게 읽고는 다음 이야기가 기대된다고 말해 주었다.

그 뒤로도 나는 새로운 이야기를 쓸 때마다 친한 친구들에게 내가 쓴 이야기를 보여주었고, 친구들은 나에게 이런 부분을 고치면 좋을 것 같으며, 이런 부분은 정말 좋다고 평가하고, 칭찬해 주었다.

글을 써 내려가는 것 자체도 정말 즐거웠지만, 친구들의 좋은 반응 덕에 글쓰기가 점점 더 좋아졌던 것 같다.

물론 내가 글을 잘 쓰는 것은 아니었다. 어릴 때 썼던 글들을 지금 읽어보면 앞뒤가 맞지 않는 문장들은 물론 내용도 없이 그냥 의식의 흐름대로 적은 대화들, 그리고 전혀 나타나 있지 않은 개연성……. 도대체 무슨 말을 하고 싶은 건지 전혀 알 수가 없었으니 말이다.

하지만 내가 쓴 글을 읽고 재미있다고 칭찬해 주는 주변 사람들 덕에 나는 글쓰기에 더욱 재미를 붙였고, 그렇게 내가 직접 쓴 이야기들은 약 80여 권의 공책에 적혀, 아직도 내 방 한구석에 쌓여 있다.

좌절과 극복

글을 쓰는 것이 좋아 진로를 글 쓰는 직업으로 정하고, 가고 싶은 학과를 국어국문학과와 문예창작학과로 정했다. 하지만 재미로 하는 글쓰기는 한계가 있었다. 내 진로를 알게 되신 학교와 학원의 선생님들께서는 대학을 가려면 다양한 글쓰기 공모전에도 참여하고, 글쓰기 연습을 더욱 많이 하라는 말씀을 하셨다. 그래서 나는 선생님들의 말을 따라 여러 공모전에 작품을 출품하고, 더욱 다양한 책을 읽었다.

하지만 내가 참가한 공모전에서는 입상은커녕 예선 통과조차 하지 못한 것이 대부분이었다. 내가 보기에는 완벽한 글이라고 생각해서 공모에 제출했는데, 입상을 하지 못하니 내가 쓴 글에 대한 자신감을 점점 잃어버렸다. 그리고 이런 상황이 반복되자 내가 쓴 글을 다른 사람이 보는 것에 부담감을 느끼게 되었고, 그런 심리로 글을 잘 쓰려고 해봤자 마음 먹은 대로 써지지 않는 건 당연했다. 그러다 보니 내가 글쓰기에 재능이 없는 것 같다는 생각이 드는 것과 동시에, 내가 글 쓰는 것을 꿈으로 정한 것이 과연 잘 한 일이었을까 하는 생각이 많아졌다.

생각해 보니, 내가 글 쓰는 직업을 진로로 정한 이유는 글을 쓰는 것이 재미있기 때문이었다. 하지만 그것이 내 꿈이 되고 미래가 되고 대학을 가기 위한 수단이 되자 글쓰기는 더 이상 내가 취미로 하는 것이 아닌 억지로 하는 것이 되었으며, 글을 쓰는 것도 읽는 것도 즐겁지가 않았다. 공모전에 작품을 출품하는 일도 줄었다.

문득 이런 생각이 들었다. 더 이상 글을 쓰는 게 즐겁지 않은데, 진로를 바꿔야 하나?

여기까지 생각이 미치자 그렇다면 나는 6년이라는 긴 시간동안 꿈꿔온 작가라는 꿈을 포기해야 하는 걸까, 하는 의문까지 들기 시작했다. 그리고 나는 곧 우울해졌다.

하지만 열하일기의 길에서 만난 고미숙 작가님께서는 나에게 위로의 말을 해 주셨다. 글쓰기에는 재능이나 뛰어난 실력 같은 것은 필요하지 않으며, 그저 글쓰기를 좋아하는 마음과 상대를 잘 관찰하고 이해하는 능력만 있다면 충분하다는 것이다.

당시 내 주변의 모든 사람들은 나에게 꿈이 작가라면 글쓰기를 잘 해야 하고, 입상도 많이 해야 하는 것이 당연하다고 할 뿐이었는데, 그런 상황에서 고미숙 작가님의 말씀은 정말 큰 위로가 되었다. 그 이야기를 들으니 지금까지의 걱정과 근심이 눈 녹듯 사라지는 듯했다.

그리고 문득 작년에 학교에서 했던 캠프가 생각났다. 가족 단위로 참가하여 한 가정 당 책 한 권을 만드는 '책 쓰기 캠프'였는데, 모든 강사님께서 계속 강조하셨던 말이 있었다.

> "책 쓰기는 글쓰기가 아닌
> 자신의 이야기를 쓰는 것이다."

말 그대로이다. 책의 종류는 정말 다양하다. 그림책도 있고, 만화책도 있고, 에세이집도 있다. 책 쓰기 안에 포함되어지는 글쓰기는 그저 책을 쓸 때 사용되는 하나의 요소일 뿐이다.

이런 생각이 들자 책 쓰기에 대해 가지고 있던 어느 정도의 부담감이 조금은 사라진 듯한 느낌이 들었다. 물론 전부는 아니었지만 적어도 내가 쓰는 글에 대한 자신감은 다시 생겼다. 내가 가입한 동아리의 이름은 글쓰기 동아리가 아닌 '책 쓰기' 동아리이며, 내가 쓰고자 하는 것은 '글'

이 아닌 '책'이다. 책 쓰기는 책 쓰기일 뿐, 글쓰기가 아니다.

　이렇게 나는 정말 많은 경험을 함으로써 책 쓰기에 대한 생각이 처음과는 아주 많이 달라지게 되었다. 내가 고미숙 작가님을 만나 책쓰기에 대한 조언을 듣지 못했다면, 나는 책 쓰기 뿐 아니라 꿈 또한 포기했을지도 모른다. 하지만 고미숙 작가님의 말씀을 듣고 글쓰기에 대한 부담감에서 벗어나게 되면서, 지금 나는 이 책을 쓰는 것이 정말 즐겁게 느껴진다. 그리고 바로 여기서, 많은 경험은 책을 쓰는데 많은 도움이 된다는 것을 또 한번 깨달았다.

2. 글쓰기와 여행의 관계

글쓰기와 여행

나는 고미숙 작가님의 '글쓰기와 여행'이라는 주제의 강의에 대해 정말 많은 기대를 가지고 있었다. 일단 제목부터 글쓰기라는 단어가 들어가니, 글쓰기를 직업으로 삼고자 하는 나에게 많은 도움이 될 것이라는 생각이 들었기 때문이다. 작가님께서는 글쓰기와 여행이라는 주제에 대해 어떤 말씀을 하실까 고민해 보던 차에, 강의 주제에 대해서 잠시 생각해 보기로 했다.

많은 경험은 좋은 글을 낳는다. 그렇다면 많은 경험은 어디서 나오는 것일까?

나는 그 '경험'이란 곧 여행과도 같다고 생각한다. 여행이란 일상을 벗어나 새로운 곳에서 새로운 사람들을 만나고, 새로운 음식들을 먹는 것인데, 그 '새로운' 것들을 많이 접하면 접할수록 우리의 경험도 더욱 다양해지고 풍부해지는 것이다.

물론 일상 속에서도 아주 많은 경험을 할 수 있다. 하지만 일상 속에서 무언가를 경험하는 것과 미지의 장소에서 무언가를 경험하는 것의 차이는 아주 큰 것 같다. 집에서 만들어 먹었을 때는 별로 맛이 없던 샌드위치가 집 밖에 나와 돗자리를 깔고 먹으면 몇 배는 더 맛있게 느껴지는 경우가 있는 것처럼, 항상 반복되는 일상을 벗어나 완전히 새로운 곳으로 떠났을 때 진정한 경험이 나온다고 볼 수 있다.

이렇게 일상적인 부분에서도 우리는 글쓰기와 여행이 아주 밀접한 관련성을 가진다는 것을 볼 수 있다. 그리고 이런 일상적인 부분 외에도 관련성이 아주 잘 드러나는 예가 있는데, 대표적으로 여행 작가가 있다. 여행 작가는 자신이 수많은 여행을 다니며 찍은 사진들을 바탕으로 하여 느낀 것들이나 깨달은 것들을 하나의 책으로 엮어내는 일을 한다. 여행 작가는 얼마나 많은 여행을 했는가도 중요하지만 얼마나 깊이 있는 여행을 했으며, 그 안에서 어떤 것을 찾아냈는지도 매우 중요하다. 경험 속에서 우러난 글이야말로 정말 좋은 글이라고 할 수 있으니 말이다.

그렇다면 고미숙 작가님께서 말씀하시는 글쓰기와 여행이란 무엇일까? 작가님께서는 여행이란 이질적 세계이며, 만남이며, 자신에 대한 질문이며, 유머라고 하셨다. 그리고 열하일기는 그 모든 요소를 포함하고 있기에 세계 최고의 여행기라고 한다는 것이다. 연암 박지원은 자신이 안주하던 조선 땅을 떠나 이질적 세계인 청나라를 향해 가는데, 청나라 중에서도 꽤 알려진 북경이 아닌 전혀 다른 세계인 열하로 들어간다. 그리고 이어지는 끝없는 여정 속에서 연암은 자기 자신에게 끝없이 질문을 하고 답을 얻고 도를 찾는 구도자의 자세를 갖춘다.

그리고 그는 자신이 걷는 모든 길속에서 새로운 만남을 가졌다. 물론 항상 보고 매일 마주치는 만남도 좋지만 새롭게 마주하는 만남은 그에게는 더욱 설레는 일이었다.

그리고 유머. 열하일기에서 유머를 뺀다면 그건 절대 열하일기라고 할 수 없을 정도로 유머는 연암의 글쓰기에서 매우 중요한 요소이다. 열하일기에서 연암 박지원은 뛰어난 순발력과 재치, 타고난 유머감각으로 하여금 독자들에게 쉴 틈 없이 배꼽을 잡고 웃게 만든다.

이 모든 것이 포함되어 있는 열하일기는 가히 세계 최고의 여행기라고 불릴 만하다.

나는 작가님의 강의를 듣고 역시 여행이란 책을 쓰는 데 있어 정말 중요한 것이구나 하는 것을 다시 한번 깨달았다.

나는 평소 집 안에서 노는 것을 좋아하는 성격 탓에 집 밖에 나가 무언가를 하는 것을 좋아하지 않는다. 하지만 앞으로는 더욱 많은 것을 보고, 느끼기 위해 내가 현재 있는 이 위치에서라도 세상을 더욱 넓게 보고, 생각 또한 넓혀야겠다고 다짐하였다.

열하일기

조선 후기. 남성이라면, 그것도 선비라면 어떻게든 작은 벼슬이라도 얻기 위해 열심히 학문을 갈고 닦던 다른 사람들과는 다르게 연암 박지원은 과거시험을 포기한다.

그 뒤 그는 오직 자신이 원하는 독서와 학문을 갈고 닦는 데에만 전념하며 지낸다. 그가 과거시험을 포기한 건 더 큰 세계를 보고 싶다든지, 가족이라고는 자신 하나뿐인 어머니가 편찮으시다든지 하는 이유에서가 아니었다. 그저 자신의 적성에 맞지 않으며, 자신이 원하는 공부를 하고 싶다는 뜻에서 포기한 것이기에, 자신이 읽고 싶은 책을 읽고, 친한 친구들과 학문을 논하기도 하고, 가끔은 신나게 술을 퍼마시며 놀기도 한다.

그는 더욱 더 다양하고 넓은 세계를 꿈꾸며 새로운 세계를 동경하기도 했다. 저 멀리 자신이 가보지 못한 이국땅에는 어떤 지식이 쌓여 있을까, 어떤 생각을 가진 선비들이 있을까 하는 생각을 한 것이다. 연암 박지원은 앞서 청나라에 다녀온 친구들에게 청의 이야기를 들으며 이국땅에 대한 꿈을 꾼다.

그러다 1780년, 연암은 꿈을 이루게 될 기회를 만난다. 벼슬을 하고 있는 친척 형이 청나라에 건륭황제의 생신 축하를 위한 사절단으로 갈 때 그를 따라 개인 수행원으로 동행하게 된 것이다.

연암은 자신에게 온 이 일생일대의 기회를 어영부영 넘길 생각이 없었다. 사절단이 건륭황제의 생일파티에 참석하기 위해 랴오둥(요동), 러허(열하), 베이징(북경) 등 청나라의 여러 지역들을 거치며 여행하는 동안, 연암은 청나라의 산천과 성곽, 배와 수레, 생활 도구, 시장거리의 모습과 상품, 농사, 도자기 굽기 등에 이르기까지 자기 눈으로 본 모든 것은 모래 한 톨까지 꼼꼼히 기록하였다.

그리고 동시에 조선의 것과 비교하였다. 그저 기록에 멈추지 않고 조선과 비교하여, 조선에 더 나은 것을 받아들이게 하기 위한 연암의 열정은 훗날 조선의 발전에 큰 영향을 끼치게 된다.

특히 연암은 중국 농민들이 잘 먹고 잘 살고 있다는 것에 주목한다. 조선보다 훨씬 뒤떨어진 시골인 줄로만 알았더니, 실제로는 조선처럼, 아니 조선보다 훨씬 화려한 청나라의 모습에 큰 충격을 받은 것이다. 이처럼 그는 청나라의 실생활과 생활기술을 눈여겨본 뒤 귀국하여 한 권의 책을 집필한다. 그때 보고 듣고 생각했던 내용을 기행문 형식으로 묶은 것이다. 그리고 그것이 바로 『열하일기(熱河日記)』이다. 이 책을 통해 연암 박지원은 청나라의 문화를 소개하고, 당시 한국의 정치, 경제, 사회, 문화 등 각 방면에 걸친 비판과 개혁을 논했다. 이 책은 당시 조선의 학자들에게 널리 읽혔으며, 그들에게 많은 충격과 파격 또한 안겨주었다.

오랑캐로만 여겼던 청이 조선보다 더 발달되어 있다는 것을 인정하지 않을 수 없었다. 그리고 그들은 조선이 청나라만큼 발전을 하기 위해서는 어떻게 해야 할지 고민했고, 많은 고민 끝에 청의 선진문물을 배우자는 결론을 도출하기에 이르렀다. 나라를 부강하게 만들기 위해서는 청의 문물을 배워서 기술을 개발하고, 외국과의 무역을 활발히 하는 것이 필요하다고 생각한 것이었다.

그리고 곧 천문학에 능했던 박지원과 홍대용을 선두로 하여 박제가, 이덕무, 유득공 등은 선진 문물을 배워 조선의 난국을 헤쳐 나가자는 합일점을 찾아, 조선의 발전을 위한 움직임을 시작한다.

연암 박지원이 직접 눈으로 보고 사실적으로 써낸 일기가 나라를 부강하게 만드는 데에 도움이 된 것이다.

북학의

연암이 자신이 청나라에 가게 될 것이라는 생각조차 하지 못하고 있던 시절, 이미 중국을 한번 다녀온 적이 있던 박제가는 연암이 열하에 다녀오기 2년 전《북학의》라는 책을 쓴다. 그리고 2년 뒤 열하를 다녀온 연암에게 그 책을 보여주며 함께 이야기를 나누길 원하는데, 박지원은 아주 기뻐하며 서문을 적어준다.

"학문하는 길에는 방법이 따로 없다. 모르는 것이 있으면 길 가는 사람을 잡고서라도 물어 보는 것이 좋다.

비록 하인이라 할지라도 나보다 글자 하나라도 많이 알면 그에게서 배우는 것이 도리이다.

부끄러워 자기보다 나은 사람에게 물어 보지 않으면, 이는 평생토록 답답하고 무식함의 속박 속에 자신을 가두어 두는 것이다.

舜임금과 공자가 성인이 된 것은 남에게 묻기를 좋아하고 잘 배우려 한 데에 있었다.

우리 나라 선비들은 세계의 한 구석에서 탄생한 존재이므로 선천적으로는 한편으로 치우치는 기질을 타고 났다고 할 수 있다.

한 번도 중국 땅을 밟아 보지 못했고, 눈으로는 중국 사람을 보지도 못한 채, 나서 늙고 병들어 죽을 때까지 이 나라 영토를 떠날 기회가 없다.

각각 타고난 천성을 변화시키지 못한 채, 마치 우물 안 개구리나 나뭇가지 하나에만 깃들이는는 뱁새처럼 오로지 이 땅만을 지켜 왔던 것이다.

"禮는 차라리 촌스러워야 한다."라고 말하고, 더러운 것이 검소한 것인 줄로만 안다.

소위 士農工商의 四民이라는 것은 이제 겨우 명목만 남아 있고, 利用厚生해야 할 재원은 날로 궁핍해져만 가고 있다.

이는 다름이 아닌 학문의 도를 모르기 때문에 나타나는 현상이다.

장차 학문을 하려고 하면 중국을 배우지 않고서 어떻게 할 것인지 의구스럽기만 하다.

식자들은 "지금 중국을 지배하는 자들은 오랑캐들이니 그것을 배우는 것은 부끄러운 일이다." 라고 하면서 중국의 옛 제도까지도 더럽게 여긴다.

진실로 법이 좋고 제도를 개선하려면 아무리 오랑캐라 할지라도 진실로 스승으로 삼아야 한다.

내가 중국에서 돌아오자 초정이 자신이 지은 <북학의> 내외편을 보여 주었다.

초정은 나보다 먼저 중국에 다녀온 사람이다. 그는 온갖 문물과 제도에 이르기까지 세밀히 관찰하고 헤아리지 않은 것이 없다.

눈에 안 보이면 반드시 남에게 물어서 자세히 배워 왔던 것이다.

내가 이 책을 펴 보니 나의 《열하일기》와 조금도 다른 것이 없어, 마치 같은 사람이 쓴 것이 아닌가 의심스러울 정도였다.

나는 하도 기뻐 사흘 동안을 읽었으나 조금도 지루함을 못 느꼈다."

박지원의 말처럼 열하일기의 많은 내용은 북학의의 내용과 많이 유사하다. 1780년에 중국을 약 2개월간 다녀와서 일기형식으로 쓴 26권짜리 《열하일기》의 주장과 1778년 박제가 중국을 다녀와서 쓴 《북학의》의 주장이 마치 한 사람이 보고 들은 것처럼 유사한 것이다.

박지원과 박제가 쓴 책은 둘 다 '이용후생(利用厚生)'의 정신으로 글을 써냈다는 점에서 유사점을 갖지만, 더 큰 공통점은 바로 새로운 것을 보고 느끼는 여행을 한 뒤에 쓴 책이라는 것에 있다. 만일 이 둘이 청나라라는 엄청나게 큰 세계를 직접 만나보지 않고, 그저 상상만으로 책을 썼다면, 이렇게 위대한 두 권의 책은 절대 만들어지지 못했을 것이다.

바로 이 점이 내가 글쓰기와 여행의 연관성을 주장하는 이유이다.

당신들의 눈에는 보이는가? 넓은 세계를 본 두 학자의 결과물은 그림도, 조각품도 아닌 바로 '글'이었다는 사실이?

3. 열하일기 속 박지원의 글쓰기와 여행

시작

당시 조선의 선비들은 '청'이라는 나라에 대해 아주 많은 선입견이 있었다. 청은 오랑캐들의 아주 미개한 국가라는 편견부터 시작해, '오랑캐'들은 문명에 뒤처진 후진국이라는 편견까지. 물론 당시 그런 이야기들만을 들으며 자라온 박지원 역시 그런 선입견이 있었을 것이다. 하지만 앞서 경험한 청나라의 실제 모습에 아주 큰 감동을 받은 박지원의 절친한 벗인 박제가와 홍대용 등은 그 모든 사실을 있는 그대로, 혹은 더욱 과장하여 박지원에게 이야기해 주었고, 친구들에게 직접 전해들은 청나라의 실상이 자신이 조선에 살면서 평생 들어왔던 청나라의 모습과 너무나도 다르다는 것을 알게 된 박지원은 청이라는 나라에 대해 더욱 궁금해하고 있던 차였다.

그리고 1780년, 벗들과 세상을 논하는 것이 전부인 잔잔한 인생을 살아가고 있던 연암 박지원에게 일생일대의 기회가 왔다. 삼종형인 박명원이 건륭황제의 만수절 축하 사절로 가게 되면서 개인 수행원 자격으로 박지원을 동반하기로 한 것이다.

그것은 엄청나게 커다란 세상을 볼 수 있는 기회임은 물론 이국의 선비들과 우정을 쌓을 수 있는 더없이 좋은 기회였다. 더 나아가 자신의 존재를 깨닫고 앞으로의 삶의 방향까지도 찾을 수 있을, 연암에게 있어 엄청난 기회였을 것이다. 그리고 이것이 바로 5월에 조선을 떠나 10월경에서야 돌아오는, 6개월에 걸친 엄청난 대장정, 세상에서 가장 위대한 여행기, 열하일기의 시작이다.

도강을 하자마자 드러나는 청나라의 웅장한 모습에 박지원은 넋을 잃는다. 모든 것이 새로웠을 것이다. 생전 처음 보는 물건들이 끝없이 널려 있고 화려한 장식을 한 거리 하며……. 항상 친구들에게 말로 듣기만 들었지 실제로 눈으로 보니 말로 들었던 것보다 몇십 배는 더 화려한 청의 모습과 가장 최고인 줄 알았던 조선의 경치를 압도하는 청나라의 장관들, 또한 소문과는 전혀 다르게 훨씬 선진화되어 있는 청나라의 문물들.

연암 박지원은 그 모든 것에 시기하는 마음과 동시에 부러운 마음 또한 들었을 것이다. 하지만 그는 그 와중에도 한양의 것이 조금 더 뛰어나다고 생각하며 솟아오르는 시기와 질투심을 억누르려 한다. 그리고 연암은 막돼먹고 문명화되지 않은 후진국의 국민들인 오랑캐들이나 사는 시골인 줄 알았던 청나라의 화려함과 웅장함에 연암은 주눅이 든다.

항상 그렇게 들어왔고 당연히 그런 줄만 알았으며, 막연하게 배척해야만 하는 존재라는 청나라에 대한 편견이 틀렸다는 것을 깨달은 것이다.

등마루는 훤칠하고 대문은 가지런히 정돈되어 있다.
거리는 평평하고 곧아서 양쪽 길가로 먹줄을 친 듯하다.
담은 모두 벽돌로 쌓았다.
사람용 수레들이 길을 마구 지난다.
벌여 놓은 그릇들은 모두 그림을 그린 도자기다.
그 모양새가 어디로 보나 시골티라곤 조금도 없다.
예전에 나의 벗 홍대용에게 중국 문물의
거대한 규모와 세밀한 수법에 대해 들은 적이 있긴 하지만
중국 동쪽 끝 촌구석도 이 정돈데 도회지는 대체
어느 정도일까 생각하니 기가 팍 죽는다.
돌아가고 싶은 마음이 굴뚝같아지면서 나도 모르게 등줄기가 후끈거린다.
순간 나는 통렬히 반성한다.

- 열하일기 중에서 -

일류 · 이류 · 삼류 선비

박지원이라는 사람은 평범함 속에서 특별함을 찾아내고, 아주 작은 것에도 감동할 줄 아는 사람이었다. 그가 한 말 중에 이런 말이 있다.

"깨진 기와조각이 장관이요, 냄새나는 똥거름이 장관이더라".

박지원이 자신이 일류 선비라고 주장하는 사람들을 비꼬며 한 말이다.

박지원이 연경에서 돌아온 선비들에게 꼭 묻는 질문이 있는데, 바로 이번 여행에서 무엇이 가장 장관이었느냐는 것이다. 보통의 선비들은 "계문의 안개 숲이 장관이지.", "노구교가 장관이야.", "산해관이 장관이지." 등 저마다 자신이 가장 감명 깊게 느꼈던 장관에 대해 이야기를 한다.

하지만 소위 일류 선비들은 그렇게 대답하지 않는다고 한다. 그들은 그저 청나라 인들의 깎은 머리만을 보고는 문화적 수준이 형편없다고 판단하여 오랑캐의 나라에 볼 것이 어디 있느냐고 말한다고 한다. 또한 소위 이류 선비들은 이렇게 주장한다고 한다. 현재 청나라의 모든 문화는 과거 한족의 문화를 그대로 베꼈을 뿐이며, 진정한 그들의 문화를 보려면 전쟁을 일으켜야 한다고 말이다.

하지만 연암 박지원은 자신은 이 보통의 선비, 일류 선비, 이류 선비 세 유형의 선비들 중 그 어떤 쪽에도 속하지 않는다고 했다. 그는 자신 스스로를 삼류 선비라 칭하며 자신의 소견을 말한다.

"중국의 제일 장관은 저 기와조각에 있고, 저 똥 덩어리에 있다".

깨진 기와조각은 쓸모없는 물건임에도 불구하고 민가에서는 그 조각을 알뜰하게 사용하여 담을 쌓을 때 쇠사슬 모양, 엽전 모양 등 담에 아름다운 무늬를 새긴다. 그렇다면 똥 덩어리는 왜 장관이라는 것일까?

보통 똥은 더럽고 지저분한 물건이라 대부분 그 이름만 들어도 얼굴을 찌푸린다. 하지만 박지원은 똥을 거름으로 쓸 때를 이야기한다. 거름으로 쓰기 위한 똥은 그 어떤 금은보화보다 귀하다는 것을 말이다. 똥을 모아서 반듯하게 쌓아올리는 모습, 즉 똥 덩어리를 처리하는 방식을 보고 박지원은 열하야말로 천하의 제도가 다 갖춰진 곳이라고 판단한 것이다.

저 기와조각이나 똥 덩어리야말로 진정 장관이다.
어찌 성지, 궁실, 누대, 점포, 사찰,
목축, 광막한 벌판, 아스라한 안개 숲만
장관이라고 할 것인가"

-열하일기 중에서-

벽돌

열하일기 중에서 아주 기억에 남는 장면이 있다. 당시 청나라로 불리던 중국의 건축에 대한 이야기였는데, 박지원은 단순히 흙이나 나무로 집을 짓는 조선과 달리, 벽돌을 하나하나 구워 찍어내서 집을 짓는 것을 특이하게 여긴다. 그러더니 그는 갑자기 중국의 벽돌이 조선의 것보다 좋은 점을 열거하기 시작한다.

청나라의 벽돌이 조선의 나무목재나 갠 흙보다 좋은 점 중 하나는 모양이 일정한 틀에 찍어낸 벽돌로 집을 지으니 집의 모양이 비뚤어지지도 않고, 잘 무너지지도 않으니 그것이 매우 효율적이라는 것이다.

연암이 열심히 벽돌의 좋은 점에 대해 열거하는 도중, 피곤했던 한 부하가 박지원의 말을 듣다가 졸음을 이기지 못한 채 잠들어 버린다. 그러자 박지원은 그 부하에게 면박을 주지만 쿨쿨 잘도 자고 있던 부하의 말은 모두를 웃긴다. '나는 벽돌보다는 돌이 더 좋고 돌보다는 잠이 더 좋다'고 말하면서 다시 잠을 청한 것이다.

지금 생각해 보면 이 대목은 조금 위험한 이야기였을지도 모른다. 자신의 나라와 타인의 나라를 비교하는 것이 아닌가. 심지어 타인의 나라는 자신의 나라의 사람들이 오랑캐라며 욕하고 배척하는 나라가 아닌가. 그런 나라와 자신의 나라를 비교했을 뿐 아니라 타인의 나라의 것이 더욱 좋다며 그 이유를 열거하는 박지원의 열하일기를 읽은 뒤 그에게 반감을 가진 사람도 있었을 것이다.

여기에서 박지원은 자칫하면 위험한 발언이 될 수도 있는 이야기에 유머를 첨가함으로써 심각한 이야기를 유머로 승화시키는 모습을 보여준다.

그리고 이 재미있는 벽돌 이야기는 박지원이 여행을 끝마치고 조선으로 돌아가서, 아주 커다란 일을 추진할 때 다시 한번 거론된다.

수원화성이라는 이름을 들어본 적이 있는가?

수원화성은 정조가 아버지인 사도세자를 기리기 위해 수원에 지은 화성으로, 정조가 아꼈던 실학자들(박지원, 박제가 등)이 중국에서 배워온 벽돌 축조 방법과 각종 과학 도구 등을 이용해 설계에서부터 건축, 기록, 정리까지 맡아서 완성한 성이다. 이 성은 물론 그 축조 방법과 모양도 특이하지만, 그중에서도 지어지게 된 계기가 아주 특별하다.

박지원, 박제가 외에도 청나라에 다녀온 실학자들은 청나라의 집들이 벽돌로 지어져 있는 것을 보고 큰 깨달음을 얻는다. 그 후 조선에 돌아와 벽돌로 집과 성을 지어야 한다고 강하게 주장하였다. 그리고 그 주장에 따라 축조한 성이 바로 수원화성이다.

수원화성은 1997년에 유네스코가 세계문화유산으로 인정하여, 현재는 세계적으로도 인정받고 있는 아름답고도 튼튼한 성이다.

수원화성은 돌로 높이 쌓은 축대에 건물을 짓고, 반원 모양의 옹성은 벽돌로 쌓았다. 전통적으로 성을 쌓았던 방식인 흙으로 만드는 토성(土城)이나, 화강석을 잘라 붙여 만드는 석성(石城)과 달리 수원 화성은 벽돌과 화강석을 섞어 건축함으로써 더욱 튼튼하고 견고하게 지을 수 있었다. 화강석으로 지은 석성은 돌로 만들어져 견고할 것 같지만, 밑 부분의 돌이 하나라도 빠지게 되면 한 순간에 무너지기 십상이었으며, 벽돌로 짓는 전축성은 18세기 조선의 가마 기술로는 제조가 불가능해 제대로 된 벽돌을 생산하지 못했다고 한다.

그래서 화성은 시대의 요구에 맞으면서도 현실적으로 가능한 방법으로 지은 것이다. 이렇게 벽돌의 아름다움과 돌의 견고함을 잘 혼합하여 지은 성으로는 수원화성이 최초이자 마지막이었다고 하니, 그 의미도 아주 특별하다 할 수 있다.

한편 신하들은 정조에게 북학론을 배경으로 한 수원화성을 짓는 데 많은 불만을 토로했다. 어떤 신하는 목숨을 걸고 적과 싸워야 하는 성을 험악하게 짓지는 못할망정, 어째서 아름답게 짓는 거냐고 따지기도 했다고 한다. 하지만 정조는 단호하게 말했다. 아름다운 것이 적을 이기는 법이라고.

그만큼 수원에 지은 화성은 보기 드물게 아주 아름다운 성이다. 그 아름다움은 문화 기술의 힘이었으며, 정조는 그것이야말로 적군을 제압할 수 있다고 생각했다고 한다. 정약용을 중심으로 박지원 등 여러 실학자들의 치밀한 설계로 지어진 수원화성은 정조의 개혁에 대한 염원이 담겨 있을 뿐만 아니라, 개혁을 바라는 사람들의 모든 지혜가 총 동원되어 지은 성으로 평가받고 있다. 또한 백성을 강제로 끌어들여 공사를 시키지 않고, 농촌을 떠나 떠돌이로 살아가고 있는 사람들에게 임금을 주며 공사를 부탁하였으니, 성 건축이 곧 새로운 일자리를 만들어 주기도 했다는 점에서 커다란 의의를 가지기도 한다.

이렇게 수많은 사람들의 도움 덕에 공사는 예정보다 훨씬 일찍 끝날 수 있었다. 이렇게 지어진 수원화성은 우리나라의 전통 성 쌓기 방식에 중국과 서양의 성 만드는 방식이 잘 어우러진 매우 특색 있는 건축물로 남게 되었다.

화성은 정조의 죽음으로 인해 단 한 번도 성으로써의 제 구실은 하지 못했지만, 이 성에는 조선을 개혁하고자 했던 정조와 정약용, 박지원 외 실학자들 등, 많은 사람들의 의지가 담겨 있는 매우 의미 깊은 건축물이다.

정조와 실학자들

열하일기를 읽으며 정말 재미있었던 것은, 작품 내에서 그대로 드러나는 사투리와 각 등장인물들의 특유의 말투 등 모든 것이 아주 사실적으로 드러났다는 점이다. 이 모든 것이 생동감 있게 드러나도록 글을 쓴 박지원이 정말 대단하게 느껴졌다.

하지만 이렇게 생생하게 당시의 모든 것을 전해주고 있는 박지원의 《열하일기》는 책이 나온 지 3년 후인 1783년 이후로 금서로 지정돼, 약 100년간 민간사회에서는 읽을 수 없었다. 당시 정조까지 읽었다는 《열하일기》가 금서가 되어야 했던 이유가 대체 어디에 있단 말인가?

정조는 누구보다도 학식이 높았고, 백성을 사랑하는 정책을 아주 많이 편 훌륭한 임금이었다. 하지만 그 또한 박지원의 새로운 문체에는 깜짝 놀랄 수밖에 없었다. 박지원의 새로운 문체란 중국의 전통 문체인 고문 (古文)의 형식을 따르지 않고 개인의 창작에 의한 개성적인 문체를 시도한 것이었기 때문이었다. 문체의 변화는 곧 사상의 변화이고, 사상의 변화 는 곧 체재의 변혁으로 볼 수 있었기에 그만큼 우려가 컸던 것도 같다.

이 부분에 대해 정조가 한 말이 있다.

> "근일에 문풍(文風)이 이와 같이 된 것은 그 근원을 따지면 박지원의 죄 아닌 것이 없다. 《열하일기》는 나도 이미 숙독하였다. 《열하일기》가 세상에 전파된 후로 문체가 이와 같이 되었으니 마땅히 이것을 맨 사람으로 하여 금 그 매듭을 풀게 할 것이다."

정조는 전통과 근대, 동양과 서양이 치열하게 맞붙던 시기의 국왕이 다. 한때 근대와 서양에 관심을 갖기도 했던 정조는 결국 변화가 가져올 파장에 대한 두려움으로 전통 사수로 돌아서고 만다. 이 지점에 연암의 '열하일기'가 놓여 있는 것이다.

이렇게 하여 박지원의 《열하일기》는 금서가 되었고 당대 학자들이 읽 을 수 없는 책이 되었다. 이를 문체반정(文體反正)이라고 한다. 문체반정 이란 임금의 명령을 따라 보수적이고 고전적인 정통 문체만을 사용하고, 그렇지 않은 것들은 모두 금지시킨 것이다. 국왕 교체에나 쓰는 반정(反 正)이라는 말을 사용할 만큼 문체는 곧 체제였으며, 정조는 박지원의 개 성적인 문체에서 나타난 개인과 개성에 대한 자각이 체제에 대한 위협을 가져올 것이라는 것을 예상하고 있었던 것이다.

어찌 보면 이러한 조치는 당시의 학자들과 정조가 《열하일기》의 가치 를 인정하지 않았다는 것처럼 보이지만, 다른 관점에서 보면 정조가 위 협을 느낄 만큼 《열하일기》의 위력과 영향이 아주 지대했다는 것으로 판 단할 수 있다.

정조의 뜻으로 열하일기는 금지되어 개인의 개성적인 창작은 막히는 듯 보였다. 하지만 시대의 흐름은 그렇게 인위적으로 막는다고 해서 막아지는 것이 아니었다. 열하일기에 담겨져 있는 개성적인 문체나 창의적인 내용들은 후대에 많은 후배 학자들의 본보기가 되며, 많은 영향을 주게 되었다.

유머

우리 주변에는 말 잘 하고 재미있는 친구가 꼭 한두 명씩 있다. 그리고 그런 친구들은 모두 하나의 공통점을 가진다. 바로 곁에는 언제나 많은 사람들이 있다는 것이다. 그리고 이런 면을 볼 때, 나는 유머란 사람을 이끌어 들이는 힘을 가진 것이라고 생각한다.

그리고 박지원은 유머감각이 아주 뛰어난 사람이었다. 내가 열하일기라는 길고 긴 여정을 읽어가는 동안 단 한 번도 지루한 적이 없었다고는 장담할 수 없다. 열하일기는 고전 문학인 만큼 그 뜻을 이해하기도 어렵고 우리가 자주 접하는 매체가 아니기 때문이다. 그러니 열하일기를 읽을 때 당연히 어렵고 지루할 수밖에 없다.

하지만 내가 열하일기를 끝까지 읽을 수 있었던 것은 지루해질 때마다 한 번씩 등장하여 정신을 차리게 만드는 그의 유머 덕분이었다. 유머는 사람을 웃게 만든다. 여기 두 편의 글이 있다. 글 1에는 해학적이고 조금은 풍자적인 내용이 가미되어 재미있게 읽을 수 있는 반면에, 글 2에는 사실만을 그대로 옮겨 적어놓은 모습이다. 만약 당신이라면 이 두 글 중 어떤 글을 읽고 싶겠는가? 나는 물론이고, 대부분의 사람들이 유머가 들어가 있는 글을 더욱 선호할 것이다.

열하일기가 세계 최고의 여행기로 손꼽히는 수많은 이유 중 하나 또한 바로 유머다. 기록의 중간 중간 등장하는 박지원의 유머와 길고 긴 여정 중에서 일어나는 헤프닝들은 안 웃고는 못 베길 정도이다. 수많은 헤프닝들과 박지원의 유머감각이 더해지니 '열하일기' 라는 여행기는 더욱 다채롭다.

4. 나의 글쓰기와 여행

고미숙 작가

나의 글쓰기

『열하일기, 웃음과 역설의 유쾌한 시공간』이라는 책을 알고 있는가? 열하일기에서는 박지원의 생각과 정신을 그대로 느낄 수 있다면, 이 책에서는 '박지원 전문가' 고미숙 작가님께서 박지원의 열하일기에 대해 평론을 한다. 박지원의 열하일기에서는 그의 쾌활한 성격과 훌륭한 명문장들에서 깨달음을 얻을 수 있었는데, 이 '열하일기, 웃음과 역설의 유쾌한 시공간'이라는 평론서에서는 내가 박지원과 그의 열하일기에 대해서 조금 더 깊이 있게, 내가 알지 못했던 부분까지도 알 수 있는 계기가 되었다.

그리고 이 평론서에서는 박지원의 또 다른 모습을 볼 수 있어서 좋았던 것 같다. 열하일기와 평론서 두 책의 가장 큰 공통점은 바로 열하라는 곳에 대해 엄청난 매력을 느낀 뒤 쓴 책이라는 것이다. 물론 박지원은 열하에 반해버려 열하일기를 썼고, 고미숙 작가님은 열하일기에 매력을 느껴 '열하일기, 웃음과 역설의 유쾌한 시공간'을 펴낸 것이긴 하지만 말이다.

나는 열하일기를 탐구하면서 글쓰기란 무엇일까에 대해 정말 많은 생각을 했다. 재능이 없는 사람도 글을 써도 될까? 하는 의문이 가장 컸다. 그리고 우리 학교에 오신 고미숙 작가님께서는 나에게 그 해답을 알려주었다.

"글쓰기를 잘 하려면 일단 글쓰기를 다른 어떤 활동보다 좋아해야 해요. 마음을 하나로 모으는 것이죠. 재능은 필요없어요. 언어는 가장 보편적인 표현방식이기 때문에 재능을 필요로 하지 않아요. 가장 중요한 건 인간과 세상에 대해 끈기 있게 관찰하고 이해하는 힘입니다. 많은 책을 읽어야 하는 것도 그 때문이죠. 이렇게 '집중과 관찰'을 통해 내공이 쌓이다 보면 세상에 표현하고 싶은 이야기들이 흘러넘치게 됩니다. 이 과정만 밟는다면 누구나 작가가 될 수 있어요. 글쓰기는 지혜와 자유를 가능케 해주는 최고의 직업이자 활동입니다."

그리고 나는 작가님의 조언을 따라 글쓰기를 포기하지 않기로 결정 내리게 되었다. 글쓰기란 나에게 아주 큰 선물이며, 재능이 없다고 바로 포기해 버릴 만한 것이 아니라는 것을 깨달았다. 그리고 이러한 생각부터 나의 새로운 책 쓰기는 시작될 것이다. 앞으로 내가 어떤 글을 써내게 될지 나조차도 정말 궁금하다. 나에게 이런 생각이 들게 해주신 고미숙 작가님과 연암 박지원에게 정말 감사드린다.

도를 아십니까

요즘 페이스북이나 유머페이지 같은 곳을 들어가면 어렵지 않게 볼 수 있는 이야기들이 있다. 적지 않은 사람들이 살면서 한 번쯤은 경험해 봤을 것이다. 그것은 바로 '도를 아십니까'에 관한 이야기다.

'도를 아십니까'는 본래 의미는 물론 나쁜 것이 아니다. '도'라는 좋은 이야기를 타인과 함께 나누자는 취지에서 시작된 것이 분명하다. 하지만 최근 들어서는 '도를 아십니까'가 타인의 돈을 사취할 목적이라든지, 사이비종교에 빠지게 하기 위해서라든지 등, 좋지 않은 목적으로 사용되고 있는 것이 대부분이다.

그 '도인'들을 피하는 것도 쉽지 않다. 요즘은 대놓고 도를 아냐고 묻기보다는 대상의 취미나 관심사를 먼저 물으며 자연스레 접근한 뒤 요리조리 돌려 말하는 경우가 많기 때문이다. 게다가 외모지상주의가 만연하는 현대에는 자신의 외모를 이용해 이성을 끌어들이는 사례도 적지 않다고 한다.

게다가 그들은 또 어찌나 끈질긴지, 한번 먹이를 물면 절대 놓치지 않는 사자처럼 끈질기게 달라붙고 따라다닌다고 하니, 한번쯤 당해본 사람이라면 질색하지 않을 수 없다.

그래서 사람들은 이 '도인'들을 웬만해서는 마주치지 않으려고 하지만 언뜻 봐서는 누가 '도인'인지 알 수 없는 법. 인터넷에 '도를 아십니까'라고 검색을 해보면 '도인 퇴치법', '도를 아십니까 대처법', '도를 아십니까 유형' 등과 같은 연관 검색어가 뜨는 것도 이러한 이유 때문이 아닐까 싶다.

이렇듯 '도를 아십니까'는 한번쯤 당해본 사람이라면 질색팔색할 말이다. 게다가 바쁘게 살아가는 현대인들에게 '도를 아십니까'는 시간을 잡아먹는 것과도 같다는 것이다.

하지만 이런 '도를 아십니까' 같은 질색할 만한 말을 우리의 연암 박지원 선생도 했다면 믿을 수 있겠는가?

'열하일기'의 도입부인 '도강록' 중 한 부분에서 박지원은 말한다.

> **"자네, 길(도)을 아는가! 길이란 결코 알기 어려운 것이 아닐세.**
> **(중략)**
> **길이란 다른 데서 찾을 것이 아니라 곧 그 '사이'에 있는 것이라네"**

물론 박지원의 '도를 아십니까'의 목적은 말 그대로 '도'를 찾는데 있었다. 하지만 나는 이 부분을 이해할 수 없었다. '그 사이'라는 것이 대체 뭘까? 의문이 생기니 다음 페이지로 넘어갈 수가 없었다. 수역 홍명복이 이해하지 못한 그 '길'이라는 것이 대체 무슨 뜻이었을지 너무나도 궁금해졌다.

나는 보다 쉽게 그 해답을 찾기 위해 고미숙 작가님에게 도움을 요청하기로 했다. 물론 고미숙 작가님의 책을 통해서 말이다.

박지원이 말한 "길은 멀리 있는 것이 아니야. 바로 강과 뭍 사이, 그 틈에 있는 것이지."라는 말은 무슨 뜻이었을까?

책 《열하일기, 웃음과 역설의 유쾌한 시공간》의 저자인 고미숙 작가는 본문에서 이렇게 말하고 있다.

물과 언덕 사이에 길이 있다? 안도 아니고 밖도 아닌, 그렇다고 그 중간은 더더욱 아닌 경계. 그것은 그 어느 것에도 속하기를 거부하면서 '때와 더불어' 변화하는 어떤 지점일 터이다. 오해해서 안 될 것은 이 사이는 '중간'이 아니라는 점이다. 양극단의 가운데 눈금이 아니라 그것과는 전혀 다른 제3의 길 그것이 바로 '사이'의 특이성이다.

고정된 표상의 말뚝에서 벗어나 인연조건에 따라 자유롭게 변이하면서 만물의 근원에서 노닐 수 있는 능력, 그것이 제시하고자 하는 길이다. 그러므로 길은 하나가 아니다. 방향도 목적도 없이 뻗어나가면서 무수한 차이들이 생성되는 말하자면 '가는 곳마다 길이 되는' 그런 것이다. "말은 반드시 거창할 것이 없으니 도는 호리(저울눈의 호와 리로, 매우 적은 분량을 뜻함)에서 나누어진다."고 할 때의 그 '호리의 차이' 물론 그 호리의 차이는 천리의 어긋남을 빚는다는 점에서 폭발적 잠재력을 가진다.

고미숙 작가님의 책을 읽으니 뭔가 이해가 되는 것 같기도 했지만 나는 아직 확신을 할 수가 없었다.

그래서 나는 본문을 다시 한번 읽어보았다.

"자네 길을 아는가(君知道乎)?"

수역 홍명복에게 물었다.

"네? 무슨 말씀이시온지?"

"길이란 알기 어려운 게 아니야. 바로 저편 언덕에 있거든."

"'먼저 저 언덕에 오른다'는 말씀을 이르시는 겁니까?"

"그런 말이 아니야. 이 강은 바로 저들과 우리 사이에 경계를 만
드는 곳일세. 언덕이 아니면 곧 물이라는 말이지. 사람의 윤리와 만
물의 법칙 또한 저 물가 언덕과 같다네. 길이란 다른 데서 찾을게 아
니라 바로 이 사이에 있다는 것이지."

"무슨 뜻인지요?"

"인심은 위태롭고 도심은 은미한 법이지. 서양 사람들은 기하학
의 한 획을 변증하면서 선 하나를 가지고 가르쳤다네. 그런데도 그
미세한 부분을 다 변증하지 못해 '빛이 있기도 하고 없기도 한 경
계'라고 말했어. 이건 바로, 부처가 말한 '닿지도 떨어져 있지도 않
는다'는 그 경지일세. 그러므로 이것과 저것. 그 사이에 존재하는 것
은 오직 길을 아는 이라야만 볼 수 있는 법. 옛날 장자산 같은 사람이
라야 될 걸."

—열하일기 중에서—

그리고 나는 나름대로의 해석을 해보았다. 저들과 우리 사이에 경계를
만드는 강. 저들과 우리라는 것은 아마도 청나라의 '오랑캐들'과 '조선인
들'을 뜻하는 것이 아닐까? 그렇다면 언덕이 아니면 곧 물이라는 이야기
는 오랑캐와 우리의 차이를 당연하게 생각하는 당시 조선 사람들의 고정
관념을 이야기하는 것은 아니었을까?

즉, 연암이 말한 길이란 다른 곳에서 찾을 것이 아니라 바로 그 '사이'
에 있다는 것. 중간이 아닌 '사이'에 있다는 이야기는 청과 조선이 아닌,
당시 조선인들의 가치관과 청에 대해 가지고 있는 고정관념과 편견을 없
애버려야 한다는 이야기가 아니었을까?

그리고 내 생각을 증명하듯이, 이 후 박지원은 실제로 어떤 편견도 없
이 있는 그대로 청나라의 사람들을 마주한다.

나는 여기까지 생각한 뒤 스스로 매우 뿌듯해했다. 내가 생각하기에 이 모든 것이 척척 맞아 떨어졌기 때문이다.

물론 여기서 언덕과 물, 그리고 사이가 어떤 하나의 개념으로 고정되어서는 안 된다는 사실을 알게 된 건 조금 더 나중의 이야기다.

우정과 철학

♠ 우정과 철학이라는 주제- 우정과 철학의 관계?

♠ 즐거움- 벗 사귐과 앎

문성환 작가

　연암이 정말 잘 했던 건 배움의 자세를 갖춘 것과 벗 사귐에 대한 개방적 태도였다. 바로 배움의 기쁨과 벗을 만나는 즐거움을 알았다는 것이다. 여기서 배움이란, 새로운 도전에 두려움을 가지지 않아야만 얻을 수 있는 것을 나타낸다.

　혹시 우리는 두려움 때문에 망설이는 바람에 눈앞에 있는 배움의 기회를 놓쳐 버린 적이 있지는 않는가? 나는 그런 적이 정말 많다. 수업시간이 한창일 때, 갑자기 궁금한 점이 생겨 선생님께 질문을 하고 싶지만 선생님께서는 열심히 수업을 하고 계시다. 여기서 내가 손을 들고 질문을 하면 수업의 흐름은 끊기고, 교실 안에 있는 모든 사람들의 시선이 나에게 집중될 것이다. 그렇게 된다면 정말 부끄러울 것이다. 친구들이 내 질문을 듣고 이것도 모르냐며 속으로 비웃지는 않을까 걱정까지 된다. 긴장과 조금의 두려움이 공존하는 상황에서, 나는 결국 손을 들지 못한다.

　하지만 내가 이 두려움을 극복하여 '앎'의 기쁨을 알게 된다면, 배움 앞에서는 어떤 두려움도 없게 될 것이다. 배움의 기쁨을 안다면 세상 만물이 아름다워 보인다는 말처럼 말이다. 그리고 나는 앞으로의 배움의 기회 앞에서 두려움 따위 때문에 망설이는 일이 없도록 훈련을 해야겠다고 생각했다.

1. 현대사회의 우정과 철학

우정과 철학이란?

내가 알고 있기로 친구 사이의 정을 뜻하는 우정관계는 정확하게 구체화하기가 정말 어렵다. 왜냐하면 우정이란 그 정의와는 달리 매우 유동적이고 어느 하나라고 정확하게 특징지어지기가 어려우며, 지속성과 그 경계도 애매모호한데다 강도 또한 다양하기 때문이다.

예를 들면 새 학기가 되어 새 친구를 사귀는 것이 있다. 내가 친해지고 싶은 친구가 있다고 해서 꼭 그 친구와 친해지리라는 법은 없다. 그 친구는 내가 아닌 다른 친구와 친해지기를 바랄 수도 있고, 내가 모르는 사이에 나를 좋지 않게 생각하고 있을 수도 있기 때문이다.

어쩌다가 친해진 친구와 고등학교 3년 동안 친하게 지냈다고 치자. 고등학교를 졸업한 뒤 서로 다른 대학을 가게 되어 떨어지게 되면 그 우정을 끝까지 잘 지킬 수 있을까? 몸이 멀어지면 마음도 멀어진다는 말이 있다. 아무리 친한 친구 사이였더라도 서로 다른 환경에서 지내게 되어 오랜 시간동안 만나지 못하면 그 우정은 옅어질 수밖에 없을 것이다.

하지만 철학은 다르다. 먼저 사람들이 보편적으로 알고 있는 철학의 사전적 의미는 '인간과 세계에 대한 근본 원리와 사람의 본질 따위를 연구하는 학문'이다. 흔히 인식, 존재, 가치의 세 기준에 따라 하위 분야를 나눌 수 있다고 하는데, 이렇게 보면 우정과 철학이라는 이 두 단어에서 연관성을 전혀 찾지 못하는 것이 당연하다.

하지만 내가 말하고자 하는 철학은 어떤 학문이 아니다. 내가 말하고자 하는 철학이란 한 개인이 자신의 경험으로써 얻은 인생관이나 신조를 가리키는 말이었다. 즉, 열하일기의 우정과 철학이란, 연암 박지원이 우정에 대해 가진 태도나 사상 등의 내용을 담고 있었다는 의미이다.

내가 참여했던 열하일기 캠프 중에서, 문성환 작가님께서는 진실한 우정에는 진심이 필요하다고 하셨다. 여기서 진심이란 '내가 이 사람과의 관계에서 모든 마음을 다 한다'라는 의미를 가지고 있다.

우정에 나이는 중요하지 않다. 결과적으로 연암 박지원이 나누었던 우정들은 나이 차이나 신분을 불문하고 길거리의 모든 사람들과 나눈 것이었다. 그에게 있어 우정이란 친구였으며, 스승이었으며, 또한 어버이이기도 하였다. 문성환 작가님께서는 새로운 친구를 사귀는 건 어려운 일이 아니라고 하셨다. 연암 박지원이 그랬던 것처럼 그저 진심으로 다가가기만 하면 된다는 것이다.

요즘 사회의 우정

사람들은 세상이 점점 삭막해지고 있다고 말한다. 아주 옛날, 작은 마을에 옹기종기 모여 살던 때에는 옆집은 물론이고 마을 전체의 사람들이 한 가족처럼 지냈다. 맛있는 것이 생기면 나눠먹고, 기쁜 일이 있으면 내 일인 것처럼 기뻐하고, 이웃에게 좋지 않은 일이 생기면 모두가 힘을 보태주는 등, '공동체 사회'라는 말이 아주 적절했다.

하지만 현대 사회는 어떠한가? 1인 가구 500만 시대, 집을 떠나 독립하는 청년들이 많아지고, 결혼율이 눈에 띄게 낮아지면서 1인 1가구가 유행한 것이다. 통계청에 따르면 4가구 중 1가구는 '나홀로족'으로 점점 1인 가구가 증가하고 있는 추세이다. 2015년에 비해 1인 가구 비율이 25%를 넘어섰으며, 전통적인 4인 가구의 비율을 훌쩍 앞지른 상황이라고 할 수 있다. 이에 따라 식품, 외식업계에서는 나홀로족을 위한 혼술, 혼영, 혼밥 등 혼자서 할 수 있는 다양한 활동들을 늘리고 있다.

몇 년 전만 하더라도 편의점에서 혼자 삼각김밥과 라면을 먹는 사람은 정말 드물었다. 영화 한 편을 보더라도 혼자 보는 사람을 보기가 힘들었고, 밥을 한 끼 먹더라도 둘 이상의 사람이 함께 와서 먹는 모습이 보편적이었지 혼자 밥을 먹는 모습은 보기 힘들었다. 하지만 지금은 어떠한가? 편의점은 물론이고, 심지어는 고기뷔페에서까지 우리는 혼자 밥을 먹는 사람들을 심심치 않게 볼 수 있다.

농림축산식품부의 설문조사 결과, 응답자 중 약 57%가 혼밥 경험이 있고, 국민건강보호위원회는 대한민국 국민 10명 중 1명은 하루 세 끼 모두 혼밥을 한다는 조사 결과를 내놓았다. 또한 우리나라 대학생과 직장인 중 약 76%가 일주일에 10회 이상 혼밥을 한다고 하니 혼밥이 대세라고 할 수밖에 없는 시대다. 실제로 요즘 대학생들 사이에서는 혼밥 뿐만 아니라 혼술(혼자 술 마시기), 혼영(혼자 영화 보기), 혼행(혼자 여행하기) 등 솔로 라이프가 보편적인 문화로 자리 잡았다고 한다.

혼자 밥 먹기의 줄임말인 '혼밥'이란 단어가 등장한 지 불과 몇 년도 되지 않았지만 혼밥은 벌써 이 시대를 상징하는 하나의 문화이며 트렌드가 되어버린 것이다.

혼밥을 하는 사람이 늘고 있는 가장 큰 원인은 1인 가구의 증가다. 핵가족화, 고령화, 여성의 경제활동 증가, 젊은층의 3포(연애 · 결혼 · 출산 포기) 등 사회 · 경제적인 이유로 1인 가구는 꾸준히 늘고 있다. 2016년 1인 가구는 27%로 전체 가구의 4분의 1을 넘어섰고, 2021년엔 30% 이상 될 것으로 예상하고 있어, 혼밥 문화 역시 더욱 확산될 것은 불 보듯 뻔한 일이다.

문제는 이것 뿐만이 아니다.

요즘 청소년들이 쓰는 말로 '아싸'라는 단어가 있다. '아웃사이더'를 줄인 말로, 무리에 어울리지 못하고 겉도는 사람을 칭한다. 몇 년 전까지만 해도 우리 주변에서 '아싸'는 보기 드물었다.

대학교만 보아도 그렇다. 같은 강의를 듣는 학생들끼리 같은 동아리 회원들끼리 모여 다니면서 함께 밥도 먹고 스터디도 했다. 하지만 1인 가구가 유행하면서 이러한 대학 캠퍼스의 모습조차 변화하고 있다. 사람들은 굳이 친구 관계를 만들려고 하지 않는다. 혼자 다니는 게 편하다는 이유에서 일부러 친구를 만들지 않으려는 사람도 있지만, 내 수준에 맞는 사람이 없다며 사람들을 멀리하는 '자발적 아싸'들도 나타나고 있다.

요즘 학생들에게서 이런 모습이 나타나게 된 것은 물론 1인 가구의 증가도 있겠지만, 우리나라의 교육과도 상관이 있다고 생각한다.

우리나라는 경쟁사회이다. 그저 공부만 잘 해서는 안 된다. 내가 상대보다 잘나야 성공할 수 있다. 상대보다 무언가 하나라도 더 뛰어난 것이 있어야 출세할 수 있다. 그러다 보니 나는 더욱 뽐내고, 상대는 깎아 내려야만 하는 현상이 발생하게 되는 것이다.

이러한 사회에서 학생들이 제대로 된 우정을 알기란 쉽지 않다. 제대로 된 우정을 모르니 친구를 사귈 줄도 모른다. 그래도 고등학교 과정까지는 한 반의 친구들과 매일 마주치고, '같은 반'이라는 이름 안에서 함께 움직일 수밖에 없으니 자연스럽게 친구라고 부르며 함께 다닐 수 있다. 하지만 고등학교를 졸업하고 대학이라는 곳에 가면 '반'이라는 개념은 사라진다. 각각의 시간표가 모두 다르고, 가끔 주어지는 조별과제가 아니면 타인과 함께 무언가를 할 기회도, 필요도 없다. 물론 사람들과 어울리는 것을 좋아하고, 또 인간관계에 자신이 있는 학생들은 대학에 가서도 많은 친구들과 즐겁게 지낼 수도 있다. 하지만 굳이 친구를 사귀지 않아도 혼자서도 충분히 잘 생활할 수 있는 곳이 대학이다 보니, '아싸'가 늘어나는 것은 어찌 보면 당연한 결과가 아닐까 싶다.

2. 나와 그들의 우정

연암이 말하는 우정

세상에는 정말 많은 종류의 우정이 있다. 친구 간의 우정이 있고, 연인 간의 우정, 사제 간의 우정까지. 이 모든 것을 우리는 '우정'이라고 한다. 그리고 현재 사회에 새롭게 나타나는 우정이 있다. 상대를 유심히 관찰하고 나와 수준이 맞는지 확인한 뒤 친하게 지내는 계산형 우정 같은 것이 그 예이다. 지금이 무슨 조선시대도 아니고 사람과 사람간의 관계는 수준으로 나눌 만한 것이 아닌데 말이다.

이쯤 되면 우정의 대가인 연암의 우정이 궁금해진다. 열하일기 속 연암 박지원의 우정은 어땠을까?

임진왜란 이후 조선을 도와준 명나라에 대한 의리를 지킨다는 명분으로 북벌론이 대두되기도 했지만 박지원은 자유로운 사고와 호기심으로, 명나라인들 외 길거리에서 만나는 모든 사람들과 우정을 나눈다.

아주 인상적인 것은 새벽에 월담 하여 골동품 가게나 비단 가게로 가서 밤새 우정을 쌓았다는 것이다. 물론 말이 통하지 않으니 필담으로 글을 써가며 말이다. 여기서 우리는 박지원의 놀라운 친화력을 엿볼 수 있다.

연암이 벗과 함께 나눈 필담 중에 이런 말이 있다.

"우리들은 벗을 사귀는 일에 지극 정성을 다한답니다. 옛글에도 세 사람 이 길을 가면 그중에 반드시 내 스승 될 이가 있다 하였고, 사람이 한 평생에 벗이 없다면 아무런 재미도 없을 것이고 저 입고 먹는 것 밖에 모르는 사람들은 모두 친구 사귀는 재미를 모른답니다."

이 대목에서 나는 벗 사귐에 대해 다시 생각해 보게 되었다. 연암의 벗 사귐이란 진정성 있고 깊이 있었다. 그의 우정은 정말 본받아 마땅하다. 그래서 연암의 우정을 본받아 길 위에서 몇몇 사람들을 만나보기로 했다.

먼저, 다양한 국적을 가진 학생들이 모여 있는 심양시 훈난구에 있는 육재학교 국제부를 방문하였다.

길 위의 우정

육재학교 국제부는 개방적 교육을 중시한다. 그래서인지 교사와 학생들 관계도 정말 좋은 편이다. 물론 학생 수가 적은 탓도 있겠지만 다른 중국 현지학교에서는 볼 수 없는 모습임에는 확실하다.

우리는 위차이(육재)학교 국제부에서 신디, 메이링, 김설주 세 명의 학생을 만날 수 있었다. 신디는 미국국적을 가진 친구였고, 메이링은 일본에서 온 친구였으며, 김설주는 북한에서 왔다고 했다.

세 학생은 늦은 시간이었지만 우리가 찾아가자 환하게 웃으며 반겨주었고, 우리는 곧 오래 된 친구마냥 편하게 수다를 떨었다. 그리고 우리는 그들에게 평소 궁금했던 이야기들을 물어보는 시간을 가졌다.

나는 열하일기를 읽으면서 정말 궁금했던 점이 있었다. 우리나라에서 열하일기는 세계 최고의 여행기라고까지 불리며 아주 높게 평가되고 있는데, 다른 나라의 친구들은 열하일기에 대해 어떻게 생각하고 있을까 하는 것이었는데, 드디어 내 궁금증이 풀리려 하고 있었다.

내가 인터뷰를 할 차례가 되어 첫 번째 질문을 하였다. 나는 먼저 열하일기를 알고 있는지 물어보았다. 그러나 당연히 알 거라는 기대와 달리 답변은 나를 정말 실망하게 만들었다. 열하일기는커녕 박지원이라는 이름도 들어본 적이 없다고 한다. 신디가 말했다.

"한국인들이 중국의 역사에 대해 자세히 알지 못하는 것처럼, 중국인들도 한국의 역사에 대해 자세히 알지는 못해."

생각해 보니 그랬다. 우리가 세계사를 배운다고 해도 중국은 언제부터 개화기가 이루어졌으며 그때 국제적으로 어떤 사건이 있었고 누구의 정권이었는지 정도만 알뿐, 중국의 문화재 같은 것은 전 세계적으로 유명하지 않으면 잘 모르는 것이 보통이었다.

하지만 그럼에도 열하일기는 중국과도 아주 깊은 인연이 있기에, 열하일기를 모른다는 것에 조금의 아쉬움이 남는 것은 어쩔 수 없었다.

다음 질문으로 들어가서, 나는 그들에게 진정한 친구란 어떤 것이라고 생각하느냐는 질문을 했다. 갑자기 너무 추상적인 질문을 해서 그런 건지, 세 명은 조금 당황하는 모습을 보였다. 메이링이 물었다.

"진정한 친구라니, 어떤 걸 말하는 거야?"

나는 그들에게 소위 '겉 친구'라고 불리는 관계에 대해 말해 주었다. 자신의 수준에 맞는 것 같다고 생각되는 사람과 함께 다니면서 친구라고 칭하는 사람들이 있는데, 상대에게 자신의 속마음을 절대 털어놓지 않으며, 상대가 잘 되는 모습을 보면 배 아파 하는, 서로의 이익을 창출하기 위한 관계 정도로 생각하면 된다고 해주었다. 메이링이 대답했다.

"나도 그런 이야기는 들은 적이 있어. 하지만 그런 계산적인 관계는 가짜일 뿐, 절대 친구라고 해서는 안 된다고 생각해. 진정한 친구란 상대에게서 무언가를 배울 수 있고, 진심으로 서로를 이해할 줄 알아야만 진짜 친구라고 할 수 있는 것 같아."

메이링의 말이 보편적으로 알고 있는 팩트인데도, 이런 이야기는 들을 때마다 마치 처음 듣는 것처럼, 매번 새롭게 느껴지는 건 왜일까?

아마 이런 이상적인 친구를 갖는 것이야말로 현대인들이 가장 원하는 것이기 때문이지 않을까. 내가 어떤 일을 하더라도 항상 나를 믿어주고, 잘못된 길로 가면 다시 끌고 오고, 힘들 때 믿고 의지할 수 있는, 세상 사람들이 등을 돌려도 끝까지 나를 믿어주고 지켜줄 만한 그런 친구를 갖는 것 말이다.

"우리들은 벗을 사귀는 일에 지극 정성을 다한답니다.

옛글에도 세 사람이 길을 가면

그중에 반드시 내 스승 될 이가 있다 하였고,

사람이 한 평생에 벗이 없다면 아무런 재미도 없을 것이고

저 입고 먹는 것 밖에 모르는 사람들은

모두 친구 사귀는 재미를 모른답니다"

-연암 박지원-

운명적 친구

'왕자님과 공주님은 결혼하여 오래오래 행복하게 살았답니다~'

동화나 드라마, 영화 등, 여자 주인공과 남자 주인공의 엔딩은 해피엔딩이다. 그리고 해피엔딩은 곧 결혼과 연결된다.

내 주변에서 결혼을 하는 사람들을 보면 이런 이야기를 자주 들을 수 있다. 바로 "이 사람이야말로 바로 운명이죠.", "그녀는 저에게 운명처럼 다가왔어요." 하는 '운명'에 관한 이야기들이다.

연인관계에서는 '운명'이라는 말을 흔히 쓰곤 한다. 운명이란 내가 태어날 때부터 이미 하늘이 정해놓은 나의 인생이라고 할 수 있다. 물론 악연도 있다. 마치 천사와 악마의 관계처럼 얼굴만 보면 으르렁거리는 관계 말이다. 그리고 셰익스피어의 「로미오와 줄리엣」처럼, 죽을 듯이 사랑했지만 가문의 반대로 결국 비극으로 끝난 관계도 있다. 생각해 보자면, 세상에는 어쩌면 운명보다 악연의 형태가 더욱 다양한 것 같다는 생각이 든다.

다시 운명 이야기로 돌아와서, 보통 운명의 상대는 나와 아주 잘 맞기 마련이다. 그러니 서로 싸울 일도, 감정이 상할 일도 별로 없는 것 같다. 그리고 나는 연인관계 뿐 아니라 친구 간의 관계에도 운명이 있다고 생각한다. 왜냐하면 내가 그런 경험을 겪었기 때문이다.

현재 나와 가장 친한 친구가 있다. 아주 특별한 이름을 가진 친구인데, 이름만 특별한 것이 아니라 성격도 아주 특별한 친구이다.

내가 그 친구와 친하게 지내게 된 계기는 그렇게 큰 것이 아니었다. 그냥 정신을 차리고 보니 모든 것을 그 친구와 함께하고 있었다.

내가 지금 다니고 있는 선양한국국제학교는 전·입학을 할 때 시험을 치러야 한다. 나는 고 1때 지금의 학교로 전학을 희망하여 시험을 보러 왔고, 그날은 나까지 7명의 학생이 시험을 보기 위해 학교에 와 있었다. 그리고 거기서 처음 그 친구를 만났다. 그때 그 친구는 앞머리 없는 긴 생머리에 빨강색과 검정색이 섞인 체크코트를 입고 있었는데, 피부가 워낙 하얘서 그랬는지는 몰라도 내 눈에는 그 아이가 확 들어왔었던 것 같다. 그 교실에는 그 친구 외에도 5명의 학생이 더 있었는데도 말이다.

그날 시험을 다 보고 집에 돌아와 엄마에게 말했다.

"엄마, 오늘 같이 시험 본 애 중에 빨간색 체크코트를 입은 친구가 있었는데, 되게 조용하고 착해보였어. 개랑 친해질 것 같아. 아니, 친해지고 싶어!"

물론 그 학교에 처음 전학을 가서는 가까운 자리에 앉게 된 다른 아이와 친해져서, 그 친구와는 친해질 기회가 적었었다. 하지만 시간이 지나고 나와 친하게 지내던 아이가 전학을 가게 되면서 지금의 그 친구와 점점 더 가까워지게 되었고, 만난 지 거의 1년이 넘어가는 지금은 가장 친한 친구로 서로에 대해 모르는 게 없을 정도이다.

다시 생각해 보면, 처음 만나던 날, 시험장에서부터 나는 그 아이가 내 친구가 될 것을 알았던 것 같기도 하다.

바로 운명처럼 말이다.

친해진 뒤 보니, 조용하고 얌전한 줄만 알았던 첫 인상과는 달리, 친구는 정말 쾌활하고 호쾌한 사람이었다. 특히나 리액션이 정말 좋아서 친구가 재미있는 이야기를 할 때면 그 아이의 웃긴 손동작에 숨이 넘어갈 듯 웃곤 한다. 그리고 나와 취미도 비슷해서 말도 아주 잘 통한다.

숏 컷 헤어스타일이 무척이나 잘 어울리는 호탕한 성격의 내 친구는 내가 애정 표현을 할 때마다 항상 으으, 저리 가. 하며 밀어내곤 한다. 평소에도 나를 놀리는 것을 일삼고 가끔은 상처를 주기도 한다. 그렇지만 내가 기분이 좋지 않을 때면 아무것도 묻지 않고 내 옆에서 내가 좋아하는 것들을 주제로 이야기를 하며 내 기분을 풀어주기 위해 노력해 준다. 물론 가끔은 생각이 맞지 않아 투닥거릴 때도 있지만, 그래서 나는 항상 친구에게 미안하고 고마운 생각이 든다.

친구야, 항상 고맙고 사랑해♡

3. 연암 박지원의 우정

友=手+又
⇒또 다른 손

연암의 우정

友(벗 우)라는 한자가 있다. 친구라는 뜻을 가지고 있는 이 한자가 만들어지게 된 원리란 아주 간단하고도 의미 있는 것이다. 그 원리라고 하면, 手(손 수) 자에 又(또 우)자가 합쳐진 단어라는 것인데, 즉, 친구라는 것은 나의 또 다른 손이 되어주는 존재라는 의미라고 할 수 있다.

열하일기를 읽은 사람이라면 연암은 벗을 사귀는 것을 무엇보다 중요하게 생각하였다는 것을 알고 있을 것이다. 그가 건륭황제의 생일을 축하하기 위해 북경으로 떠나는 사절단에 합류하려고 결정을 내린 아주 결정적인 이유도 이국의 벗을 사귀어 함께 학문을 논하기 위함이라고 하였으며, 사절단과 함께 하는 긴 여정 동안 그가 가장 많이 했던 일도 바로 벗 사귐이다.

하지만 연암 박지원이 몰래 월담을 하면서까지 사귀고, 함께 학문을 논하였던 벗이란 어떠한 훌륭한 지식인이나 있는 집안의 자제가 아니었다. 그저 상인, 청년, 심지어는 어린아이까지 길거리의 다양하고도 평범한 사람들과 함께 우정을 쌓았던 것이다.

당시 금수저로 태어나 엄청난 지식인이었음에도 불구하고 평범한 사람들, 심지어는 어린아이와도 우정을 맺었다는 연암이 정말 존경스럽게 느껴진다.

앞서 말했듯이 박지원은 호탕한 성격에 밝은 에너지를 전파하는 사람이었다고 한다.

어딜 가나 어두운 기운 없이 활기찬 모습을 보였으며, 당시 권력이 있는 자라면 꼭 하나씩 따라붙었던 비리나 부정부패 같은 단어들은 그에게는 어울리지 않는 말이었다.

그래서인지 그는 사람들에게 인기도 많았다. 그의 주변에는 언제나 그의 사람들이 넘쳐났고, 집을 떠나 타국에서 만난 사람들조차 모두 자신의 사람으로 만들어 버린다. 그리고 이 부분이 바로 내가 박지원에게 반한 장면이다.

'우정이란 꼭 언어가 통할 필요는 없으며,
말이 통하지 않더라도 좋은 친구가 될 수 있다'

박지원은 자신의 말을 몸소 증명이라도 하듯 멀고 먼 타지에서 처음 만나 말이 통하지 않는 선비들과도 깊은 우정을 나눈다.

나는 박지원의 우정에서 그 상대와 같은 요소가 아닌 박지원이 타인과 우정을 나누는 '방법'을 보고 깜짝 놀랐다. 보통의 사람들은 처음 보는 사람을 만났을 때 먼저 통성명을 하고, 자신의 소속을 밝힌 뒤 서로의 관심사를 공유하며 친해지기 마련이다. 그리고 그 모든 과정을 위해 대화는 불가피한 것이기에, 두 사람간의 언어 또한 매우 중요한 역할을 한다. 언어가 통하지 않는다면 서로간의 소통이라고 할 수 있는 대화가 잘 이루어질 리 만무하기 때문이다.

하지만 연암 박지원의 우정이란 관심사 같은 것으로 연결되어지는 것이 아니었다. 그는 자신이 우정을 나눌 그 사람의 소속은 중요하다고 생각하지 않았다. 길거리의 어떤 사람이든 그는 학문을 논하고, 세계의 정세를 논하며 우정을 쌓기를 원했기에, 서로 통성명을 하는 등의 불필요한 일은 하지 않아도 되었던 것이다.

현대의 사람들이 서로 친구가 되는 과정은 아마 대화일 것이다. 대화가 없다면 서로를 이해할 수 없고, 대화를 해야만 서로의 생각을 알 수 있기 때문이다.

나조차도 그렇다. 서로 말이 통하지 않는다면 서로를 이해하기가 어렵다. 상대방을 이해하기가 어렵다면 상대에게 다가가는 것이 꺼려지는 것은 당연한 것이라는 생각을 가진 나는 박지원이 타인과 우정을 나눌 때 말이 통하지 않아 손짓과 발짓으로 모든 의사소통을 하였다는 부분을 읽으며 혹 박지원이 '열하일기'를 기술하며 약간의 과장을 섞은 것은 아닐까 의심조차 되기 시작했다. 하지만 두 번 세 번, 몇 번의 정독을 통해 내 생각이 틀렸다는 것을 알게 되었다.

박지원은 어떻게 생전 처음 보는 사람과 깊은 우정을 나눌 수 있었을까?

그것도 서로 아주 다른 환경에서 태어나고 자라 문화부터 사상까지 모두가 다른 사람들과 말이다.

연암이 '타인'과 그렇게 깊은 우정을 나눌 수 있었던 것은 그가 학문이 깊은 사람이라서가 아니었을 뿐더러, 그가 만나는 사람들이 대단해서도 아니었다. 아마도 연암의 훌륭한 인품이 크게 한몫 하지 않았나 싶다.

당연하다. 생각해 보면 우리조차도 그렇다. 아무리 학문 수준이나 집안 수준 등이 맞는다 하더라도 성격이 잘 맞지 못하면 아무리 잘 어울려 보려고 해도 결국 그 사람과는 멀어지게 된다.

연암과 그의 친구들도 똑같았다. 연암이 사귀고자 한 길거리의 사람들은 물론 처음 보는 사람이었지만 그의 밝은 에너지와 호탕한 성격, 그리고 훌륭한 인품에 끌렸을 것이며, 혀를 내두르게 만드는 박지원의 뛰어난 학문은 그저 플러스 요소였을 것이라고 생각한다.

만약 연암이 자신의 학문 수준에, 자신의 지위에 맞는 사람들만 골라 사귀었다면 어땠을까? 아마도 처음에는 그 관계가 아주 끈끈하고 좋을지도 모르겠다. 하지만 그런 눈에 보이는 것으로 연결되어진 관계는 언젠가는 끊어지기 마련이다.

요즘 같은 아파트 단지에 사는 사람들끼리 결혼을 하는 사례가 늘어나고 있다. 같은 아파트에 살면 생활수준이 비슷하다고 생각하니까 믿음이 간다는 이유에서였다.

실제로 강남의 모 아파트 단지에서는 아파트 단지의 학부모들이 모여 서로의 자녀를 소개하는 모임이 만들어지곤 한다.

최근에는 한 아파트의 공개 게시판에 벽보가 붙었다. 오랜 망설임 끝에 용기를 내었다며 공개한 건 '공개 구혼'이었다. '딸 바보 아빠의 〈사윗감〉 공개 구혼'이라는 제목의 벽보에는 딸의 성명, 나이, 학력, 사는 곳, 직장 등이 포함되어 있었다.

하지만 공개적으로 벽보를 붙이면서까지 사윗감을 찾는 그 딸의 스펙은 만만치 않았다. 명문대를 학사 및 석사로 졸업하였고, 현재는 메이저급 대학병원 레지던트로 일하고 있다. 게다가 남동생은 현재 로스쿨에 재학 중이라고 하였다.

이렇게 능력이 있는 여성이 아파트 게시판에 공개 구혼을 하게 된 이유는 간단했다. 같은 아파트에 사는 배우자를 찾기 위해서였다.

이 아파트는 원래 아주 낡은 오래된 아파트였지만 2002년 재건축을 거쳐 강남에서도 알아주는 부촌으로 성장하여, 지금은 85m²형 기준 최소 15억 원은 있어야 이 아파트의 주민이 될 수 있다. 즉, 이 아파트에서 찾은 배우자라면 전국 최상위 고소득 계층일 가능성이 아주 높다는 것이다.

이러한 모습은 과거 조선시대와 크게 다를 것이 없다. 서로의 집안과 지위, 부를 따진 뒤 어른끼리 약속을 하여 서로의 아들딸을 혼인 시키던 그때. 자신의 결혼 상대가 누군지 얼굴조차도 모른 채 결혼해야만 했던 그때가 반복되는 듯한 느낌이다. 이런 식으로 배우자를 찾아 결혼하는 것이 과연 옳은 것일까?

조선시대야 성별과 학벌 등 신분이 아주 중시되던 때이니 그렇다 치더라도, 신분상승 외에도 개인에게 모든 자유가 주어지는 이 21세기에 마치 정략결혼과도 같은 관계가 원만하게 지속될 리 없다.

서로의 학벌이나 지위 등을 따지며 친구 관계를 맺고, 연인 관계를 맺는 이 사회의 사람들이 정말 안타깝다는 생각이 든다. 결국 진정한 우정이란 서로의 학문 수준이 다르더라도, 언어가 통하지 않더라도 마음만 통한다면 가능한 것인데 말이다.

연암의 친구들

과거시험을 포기하고 자신이 원하는 길을 가기로 한 연암에게는 당시 최고의 실학자들이라고 불리는 친구들이 있었다. 그중에는 유명한 실학자인 홍대용, 박제가, 유수원 등도 포함되어 있었다.

먼저 홍대용은 대표적인 북학파의 학자이다. 군사 및 경제에 아주 많은 관심을 가졌으며, 신흥 상공인의 입장에 서서 사회 개혁을 주장하였다. 그리고 지구의 자전을 주장한, 조선시대의 제 1과학 사상가이기도 하다. 또한 신분제도 개혁을 위해 과거제 폐지를 주장하였으며, 신분에 관계 없이 8세 이상의 모든 아동들을 교육시켜야 한다고 주장하기도 하였다.

다음으로 박제가는 서얼 출신으로, 《북학의》와 《종두방서》의 저자이기도 하다. 그는 상공업 진흥을 주장하며 양반의 상업종사를 강조하였다. 박지원을 스승으로 모시며 그의 문하에서 실학을 연구하였으며, 청나라에 다녀와 청의 문물을 사실적으로 바라보고, 나라의 후진성을 극복하기 위해 다른 나라에서 새로운 문물을 도입할 것 등, 중상주의적인 주장을 펼쳤다. 또한 청나라와의 통상을 더욱 강화하고, 수레와 배 이용을 강조한 부분, 청나라에 다녀온 이야기를 책으로 써낸 부분 등에서 박지원과 공통점이 있다.

마지막으로 유수원은 사·농·공·상의 직업적 평등화와 전문화를 주장하였다. 상공업의 진흥과 기술 혁신을 강조하며, 상인간의 합자를 통한 경영규모 확대와 상인이 생산자를 고용하여 생산과 판매 주관을 주장한 것이다.

그들의 우정은 나이 차이를 넘어서서 친구이자 스승이자 어버이였다.

박지원과 박제가는 박지원이 종로의 백탑(白塔) 북쪽으로 이사 간 뒤 만나게 되었다. 박지원은 박제가보다 나이가 열세 살이나 위였지만, 박제가가 찾아가면 버선발로 뛰어나와 맞이해서는 마치 오랫동안 만나지 못했던 옛 친구를 만난 것처럼 손을 잡고 반가워하며 자기 글을 모두 꺼내 읽어주었다고 한다. 또한 몸소 밥을 지어주며 오래 살라고 술까지 부어주면서 이런저런 세상 이야기를 나누었다고 한다.

박제가는 이렇게 박지원을 찾아가면서 평생 동안 많은 사상과 학식을 배우게 된다.

박지원은 비슷한 수준의 학식을 갖춘 홍대용, 유수원, 이덕무, 유득공 등을 만나면서 서로의 사상과 학식을 공유한다. 그래서 이들을 묶어, 서울의 백탑(원각사지 10층 석탑이 멀리서 보면 하얗게 보여 백탑이라고 부름-편집자주) 근처에서 같이 공부했다고 하여 '백탑파'라고 부르기도 한다. 특히나 박제가, 이덕무, 유득공, 이서구 등은 다 같은 서자 출신이라는 공통점까지 있어, 그 우정이 더욱 돈독했다고 한다.

이들이 한번 어울리면 열흘이고 스무날이고 집으로 돌아올 줄을 몰랐다고 하는데, 여기서 재미있는 것은 박제가가 결혼 후 신혼 첫날밤을 지내자마자 장인의 말을 빌려 타고 처가에서 빠져 나와 이들과 술을 마셨다는 것이다. 나이와 신분의 차이에도 불구하고 책을 좋아하던 박제가와 그 친구들은 아주 끈끈한 우정을 자랑하며 지냈다.

그리고 그들에게 깨우침을 주고 희망을 던져주며 그들의 우정을 더욱 빛나게 한 사람이 바로 그들의 스승 연암 박지원이다.

　박지원은 적자 출신이었음에도 불구하고 조선 후기의 신분차별제도의 문제점과 그 모순을 잘 알고 있었다. 실속도 없이 허울 좋은 집안만 내세우고 있었던 당시의 양반들의 문제점을 아주 잘 알고 있던 박지원은, 서자 출신의 양반인 박제가, 유득공, 이덕무 등에게 따뜻한 손길과 우정으로 깨우침을 주고 이끌어 주었다.

　그리고 나는 그들의 진정한 우정을 본받고 싶다.

"有朋自遠方來, 不亦樂乎"
(유붕자원방래, 불역락호)

벗이 있어 먼 곳에서 찾아오니
어찌 즐겁지 아니한가

-논어 중-

몸과 윤리

신근영 작가

♠'아프다'- 장애물?

♠터닝 포인트

아프다는 것이 곧 장애물이라는 것에 대해서는 예를 들 것도 없다. 아주 중요한 시험을 보기 위해 오랜 시간동안 열심히 준비해왔는데, 시험 당일 날 갑자기 심한 몸살감기에 걸린 것 때문에 시험을 보지 못하는 경우 등이 있다.

연암에게도 아픔이 있었다. 바로 과거시험을 준비하며 얻었던 우울증이다. 하지만 연암의 아픔(우울증)은 과거시험만 보면 탄탄대로인 인생이었던 연암을 백수로 이끌어 내면서 하나의 터닝 포인트를 만들어 낸다.

여기 중국 심양에 살고 있는 학생들, 선생님들 모두가 같은 인생의 터닝 포인트를 가지고 있다. 그것은 바로 모국인 한국을 떠나 중국이라는 이질적인 나라로 와서 살고 있다는 것이다.

중국이라는 나라를 처음 접하고 알게 된 그 순간이 우리에게는 인생의 큰 터닝 포인트이지 않을까 싶다. 물론 개인마다 그 기간은 다 다르겠지만 말이다.

조금 더 구체적인 예를 들어보겠다. 입시반인 우리 11학년을 예로 들어보자. 한국으로 따지자면 고2인 우리 11학년은 한국에서 계속 살았다면 지금쯤 수능의 노예가 되어 목표하는 대학도 불분명한 채로 살고 있겠지만, 중국에서 살게 되면서 한국에 있는 친구들과는 전혀 다른 방법으로 입시를 준비하고 있다. 바로 인생의 터닝 포인트로 인해 나의 인생이 바뀌게 된 것이다.

그리고 신근영 작가님께서는 연암의 또 하나의 터닝 포인트를 말씀하셨다. 사절단의 여정의 끝이 북경이 아닌 열하가 되었다는 부분인데, 여기가 바로 연암의 인생에서 가장 중요한 터닝 포인트라고 할 수 있으며, 여기서 연암의 길이 변화함으로 인해 '열하일기'라는 명작이 탄생할 수 있었다는 것이다.

1. 우리의 몸과 정신

인생과 선택

아~ 다이어트 해야 되는데…….

여자들이 대화하는 것을 가만히 듣고 있자면 정말 자주 들을 수 있는 말이다. 어느 순간부터 다이어트는 이 시대 여성들에게 끝나지 않을 숙명이자 숙제가 되었다.

사람들은 왜 다이어트를 하는 것일까?

건강상의 이유도 있지만 보통 자신의 현재 모습에 만족을 하지 못해 다이어트를 하는 경우가 많다. 남성에 비해서 외모에 신경을 더욱 쏟는 여성들이 '다이어트'라는 말을 입에 달고 사는 것도 그래서이다. 하지만 대부분의 다이어터들이 무식하게 굶어서 살을 뺀다.

그러다 보니 에너지가 발생하지 않아 몸에 힘이 없고, 신체에 이상신호가 나타나기도 한다. 그러니 무언가를 할 때 집중이 안 되고 힘들 수밖에 없는 것이다. 뭐든 잘 먹어야 건강해지고, 건강해야 뭘 하더라도 성공을 하는 것인데 말이다.

이런 사실을 모르는 것은 아니다. 하루 세 끼 꼬박꼬박 챙겨 먹되 식이요법을 병행하고, 적당한 운동을 해야만 건강한 다이어트를 할 수 있다는 건 누구나 아는 사실이지만 먹으면서 운동으로 살을 빼려면 아주 긴 시간이 요구된다. 만약 5kg을 빼고 싶다고 한다면 아무리 짧게 잡아도 5

개월은 필요하다. 하지만 보통의 사람들은 단기간에 살을 빼길 원하고, 결국 몸에 좋지 않다는 것을 알면서도 굶어서 살을 빼는 것을 선택한다. 그리고 우리의 인생 또한 그렇다. 이 길을 가면 분명히 나에게 좋지 않다는 것을 알면서도 우리는 그 길을 걷는다.

인생은 언제나 끝없는 선택의 장이다. 인간은 매 순간마다 선택을 한다. 내 이야기를 해보겠다.

전날 밤, 오늘 아침은 일찍 일어나서 느긋하게 준비를 해야지, 하고 결심을 했지만 역시 일찍 일어나려니 너무 힘이 든다.

그리고 고민한다. 지금 일어날 것인가, 더 잘 것인가? 그리고 더 자는 것을 선택한다. 정신을 차리고 눈을 떠 보니 지각이다. 깜짝 놀라 침대에서 벌떡 일어나 준비를 한다. 먼저 옷부터 입기로 했다. 옷장을 열었는데 입을 만한 옷이 없다. 아, 어쩌지? 뭐 입어야 되지? 고민을 하는 새에 시간은 훌쩍 흘러 있다. 그냥 눈에 보이는 옷 아무거나 걸쳐 입기로 한다. 옷을 다 입고 보니 시간이 얼마 남지 않았다. 화장을 할지 말지 고민하다 화장은 생략하는 것을 선택하고 마스크를 끼기로 한다. 가방을 메고 거실로 나오니 엄마가 전날 밤에 나를 위해 만들어 놓으신 샌드위치가 눈에 들어온다. 아, 늦게 라면 먹고 자서 속 안 좋은데……. 들고 갈까 말까 고민하다 그냥 들고 가는 것을 선택한다.

시간상으로 보면 이 모든 일들은 한 시간도 채 되지 않는 시간 동안 일어난 일들이다. 이 짧은 시간 동안 나는 벌써 5번이 넘는 선택을 하였다. 이렇듯 우리는 매 순간마다 선택을 한다. 하지만 내가 느긋한 준비를 포기하고 더 자는 것을 선택한 것처럼, 이것을 선택하면 분명히 나중에 더 힘들 것을 알면서도 그 선택을 하는 경우가 정말 많다.

잘못된 선택

요즘 청년들은 잘못된 선택을 많이 한다. 노력보다는 대박을, 끈기보다는 한방을, 정직보다는 부정을 선택하는 경우가 늘어나고 있다. 이렇게 말하니까 무언가 엄청난 이야기를 하고 있는 것 같은데, 나는 지금 우리가 일상 속에서 흔히 겪을 수 있는 이야기를 하고 있다.

요즘 청년들의 선택에 대해 예를 들어보겠다. 여기 여대생 A가 있다. 평소 술을 마시고 노는 것을 좋아하는 A는 전날 밤 무리해서 술을 마시다가 다음날 몸에 무리가 오는 바람에 강의도 자주 빠지고, 강의를 빠지니 수업을 들을 수가 없고, 수업을 듣지 못하니 시험도 항상 망치고 만다.

어느 날, 시골에서 농사를 짓고 계시는 A의 부모님께 연락이 왔다. 이번 시험 결과도 엉망이면 학교를 자퇴하고 시골로 내려오라는 것이다. A는 생각해 본다. 부모님이 계시는 시골에 간다면? 몸빼 바지를 입고 밭을 메는 자신의 모습이 머릿속에 그려진다. 부모님과 함께 사니, 늦게까지 노는 것은 물론 외박은 절대 하지 못할 것이다. 안 돼, 그럴 수는 없다. A는 자신의 즐거운 일상을 지키기 위해 이번 시험을 잘 보기로 결심했다.

하지만 전공 책을 펴본 A는 머리가 아파오는 것을 느끼고 짜증스럽게 책을 닫아버린다. 아, 시험 잘 봐야 되는데. 어쩌지. 문득 A의 머릿속에 동기인 B가 떠올랐다. B는 공부도 열심히 하고 노는 것을 별로 좋아하지 않으면서 알바까지 하는, A의 동기 중에 가장 조용하고 착한 학생이다. B는 갑자기 좋은 생각이 떠오른다.

다음 날, A는 오랜만에 제 시간에 등교했다. B야, 안녕 나 알지? B는 당황했다. 친하지도 않은 아이가 갑자기 다가와서 말을 걸다니. 그래도 대답은 해주었다. 응, 안녕. A는 속으로 미소를 지었다. 그리고 말했다. B야, 내가 지금 너무 힘들어서 그런데…….

그날 새벽, 오늘도 신나게 놀다 들어온 A의 얼굴에는 만족감이 서려 있었다. A는 생각했다. 시험 날이 어서 빨리 왔으면 좋겠다고. 그리고 시험 당일 날, A와 B는 부정행위가 적발되어 둘다 F를 받고 만다.

A는 자신이 열심히 공부해서 좋은 성적을 얻는 것과 부정행위를 해서 높은 점수를 얻는 것 중에 후자를 선택했다. 물론 이 이야기는 조금은 극

단적이기는 하다. 하지만 이런 사례 외에도 요즘 대부분의 청년들이 자신의 이익을 위해 보다 좋지 않은 선택을 한다는 건 사실임에 틀림 없을 것이다.

당연함과 선택

하지만 연암 박지원의 선택은 달랐다. 연암은 자신의 인생을 항상 자신이 선택해왔고, 정말 멋있는 삶을 살았다고 할 수 있다.

연암은 자신의 길은 자신이 직접 개척했다. 그러한 연암의 기질은 과거시험 보는 것을 관둔 것에서부터 나타났다. 연암은 언제나 자신의 정해진 길을 거부했다. 대표적으로 양반으로 태어나 편하게 잘 살 수 있는 길을 가지 않고 자신이 원하는 인생을 스스로 개척한 것이 있다.

오늘날 사람들의 모습은 하나같이 똑같다. 그것은 우리 학교, 아니 우리 반 친구들만 보아도 그렇다. 비슷한 시간대에 일어나 같은 시간에 등교를 하고, 같은 시간에 수업을 듣고, 같은 시간에 밥을 먹고, 또 같은 시간에 하교를 한다. 그리고 이러한 것이 당연하다고 생각한다.

하지만 연암은 이러한 당연함을 거부했다. 태어날 때부터 정해져 있던 인생을 거부하는 것을 '선택'한 것이다.

하지만 그의 선택은 언제나 옳음과 옳지 않음, 이익이 됨과 이익이 되지 않음, 이 네 가지를 고려했다고 볼 수 있다. 그리고 연암은 '북경에서 다시 열하로의 여행'이라는 인생에서 가장 잘 한 선택을 함으로써 옳고 이익이 되는 선택을 했다. 옳은 선택은 어떻게든 나에게 이익을 가져다주는 법이다. 반대로 옳지 않은 선택은 나에게 불화를 불러일으킨다.

그러므로 우리는 올바른 선택을 하기 위해 항상 고민해야 한다. 어떤 선택이 나에게 더욱 도움이 될지를 말이다. 매 순간마다 고민하여 옳은 선택을 한다면, 언젠가 먼 미래의 나는 훨씬 나은 사람이 되어 있을 것이다.

한국 교육의 폐해

어른들은 요즘 젊은이들의 생각이 닫혀 있다고 말한다. 누구보다 개방적인 사고를 가지고 이 사회를 바꿔 나가야 할 젊은이들의 생각이 닫혀 있으니, 정말 안타까운 일이 아닐 수 없다.

불과 몇 십년 전만 해도 이렇지 않았다. 대통령이 부정행위를 하여 당선되었다는 소식을 들은 대학생들은 학교를 뛰쳐나와 다 같이 길거리에서 학생 운동을 펼쳤다. 정부에서는 그들을 강하게 제압하며 어떻게든 수습하려고 했지만 이미 불이 붙어버린 학생들의 열정과 패기에는 총으로도 이길 수가 없었다. 그때만 해도 학생들의 의식은 깨어 있었다고 할 수 있다.

하지만 우리나라의 교육의 특징 중 하나인 '주입식 교육'이 계속되면서, 학생들은 자신이 주장하고자 하는 것을 말할 기회를 박탈당한다.

우리나라는 땅덩이가 작은 만큼 자원 또한 부족하다. 자원이 부족하니 수출을 할 수 있는 것 또한 없다. 그러니 인적자원을 더욱 많이 양성시켜 전 세계로 수출시킬 수밖에 없다는 것이 전문가의 의견이다. 세계로 수출될 만한 인적 자원이 되려면 대체 어느 정도의 공부를 해야 할까?

미국의 한 텔레비전 프로그램에서는 몇 명의 미국 학생들에게 몇 주 동안 한국학교를 체험하게 하는 프로젝트를 진행한 적이 있었다. 미국에 있는 한국 유학생들이 공부를 너무 잘 하기에 대체 한국 학생들은 어떻게 공부를 하는 걸까, 하는 의문에서 시작된 프로그램이라고 한다.

하지만 한국학교를 체험하기 위해 간 미국 학생 두 명은 일주일도 채 되지 않아 한국학교 체험을 포기한다. 미국 학생들이 따라해야 하는 한국 학생은 아침 일찍 등교해서 저녁 늦게까지 공부를 하고 또 공부한다. 학교가 끝나면 바로 학원에 간다. 학원 강의가 끝나자 자습실에서 또 늦게까지 공부하다가 버스 막차시간이 다가오자 학원을 나선다. 집에 와서도 공부는 멈추지 않는다. 씻고 간단하게 간식을 먹은 뒤 다시 책상에 앉은 한국 학생은 새벽 4시까지 공부를 하다가 책상에 엎드려 잠이 들고,

2~3시간도 자지 못한 채 등교한다.

미국 학생들은 한국 학생들이 공부하는 모습을 보고 경악하면서 자신들은 절대 따라하지 못하겠다는 말을 덧붙인다. 그만큼 우리나라의 교육 방식은 정말 빡빡하다.

하지만 이렇게 빡빡한 우리나라에서 '모범생'이 되는 방법은 아주 간단하다. 잘 외우고 잘 받아 적으면 된다. 마치 기계적인 로봇처럼 말이다.

중·고등학생 때는 수업시간에 선생님께서 하시는 모든 말씀을 잘 받아 적고, 그 적은 내용들을 달달 외우면 된다. 그렇게 중·고등학교에서 좋은 성적을 받고, 대학을 간다. 대학을 가도 똑같다. 교수님이 하시는 말씀을 그대로 따라 적고, 달달 외운다. 그러면 성적은 또 잘 나온다.

그렇지만 학교와 사회는 다르다. 대학을 졸업한 뒤 취업을 준비하는 과정에서 정말 많은 청년들이 좌절한다. 요즘 회사에서는 공부를 잘하는 학생보다 자발적으로, 자기 주도적으로 행동하는 사람을 원하기 때문이다. 그래야만이 회사의 발전에 도움이 된다면서 말이다. 그렇다고 성적이 조금 부진하더라도 자기 주도적인 활동을 많이 하는 것이 더욱 유리한 것도 아니다. 좋은 성적과 이름 있는 대학은 기본적인 요소이며, 거기에 플러스 알파(+α)로 다양한 활동이 들어가는 것이다.

그렇지만 초등학교부터 대학까지. 총 24년을 받아 적고 외우는 것만을 반복해온 학생들이 자기 주도적인 생활을 할 수 있을까? 아니 그 전에 스스로 무언가를 생각할 수는 있을까? 물론 소수의 학생들은 가능할지도 모르지만 보편적으로 볼 때 나는 불가능하다고 생각한다.

그리고 현재 사회에서는 자발적으로 무언가를 하는 사람을 원한다는 정보를 얻은 학생들이 자신은 자기 주도적으로 무언가를 하는 사람이라는 것을 '보여주기 위해' 공부 이외의 무언가를 한다. 그런데 그들이 하는 공부 이외의 무언가라고 하면, 교외 행사에 참가를 한다든지 자신의 진로와 관련된 캠프에 참가한다든지 봉사를 많이 한다든지 하는, 누군가에게 보여주기 위한 기록부에 적힐 만한 것들 뿐이다. 그리고 회사에서는 그런 기록들을 보고 그 학생을 자기 회사의 일꾼으로 뽑는다.

하지만 상황은 여전하다. 학생들은 자신은 공부 이외의 다른 것도 스스로 할 줄 안다는 것을 '보여주기 위해' 저런 기록들을 만들어 낸다.

하지만 실질적으로 그들은 아직도 공부만 열심히 한다.

요즘은 대학을 못가는 학생들의 비율이 몇 십 년 전에 비해 매우 줄어들었다. 그러니 대학을 나온 것만으로는 어림도 없다. 더 이름 있는, 더 순위가 높은 대학을 가야 하는 것이다. 그리고 사회에서는 이름 있는 대학과 높은 성적은 당연하며, 그 외에 무언가가 더 있어야 한다고 생각한다.

그러니 학생들은 자신이 더 뛰어난 무언가를 갖기 위해 다른 친구를 경쟁의 대상으로 인식하고, 더 많은 것을 서류에 적기 위해 매일매일 열심히 공부하고 또 노력한다. 이런 사회에서 자랐으니 젊은이들이 자신의 목소리를, 주장을 펼치지 못하는 것은 어찌 보면 당연하다.

2. 연암 박지원의 몸과 그의 인성

연암 박지원

연암 박지원은 누구나 살면서 꼭 한번쯤은 들어봤을 이름이다. 특히나 현재 고등학생인 나는 작년까지만 해도 교과 과목에 역사가 포함되어 있어 당시 박지원이라는 실학자에 대해 조사하여 발표한 적도 있었다. 하지만 그때 나는 박지원이라는 '사람'에 대해서 발표를 했다기보다는 '실학자' 박지원에 관하여 조사를 했던 것 같다. 그것도 아주 표면적인 조사를 말이다.

> "박지원의 본관은 반남(潘南), 자는 중미(仲美), 호는 연암(燕巖)이며, 1737년(영조 13) 한양에서 태어났다. 30세 때는 실학자 홍대용(洪大容)과 교우하여 서양의 신학문 등을 배울 수 있었으며……. 박지원은 실학자였는데 실학자는 곧 북학파, 중상학파, 백탑파라고 불리기도 했으며……. 백탑파라는 명칭은 그 구성원들의 대부분이 백탑을 중심으로 그 주변에 거주하고 있었기 때문이고……."

바로 이렇게 말이다. 당시 내가 조사했던 내용들 중 그 어디에서도 박지원의 인간성을 나타내고 있지 않았다. 마치 새 집단에 들어가게 되어 만난 처음보는 사람들에게 자신의 이름이 무엇이고, 나이는 몇이고……. 같은 형식적인 자기소개를 하는 것처럼.

연암의 몸

열하일기를 읽으면서 박지원은 몸도, 정신도 정말 건강한 사람이라는 것을 정말 많이 느낀 것 같다.

먼저 몸에 대해 이야기를 해보자. 내가 열하일기를 읽기 전 연암 박지원의 외모에 대해 느끼고 있던 전체적인 이미지가 있다. 바로 운동이나 야외활동이라고는 할 줄 아는 것도 없이 책에 묻혀 살며 방에 틀어박혀서 공부나 하는 비실비실한 양반이었다.

당연한 것이 연암 박지원은 그 시대 최고의 문장가라고 불릴 정도로 많은 글들을 썼고, 열하일기와 더불어 허생전, 양반전 등의 유명한 책의 저자이며, 당시 정부에서 아주 탐내던 인재인데다가 뛰어난 학문가로 전해져 내려오고 있으니, 공부를 어디 보통 잘 했겠는가? 그리고 공부를 그렇게 잘 하려면 하루 종일 책상 앞에 앉아 있어야만 가능할 것이라고 생각했기에 연암 박지원의 이미지는 아주 가녀린 선비일 것이라는 생각을 할 수밖에 없었다.

그리고 조금은 편견일지 모르지만 박지원이라는 이름 자체부터 부드러운 이미지를 나타내고 있다는 내 개인적인 생각 또한 내가 박지원의 이미지를 결정하는 데 한몫을 했다.

하지만 이번에 '열하일기'를 읽으며 천천히 알아간 박지원은 내가 처음 가지고 있던 이미지와는 전혀 다른 사람이었다. 내가 상상했던 가녀리고 얌전한 인상과는 전혀 다른 모습을 한 박지원은 큰 덩치에 매서운 눈매, 우렁찬 목소리를 가지고 있었으며, 심지어 술도 곧잘 마셨다고 한다.

아주 건강한 박지원의 우렁찬 목소리에 관련된 재미있는 일화가 하나 있다. 박지원이 한 관아의 군수를 지내던 시절이었다. 그 마을에는 한 부부가 살고 있었는데, 어쩌다 여인에게 귀신이 붙어 발광을 하며 고래고래 소리치는 것을 그녀의 남편이 붙들어다 관아의 문 앞에 데려다 놓았는데, 마침 관아의 안에서 업무를 보던 박지원의 쩌렁쩌렁하고도 우렁찬 목소리에 놀란 귀신이 울부짖으며 달아났다는 것이다. 물론 그 후로 여인은 건강한 몸을 되찾았다는 이야기이다.

이러한 일화를 볼 때, 그는 샌님은커녕 사내대장부라는 명칭이 더 잘 어울리는 것 같았다.

연암의 정신

다음으로 정신에 관한 이야기이다. 박지원은 난무하는 부정부패가 싫어 관직에 오르지 않기 위해 과거시험을 몇 번이나 일부러 망쳤던 사람이다. 박지원의 뛰어난 문장실력과 인품을 일찍이 알아본 심사위원들이 그를 하루빨리 과거에 합격시키기 위해 안달이 나 있었지만 박지원은 시험에 응시는 하되 답안지를 제출하지 않는다든지, 답안지에 그림을 그려서 제출한다든지 등 시험에 합격하지 못할 만한 일들만 계속 하였다.

박지원은 과거시험장을 정말 싫어하는 사람이었다. 그도 그럴만한 것이 당시의 과거시험장은 부정행위가 만연했다. 수험생 하나에 수행원 4~6명이 따라붙어 마치 시장바닥을 연상시키는 것은 물론 대놓고 '컨닝'을 하거나 심사위원에게 뇌물을 주어 주제를 미리 알아낸 뒤 뛰어난 문장가가 적어준 글을 그대로 답지에 적는 등 말 그대로 아수라장이었다.

사람은 주변 환경을 따라가기 마련이다. 아무리 곧은 자라도 그런 상황에서 과거시험을 정직하고 온전하게 보기란 정말 힘든 일이었을 것이다. 특히나 연암 같은 기질을 가진 자가 그런 분위기를 견디기란 정말 힘들었을 것이다.

여기서 나는 나의 모습을 생각해 보았다. 만약 시험장에 나를 도와줄 사람들을 데리고 들어갈 수 있다면? 나에게 귀띔을 해주고 내가 시험을 쉽게 통과할 수 있도록 도와줄 사람이 있다면? 그런 상황이 온다면 나는 과연 어떻게 행동했을까?

깊게 고민할 필요가 없었다. 내 대답은 '당연히 시험에 참가해서 어떤 짓을 해서라도 통과해야지!'였다. 아무래도 시험에 통과하여 출세할 수 있는 기회가 있다면 당연히 그 기회를 잡아야 마땅하지 않겠는가. 출세는 과거나 현재나 모든 사람들이 열망하는 것이고, 미래에도 당연히 그럴 것이니까.

하지만 연암 박지원은 그렇게 생각하지 않았다. 그는 자신이 양반집 자제로 태어났음에도 출세를 원하지 않았다. 그는 그저 자신의 친구들과 학문을 논하는 것에 만족하며, 자신이 하고 싶은 공부를 하길 원했다. 그저 잘 먹고 잘 살기 위해 자신이 원하는 공부도 못 한 채 부정행위가 다사다난한 그곳에 끼고 싶지 않아 했다. 그는 정말이지 곧은 생각을 가진 보기 드문 지식인이었다.

열하일기는……

'열하일기'라는 책이 쓰여진 본래 의도는 미지의 세계였던 청나라의 모습을 아주 생생하게 보여주며 그 여행지를 온몸으로 느낄 수 있도록 하는 것이지만 내가 느낀 열하일기는 달랐다.

나는 열하일기라는 책이 청나라를 보여준다기보다는 연암 박지원이라는 사람을 더욱 잘 나타내고 있다고 생각하며, 연암 박지원이란 어떤 사람인지, 어떤 학자인지를 더욱 잘 보여주는 책이라고 느꼈다.

열하일기를 읽고 나서 나는 열하라는 지역보다는 박지원이라는 사람에 대해 더욱 잘 이해하게 되었기 때문이다.

그 당시의 선비들 중 대다수는 요즘으로 따지자면 보수파였다.

청나라에 대해 안 좋은 시선을 보내고 편견을 가진 채 청나라 사람들은 문명화 되지 못한 오랑캐라고 욕을 해댔다.

물론 박지원도 처음에는 청나라에 대한 편견을 가지고 있었다. 하지만 그의 편견은 앞서 청나라에 가본 친구들의 이야기를 들은 후 조금은 바뀌었을 것이다.

그리고 청나라에 간 그는 청나라의 화려하고 발전된 문물들을 보고 그 진면목을 깨닫는다.

이렇듯 박지원은 선입견이나 편견 없이 대상을 그대로 보고 수용할 줄 아는 능력을 가지고 있었다. 그 능력 덕에 아주 어린 아이와도 친구가 될 수 있었던 것이라고 나는 생각한다.

명문가 집안에 훌륭한 인품과 명석한 두뇌, 거기에다 타고난 유머감각까지. 알면 알수록 새로운 박지원의 모습이야말로 열하일기가 담고 있는 이야기라고 생각하였다. 그리고 나는 내가 열하일기에 대하여 책을 한권 쓰게 된 것이 정말 다행이라고 생각한다.

박지원의 사상

열하일기가 뛰어난 이유 중 또 다른 하나는 바로 박지원의 개방적이고 수용적인 사상에 있다.

박지원은 청나라의 화려한 모습에 주눅이 드는 것으로 그치지 않고 그 안에서 또 다른 해답을 찾는다.

부하에게 만일 청나라에서 태어났다면 어땠을 것 같냐는 질문을 한 박지원은 청나라는 오랑캐의 나라가 아니냐며 싫다고 답하는 부하의 답에 실망한다.

그리고 때마침 지나가는 맹인을 보고 박지원은 깨닫는다. 앞을 보지 못하는 저 맹인이야말로 평등한 눈을 가진 것이 아니겠냐는 것이다.

> 장복을 돌아보면서 물었다.
> "네가 만일 중국에서 태어났다면 어떻겠느냐?"
> "중국은 되놈 나라잖아요. 소인은 싫습니다요."
> "맙소사!"
> 때마침 소경 하나가 지나간다. 어깨에는 비단 주머니를 둘러메고 손으로
> 는 월금을 뜬다. 나는 크게 깨달았다.

"저이야말로 평등안(平等眼)을 가진 것 아니겠느냐."

열하로 여행을 떠난 지 보름 정도 된 날, 연암은 마주한 요동 벌판에 감동한다. 그리고 그는 감동하는것에 그치지 않고 그의 뛰어난 말솜씨와 명문장으로 '호곡장론'이라는 명문을 탄생시킨다. '호곡장론'에는 그동안 한번도 본적이 없었던 엄청나고 끝 없는 지평선에 압도당한 연암의 벅찬 감동이 아주 잘 드러나 있다.

나는 오늘에야 알았다. 인생이란 본디 어디에도 의탁할 곳 없이 다만 하늘을 이고 땅을 밟은 채 떠도는 존재일 뿐이라는 사실을. 말을 세우고 사방을 돌아보다가, 나도 모르는 사이에 손을 들어 이마에 얹고 이렇게 외쳤다.
"훌륭한 울음터로다! 크게 한번 통곡할 만한 곳이로구나!"

연암 박지원의 밑도 끝도 없는 의미심장한 말에 옆에 있던 사람은 의문을 갖는다. 이렇게 멋있는 장관을 보면 기쁘게 웃는 것이 당연한 것인데, 어째서 울음터라 칭하며 통곡을 할 만한 곳이라고 말하는 것이냐는 것이다. 통곡이란 슬프거나 좋지 않은 일이 있을 때 하는 것이 아니냐는 질문에 박지원은 아주 당연하다는 듯이 말한다.

세상에는 정말 많은 감정들이 있다고. 그리고 그런 감정들은 당연히 나타나는 것이며, 그중 어느것도 나쁘거나 좋은 감정이라고 할 수 없다고 한다. 또한 눈물은 슬퍼도 나는 것이지만 기뻐도 나는 것이며, 마음이 복잡할 때도 나는 것이고 마음이 편할 때도 나는 것인데, 어찌 사람들은 우는 것을 부끄러워 하고 사나이라면 울면 안 된다는 이야기까지 나오는 거냐며 우리는 울음을 참아야 할 이유가 없다는 것이다.

"이제 이 울음터가 저토록 넓으니, 저도 의당 선생과 함께 한번 통곡을 해야 되겠습니다그려. 그런데 통곡하는 까닭을 칠정 중에서 고른다면 어디에 해당할까요?"

"그건 갓난아이에게 물어봐야 될 것이네. 그 애가 처음 태어났을 때 느낀 것이 무슨 정인지. 그 애는 먼저 해와 달을 보고, 다음으로는 눈앞에 가득한 부모와 친척들을 보니 그 얼마나 기쁘겠는가. 이 같은 기쁨이 늙을 때까지 변함이 없다면, 본래 슬퍼하고 노여워할 이치가 전혀 없이 즐겁게 웃기만 해야 마땅한 것 아니겠나. 그런데 도리어 분노하고 한스러워하는 감정이 가슴속에 가득하여 끝없이 울부짖기만 한단 말이야. 그래서 사람들은 이렇게 말하곤 하지. 삶이란 성인이든 우매한 백성이든 누구나 죽게 마련이고, 또 살아가는 동안에도 온갖 근심 걱정을 두루 겪어야 하기 때문에 세상에 태어난 것을 후회하여 먼저 스스로 울음을 터뜨려서 자기 자신을 조문하는 것이라고.

하지만 갓난아기의 본래 정이란 결코 그런 것이 아니야. 어머니 뱃속에 있을 때에는 캄캄하고 막혀서 갑갑하게 지내다가, 하루 아침에 갑자기 탁 트이고 훤한 곳으로 나와서 손도 펴 보고 발도 펴 보니 마음이 참으로 시원했겠지. 어찌 참된 소리를 내어 자기 마음을 크게 한번 펼치지 않을 수 있겠는가. 그러니 우리는 저 갓난아기의 꾸밈없는 소리를 본받아서, 비로봉 꼭대기에 동해를 바라보면서 한 바탕 울어볼 만하고, 장연의 금모래밭을 거닐면서 한바탕 울어볼 만하이."

―열하일기 중에서―

이렇게 자신의 생각을 끊임없이 말하고 또한 그 안에서 혼자 고민하고 해답을 찾으며 즐거워 했던 연암 박지원. 그는 그 즐거움을 오래도록 즐기기 위해, 또한 자신만 그 기쁨을 누릴 뿐만 아니라 타인에게도 그 즐거움을 나눠주고 싶었는지 자신의 모든 경험을 엮어서 책으로 낸다. 그리고 그것이 바로 세계 최고의 여행기인 《열하일기》이다.

3. 인생의 터닝 포인트

인생의 길

이 넓은 세상에서 사람들은 각자 자신의 인생을 살아간다. 모든 사람들의 인생은 하나부터 열까지 전혀 다르지만, 딱 한 가지, 공통적인 요소가 있다. 바로, 인생은 직선으로 뻗어 있는 길이 아니라는 것이다.

누군가 그렇게 말한 적이 있다. 금수저로 태어나면 인생은 탄탄대로라고. 돈이 많으니 원하는 모든 것을 할 수 있고, 성인이 되어서는 부모의 지위를 물려받으니 얼마나 편안하냐고. 하지만 나는 그렇게 생각하지 않는다. 아무리 잘 사는 집의 자제로 태어나 부족한 것 없이 잘 자라 왔어도, 언젠가 한 번쯤은 인생에 커다란 굴곡이 생기기 마련이다. 예를 들면 부모와의 관계라던지, 친구와의 관계라던지……. 어떤 형태로든 말이다.

그리고 몇몇의 학자들은 인생에서의 그 커다란 굴곡을 인생의 터닝 포인트라고 부른다. 변환점이 있다는 것이다. 사람들은 개인마다 인생의 터닝 포인트가 있다. 쉽게 예를 들어 보자면, 여기 평범한 청년 A가 있다. A는 평범하게 4년제 대학을 졸업한 뒤 자신의 다른 친구들이 하는 것처럼 당연하게 취업을 준비하다가, 갑자기 공무원이라는 직업에 끌려 공무원 시험을 준비하게 되는 것으로 진로를 이탈한다.

자신이 원래 가던 길과는 전혀 다른, 끝이자 새로운 시작의 그 시기. 이것이 바로 '변곡점'이다.

변곡점

본래 그래프를 그릴 때 사용하는 수학용어인 '변곡점'은 위에 말했듯이 인생의 길, 즉 삶의 방향이 바뀌는 것이라고 할 수가 있다.

예를 들어보자. '열하일기'에서, 연암 박지원이 소속된 사절단은 청나라 건륭황제의 생일을 축하하기 위해 청나라로 떠나게 된다. 본래 사절단의 처음 목표 지점은 궁궐이 있는 북경이었다. 사절단은 청나라의 황제가 눈이 빠지게 기다리고 있다는 소식을 듣고, 빠른 시일 내에 북경에 도착하기 위해 죽기 살기로 걷고 또 걸어서 북경에 도착한다. 하지만 북경에 도착한 뒤, 그들은 청천벽력과도 같은 소식을 전해 듣는다. 황제가 더위를 이기지 못하고 피서산장으로 피서를 갔다는 것이다. 즉, 황제는 북경이 아닌 열하에 있다는 소식을 들은 사절단은 어쩔 수 없이 울며 겨자먹기로 다시 한번 열하를 향해 길을 떠난다. 물론 박지원은 공식 수행 업무가 없었기에 북경에서 여행을 마쳐도 상관이 없었다. 그리고 박지원 또한 북경에 남아 이곳의 선비들과 학문을 나누길 원했었다. 하지만 열하로 가는 그 길 또한 그에게 아주 커다란 두근거림이었다. 당시 조선인들은 넘어본 적이 없는 고북구 장성, 그리고 연암은 열하로, 다시 한번 여행을 떠난다.

바로 이 부분, 조선에서 북경으로 가는 것이 본래 목표였지만 북경에서 다시 열하로 가게 된 것. 이것이 바로 연암 인생의 변곡점이라는 것이다.

그렇다면 연암의 인생에 있어서 가장 큰 변곡점은 무엇이었을까?

연암이 과거시험에 합격하기 위해 한창 학문을 갈고 닦던 시기에, 연암은 적성에 맞지도 않는 과거시험에 시달리다 결국 우울증에 걸리는 정도까지 가고 만다. 그런데 그 우울증을 치료하는 과정에서 연암의 독특하고도 개방적인 성격이 드러난다. 보통의 사람들은 병에 걸리면 방 안에 가만히 누워서 병이 물러갈 때까지 기다리는 것이 보통인데, 연암은 그러지 않았다. 연암은 저잣거리에 나가 신나게 놀기도 하고, 더욱 다양

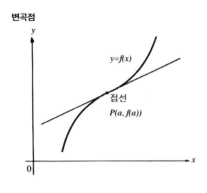

변곡점

$y=f(x)$

접선

$P(a, f(a))$

한 사람들과 이야기를 나누기도 하며 병을 물리친다. 마음이 건강해야 몸도 건강하다는 것을 알았기 때문일까?

그 뒤, 연암은 자신의 적성에 맞지도 않는 과거시험은 깔끔하게 포기하고 백수의 길을 걷겠다는 결심을 한다. 그 결심을 하게 된 데는 큰 이유가 없었다. 과거시험은 자신이 원하는 것이 아니며, 나 자신이 하고 싶은 공부를 하겠다고 마음을 먹은 것이다. 그리고 그는 자신과 마음이 맞는 친구 몇과 함께 자신이 원하는 공부를 마음껏 하며 시야를 더욱 넓혀 간다. 연암이 청나라에 대해 우호적인 태도를 가질 수 있었던 건 그 친구들의 영향도 크다고 할 수 있다. 그리고 연암이 과거시험을 포기하기로 마음을 먹은 이 시기야말로 연암 박지원의 인생에 있어 가장 큰 변곡점이라고 할 수 있다. 과거를 포기하지 않았다면 그는 개인 수행원으로 조선 사절단에 합류할 기회조차 없었을 테니 말이다.

나도 지금까지의 인생을 볼 때 아주 크다고 할 수 있는 변곡점이 있다. 연암 박지원처럼 엄청난 결단력이 필요한 일은 아니었지만, 이 변곡점으로 인해 내 인생이 아주 크게 뒤바뀌었다.

내 인생의 변곡점이란, 바로 중국 심양에 와서 살고 있다는 것이다. 나는 초등학교 저학년 때까지 한국에 살면서 평범한 한국 학생으로 살다가, 아버지 회사의 일로 중국에 오게 되면서 조금은 특별한 유학생이 되었다고 볼 수 있다.

나는 처음 중국에 왔을 때 원망과 불평을 정말 많이 했었다. 중학생이 되어 외모에 관심이 생기고, 친구들과 놀러 다니는 것에 재미를 느낄 무렵, 내가 한국이 아닌 중국에 살아서 누리지 못하는 것들이 정말 많다고 느꼈으며, 그 모든 것들이 한없이 부러웠기 때문이었다. 중학생이 되면 입고 싶었던 교복을 못 입는다는 사실부터, 길거리 떡볶이를 먹을 수 없다는 사실까지. 모든 것이 마음에 들지 않았었다. 물론 점점 커가면서 그런 원망과 불평은 더 이상 하지 않게 되었지만 그래도 나에게 있어 중국은 하루 빨리 떠나고 싶은 대상이, 한국은 천국과도 같은 동경의 대상이 되었던 것 같다.

하지만 열하일기를 읽은 뒤 내 생각은 바뀌게 되었다.

연암 박지원의 북경에서 다시 열하를 향해 여정을 떠나는 변곡점은 연암에게는 정말 많이 고민을 한 뒤 내려야 할 결정이었을 것이다. 사절단의 일원이 아니라 개인 수행원이라는 직분을 가지고 있는 덕에 연암은 북경에 도착한 뒤 다시 열하를 향한 여정에 참가하지 않아도 되는 상황이었다. 게다가 당시 사절단은 북경에 도착한 지 얼마 되지 않아 엄청난 피로가 누적되어 있는 상태였다. 만약 그때 내가 연암과 같은 상황이었다면 다시 시작된 열하로의 여정이 전혀 달갑지 않았을 것 같다. 그러나 연암 박지원은 열하를 향해 다시 한번 여정을 시작하고, 그 여정의 끝에서 만나게 된 열하는 연암 박지원에게 커다란 감동의 장을 마련한다. 그래서 연암이 쓴 기행문도 북경일기가 아닌 '열하일기'인 것이다.

이렇듯 연암의 다사다난한 길 끝에는 '열하'라는 엄청난 감동의 장이 있었다. 그렇다고 해서 그 과정이 힘든 일만 가득 했던 것도 아니다. 때로는 더위에 지쳐 쓰러질 것만 같고, 때로는 삶과 죽음을 왔다갔다 해도, 여행을 하는 모든 순간에서 연암은 새로운 것을 발견하고 깨닫고 즐거워한다.

그리고 나 또한 그럴 것이다. 비록 외국인으로서의 중국생활은 정말 힘들고 답답하지만, 항상 그렇지만은 않았다는 것을 알고 있다. 중국에 살고 있기에 먹을 수 있는 맛있는 중국 음식들, 외국인으로 살고 있기에 받을 수 있는 많은 혜택들. 그리고 이 모든 것을 넘어서 언젠가 도착할 내 길의 끝에는 연암이 그랬던 것처럼, 밝은 무언가가 있기를 바란다.

Q & A

고미숙 작가님의 이야기

작가님 인터뷰

우리 학교에서는 열하일기계의 '대가'이신 고미숙 작가님을 초청해 열하일기 인문학 캠프를 개최했다. 고미숙 작가님과 다른 두 분의 작가님들과 함께 이틀이라는 시간 동안 캠프를 하면서 정말 다양한 이야기들을 들을 수 있었다. 하지만 많은 강의들을 들었음에도 불구하고, 개인적인 질문과 함께 풀리지 않는 의문들이 있었다. 책을 쓰면서 갖게 된 의문이나 평소에 궁금했었던 점 등 말이다. 그래서 나는 고미숙 작가님께 인터뷰를 요청했고, 고미숙 작가님께서는 정말 감사하게도 인터뷰에 흔쾌히 응해 주셨다. 그리고 이어진 인터뷰에서 나는 내가 원하는 답변을 얻을 수 있었다.

바쁜 와중에도 질문에 성심성의껏 답해 주신 작가님께 감사의 말씀을 드린다.

Q: 안녕하세요, 작가님. 인터뷰에 응해 주셔서 감사합니다.

A: 안녕하세요 ^^

Q: 작가님은 지금까지 정말 많은 책들을 쓰셨는데, 어떤 계기로 인문학의 길을 걷기로 결심하셨나요?

A: 첫째 재미있어서. 고전보다 더 재밌는 책은 없습니다^^ 둘째 최고의 밥벌이라서. 고전의 지혜는 모든 이들에게 꼭 필요한 '마음의 양식'이라 인문학을 하면 절대 굶지 않을 거라 확신했죠.^^ 셋째 인간에게 가장 큰 주제는 죽음인데, 평생 인문학을 하면 죽음의 두려움에서 벗어날 수 있을 거라 생각했지요.

Q: 그렇군요. 작가님은 사람들 사이에서 열하일기의 대가라고 불리실 만큼 열하일기 쪽으로는 정말 모르는 게 없으신 것 같아요.
처음 열하일기를 접한 건 언제이며, 그 계기는 무엇인지 궁금해요.

A: 글쓰기를 위해 처음 열하일기를 접한 건 40대 초반이었죠. 공동체(감이당) 식구들이 주관한 잡지에 전 세계 최고문장가들을 위한 특집을 하기로 했는데, 내가 고전문학 전공자라는 이유로 내게 열하일기를 덜컥 맡겨 버린 거죠. 정말 당시엔 기막히고 코 막힌 일이었죠^^

Q: 정말 당황하셨겠어요. 그런데 작가님은 그 후 열하일기의 매력에 빠져버려, 지금은 열하일기의 열렬한 팬이 되셨다고 하셨죠? 하지만 저는 세상에는 판타지, 로맨스 등 더 재미있고 즐길 수 있는 책들이 많다고 생각하거든요. 굳이 열하일기에 빠진 특별한 이유가 있나요?

A: 판타지와 로맨스는 멋지긴 한데, 잠깐 빠지고 나면 바로 시들해져버려요. 해서 진짜 멋진 건 내 삶을 전혀 다른 길로 이끌어주는 텍스트라고 생각합니다. 열하일기는 바로 그런 책이었죠. 15년 전 처음 독파했을 때도 그랬지만, 지금도 여전히 열하일기를 읽을 때면 설레입니다.^^ 그리고 생각합니다. 나도 이런 글을 쓰고 싶다고. 또 나도 이렇게 살고 싶다고!

Q: 그렇다면 작가님께 열하일기란 이정표와도 같았다고 할 수 있겠네요. 그럼, 열하일기 본문 중 작가님께서 가장 좋아하는 장면이 있으신가요? 있다면 어떤 장면인가요?

A: 다 좋아하지만, 〈호곡장론〉에서 '훌륭한 울음터로구나! 통곡하기 좋은 곳이로다!' 하면서 '기쁨이 사무치면 울게 되고, 노여움이 사무쳐도 울게 되고, 슬픔이 사무쳐도 울게 되고, 즐거움이 사무쳐도 울게 되고……' 하는 대목은 읽을 때마다 멋지게 느껴져요. 열흘이 가도 산이 보이지 않는 요동벌판을 보고 통곡을 떠올린 것도 기가 막힌 발상이지만, 슬플 때만 우는 것이 아니라 희노애락에 오욕이 사무치면 모두 울게 된다는 그 말이 아주 강렬한 울림을 주기 때문이죠. 인간에 대하여, 감정에 대하여 깊이 통찰하지 않았다면 결코 불가능한 표현입니다.

Q: 그렇군요. 제가 열하일기 '도강록'을 읽으면서 가장 기억에 남았던 장면은 연암 박지원이 부하에게 '자네, 길을 아는가?'라고 묻는 장면인데요, 여기서 연암은 길이란 어려운 것이 아니며, 그저 언덕과 물 '사이'에 있을 뿐이라고 말합니다. 그리고 이 부분에 대해 작가님은 저서 『열하일기, 웃음과 역설의 유쾌한 시공간』에서 '사이'란 때와 더불어 변화하는 어떤 지점이며 가는 곳마다 길이 되는 그런 것이라고 하셨고요.
  하지만 저는 다르게 생각했어요. 당시의 조선인들에게 청나라는 문명에 뒤처진 오랑캐들의 나라라는 편견이 아주 강했던 점을 고려하여 저는 언덕이란 당시의 청나라를, 물이란 조선을 뜻하는 것이며, 그 중간이 아닌 '사이'란 평등한 어느 것이라고 생각하였고, 언덕과 물의 사이란, 즉 어떠한 편견도 없는 길이라고 판단하였습니다. 작가님은 제 의견에 대해 어떻게 생각하시나요?

A: 아주 재밌는 해석이고 그렇게 해석해도 틀리진 않아요. 하지만 주의할 것은 여기서 언덕과 물, 그리고 사이가 어떤 하나의 개념으로 고정되면 곤란해요. 사이의 철학은 청문명과 조선을 포함해서 삶의 모든 과정에 두루 적용되어야 하거든요. 그래서 좀 어려운 표현인데, 이렇게 자기 나름의 해석을 시도한 건 아주 훌륭한 일이라고 생각합니다.^^

Q: 그렇군요, 더 열심히 고민해 봐야겠네요.
  저는 저번 주에 저희 학교 중·고등학생들을 대상으로 열하일기 관련 설문조사를 한 적이 있는데요. 열하일기가 세계 최고의 여행기라는 말에 동의하냐는 질문에 '아니오'를 선택한 친구가 정말 많았습니다. 작가님께서 열하일기는 세계 최고의 여행기라고 하셨는데, 그 구체적인 이유가 뭔가요?

A: 많은 친구들이 아니오를 선택한 것은 당연합니다. 10대가 열하일기의 진면목을 알기는 쉽지 않아요. 저도 10대에 읽었다면, 그랬을 겁니다. 왠지 더 멋지고, 더 엄청난 여행기가 있을 것만 같거든요. 하지만 열하일기 같은 여행기는 단연코 없습니다! 가장 놀라운 건 글쓰기의 다양한 변주인데요. 동아시아를 가로지르는 문명담론에서 생사를 넘나드는 구도적 여정, 거기다 깨알 같은 개그와 유머가 동시에 공존하는 텍스트는 없습니다. 그만큼 연암의 신체와 사상이 역동적이면서 유연하다는 뜻이죠. 이게 얼마나 어려운 경지인지는 인생을 좀더 살아보고, 더 많은 고전을 접하다 보면 자연스럽게 깨닫게 될 거예요~

Q: 하지만 많은 친구들이 고전은 정말 어렵고 지루한 분야인 것 같다고 생각하며 고전 읽기를 꺼려하는 게 대부분입니다. 고전을 어려워하는 친구들이 고전을 재미있게 즐길 수 있는 방법이 있을까요?

A: 낭송과 연극, 두 가지 방법을 추천합니다. 고전은 내용보다 소리로 접하는 게 더 좋아요. 내용을 다 이해하지 않아도 되니까 좋은 대목을 골라서 낭송을 해보는 거예요. 친구들끼리 낭송 배틀을 해봐도 좋고, 낭송클럽을 만들어도 좋지요. 거기서 더 발전하면 고전을 소재로 연극을 만들어보는 겁니다. 그러면 어렵고 지루해 보이는 텍스트에서 의외의 재미와 감동을 느낄 수 있어요. 우리 공동체(감이당)에서 즐겨 쓰는 방법이기도 합니다. 효과 만점!^^

Q: 친구들과 다 같이 해봐야겠네요.
맞다, 작가님은 정말 많은 책들을 내셨죠. 그중에서 저희 학생들이 꼭 읽었으면 하거나 추천하고 싶은 책이 있으시다면 무엇인가요?

A: 열하일기를 읽었으니까 그 후속으로 '걸리버 여행기'나 '돈키호테', '서유기' 같은 여행기 고전을 읽으면 아주 좋아요. 이런 여행기 고전에 대한 이야기를 묶어서 낸 책이 『고미숙의 로드 클래식-길 위에서 '길' 찾기』(북드라망)입니다. 이 책을 읽고 나면 아마 여행을 떠나고 싶을 거예요. 그래서 저도 올해 '지중해'와 '실크 로드' 여행을 하게 되었답니다.

Q: 그렇군요. 꼭 한번 읽어봐야겠네요.
어제 오전의 강연에서 작가님은 길을 떠나는 것이야말로 새로운 나를 발견하는 것이라고 하셨는데요. 그렇다면 작가님은 새로운 나를 발견하기 위해 길을 떠나신 적이 있나요? 작가님의 이야기를 해주세요.

A: 당연하죠. 그 길은 강원도 정선군에 있는 탄광촌에서 중학교를 마치고 춘천으로 진학을 하면서부터 시작되었지요. 이후 박사학위를 마치고 교수취업에 실패한 다음 지식인공동체를 연 것도 마찬가지예요. 사람을 만나고 책을 읽고 글을 쓰고 하는 모든 과정이 사실은 나를 발견하기 위함입니다. 공부를 한다는 건 궁극적으로 자기를 발견하는 것을 목표로 합니다. 열하일기를 만나 선양국제학교에 간 것도 그렇고, 앞으로도 매년, 매순간 나를 찾아가는 여행을 떠날 생각입니다.

Q: 나를 찾아가는 여행이라니, 정말 멋있네요.
작가님께서 생각하시기에 열하일기란 어떤 책인지 한마디로 말씀해 주세요!

A: '인생과 글쓰기의 지도'를 가르쳐주는 가장 눈부신 별!

Q: 감사합니다. 열하일기에 관련한 질문은 여기서 끝입니다. 이제 글쓰기와 관련해서 질문을 할 텐데, 좋은 답변 주실 거죠?

A: 당연하죠.

Q: 감사합니다. 앞서서 저는 책을 읽는 것도 아주 좋아하지만 동시에 글을 쓰는 것도 정말 좋아한다는 말을 했습니다. 하지만 너무 오랜 기간 동안 외국에 거주한 탓인지 글을 쓸 때마다 풍부하지 못한 표현 등 부족한 글 솜씨가 너무 걱정입니다. 재능이 없는 건지 고민이 되기도 하는 동시에 어릴 적부터 한 번도 흔들린 적 없던 작가라는 꿈을 이룰 수 있을지 걱정이 되기까지 합니다. 어떻게 해야 작가님처럼 재치 있고 지루하지 않으면서도 풍부한 '좋은' 글을 쓸 수 있을까요?

A: 글쓰기를 잘 하려면 일단 글쓰기를 다른 어떤 활동보다 좋아해야 해요. 마음을 하나로 모으는 것이죠. 재능은 필요없어요. 언어는 가장 보편적인 표현방식이기 때문에 재능을 필요로 하지 않아요. 가장 중요한 건 인간과 세상에 대해 끈기있게 관찰하고 이해하는 힘입니다. 많은 책을 읽어야 하는 것도 그 때문이죠. 이렇게 '집중과 관찰'을 통해 내공이 쌓이다 보면 세상에 표현하고 싶은 이야기들이 흘러넘치게 됩니다. 이 과정만 밟는다면 누구나 작가가 될 수 있어요. 화팅!

Q: 와, 정말 감동적인 말씀이네요. 감사합니다. 현재 저는 저희 학교 책 쓰기 동아리에서 열하일기를 주제로 각자 책을 쓰는 활동을 하고 있는데요, 처음에는 호기롭게 시작했지만 시작한 지 얼마 되지 않아 소재가 다 떨어져버렸습니다. 아직 반도 쓰지 않았는데 말이에요. 시간은 부족한데 소재가 떠오르지 않아 너무 답답합니다. 작가님은 소재가 떨어질 때 어떻게 하시나요?

A: 저도 그럴 때가 많은데, 그때는 산책을 하면서 친구들과 이야기를 나눠요. 열하일기로 글을 쓸 때는 하도 열하일기 이야기를 많이 해서 친구들이 열하일기를 '금지어'로 삼은 적도 있어요.^^ 글쓰기는 몸 전체로 하는 것이기 때문에 글이 막힐 때는 몸 전체를 유연하게 움직이는 게 좋아요. 그러면 뇌에서 새로운 회로가 열리거든요. 아니면 아주 푹 자는 것도 방법입니다. 자는 동안 뇌에서 글을 쓸 수 있는 통로를 마련해 주기도 하니까요.

Q: 그렇구나. 그럼 저도 소재가 떠오르지 않을 때마다 산책을 해봐야겠네요. 좋은 팁 감사합니다.

지금까지 인터뷰 해주셔서 정말 감사합니다. 마지막으로 저처럼 작가의 꿈을 꾸는 학생들에게 한마디만 부탁드립니다!

A: 글쓰기는 지혜와 자유를 가능케 해주는 최고의 직업이자 활동입니다. 그 길 위에서 꼭 다시 마주치게 되기를!!

이야기를 마치며……

　열하일기라는 주제가 결정되었을 때, 나는 내 생각을 적은 에세이 형식의 책을 쓰기로 결심하였다. 내 생각을 적은 책이라면 조금은 쉽게 쓸 수 있지 않을까 하는 생각에서였다.

　그리고 나는 18년 인생 처음으로 마감의 지옥에 시달리게 되었다. 휴일에도 쉬지 못한 채 몇 주 동안 밤을 새가면서 하루에 40장 가량의 글을 쓰다 보니 몸도, 마음도 너무 지쳐 포기할까 하는 생각도 참 많이 했었다. 하지만 점점 늘어가는 페이지 수가 눈으로 보이고, 글쓰기 실력도 쓰면 쓸수록 늘어가는 것을 보며 조금은 즐거운 마음으로 썼던 것 같기도 하다. 나중에는 소재가 다 떨어졌는데도 무언가 더 쓰고 싶어 안달이 났을 정도로 말이다. 그리고 한 달 가량의 사투를 마치고, 원고를 최종적으로 완성하여 담당자 선생님께 '권지유_열하일기_최종'이라는 제목의 메일을 보낼 때의 그 쾌감은 아직도 잊지 못한다.

　이 책을 쓰면서 작가를 향한 꿈이 더욱 더 확고해졌음은 물론이다. 책쓰기는 나에게 작가란 무엇인지를 조금 더 느낄 수 있게 만들어주었다. 작가란 그저 글만 잘 쓰면 되는 것이 아니라 기본적인 편집도 할 줄 알아야 한다는 것부터, 두께와는 상관 없이 한 권의 책이 나오기까지 글을 쓰는 사람 외에도 많은 사람들이 몇 달 동안 날밤을 새야만 한다는 것도 깨달았다. 그리고 그중에서도 하나의 주제를 가지고 몇 장이나 되는 분량의 아주 긴 이야기를 써내는 작가들이 매우 대단하게 느껴졌다. 나는 아무리 많이 써봤자 하나의 주제에 한 페이지 정도가 고작이었는데 말이다.

책을 보는 관점도 달라지게 되었다. 책 쓰기를 하기 전의 나는 책을 읽을 때 그 내용만을 보았었다. 하지만 책 쓰기를 하면서 내가 직접 글쓰기, 삽화 넣기, 편집하기 등 모든 작업을 하다 보니, 책이 다른 관점에서 보이기 시작했다. 내용 구성은 어떠한지, 페이지 수는 몇 페이지인지, 삽화는 어떻게 넣어야 보기 편한지, 그리고 표지는 어떤 식으로 만들어져 있는지를 먼저 보게 된 것이다. 그 외에도 짧은 문장 하나를 쓰며 수많은 고민을 했을 작가의 모습이 눈앞에 아른거리기도 했고, 이 책은 줄 간격이 너무 가깝고 글자 크기가 너무 작아서 가독성이 떨어진다는 판단도 할 수 있게 되었다. 이런 것들은 내가 직접 책을 써 보지 않았더라면 절대 몰랐을 법한 것들이다. 그리고 나는 이 모든 것들이 나를 내 꿈을 향해 나를 밀어 올려 주는 것만 같아 더욱 즐겁게 책을 쓸 수 있었다.

책을 쓰는 기간 동안 정말 폐인과도 같은 모습으로 학교를 다녔다. 매일 같은 체육복에 두꺼운 패딩점퍼, 두꺼운 안경에 립밤조차 바르지 않은 초췌한 얼굴, 질끈 묶은 머리카락……. 친구들은 나를 볼 때마다 깜짝깜짝 놀라며 정말 마감에 시달리는 작가 같다는 말을 한마디씩 해주었다. 조금은 우스운 말일지 모르지만 그런 말을 들을 때 마다 나는 이상하게도 기분이 좋았다. 내 꿈을 이룬 것만 같은 착각이 들었기 때문이었던 것 같다. 내가 책 쓰기 동아리에 가입한 것은 내가 18년 인생을 살면서 잘한 일 TOP 5 안에 들어갈 것이다.

열하일기라는 좋은 주제 덕에 책을 쓰는 동안 연암이라는 신비로운 사람을 만나 정말 많은 것을 배웠다. 앞으로 마주하게 될 모든 문제들에 대한 해답을 들은 기분이다. 앞으로 연암 박지원의 길과도 같은 길을 걷기 위해 노력해야겠다는 생각을 했다.

이제 한 달 가량의 밤샘작업이 끝난다니 기쁘기도 하고, 이제 책을 쓰게 될 기회가 없어진다니 조금은 슬프기도 하다. 하지만 나는 이번의 이 활동을 통해 더욱 확실한 결단을 내렸다. 나는 꿈을 이룰 것이다. 앞으로는 절대 흔들리는 일 따위 없이, 내 이름으로 된 책이 출판되기까지 열심히 달리고 또 달릴 것이다. 그러기까지는 정말 많은 시간이 걸릴 것이다. 나는 그 긴 시간 동안 수많은 여행을 하고, 수많은 친구들과 우정을 쌓고, 수많은 인생의 변곡점을 지나보내며 보낼 예정이다.

마지막으로, 함께 책을 쓰느라 고생한 같은 동아리 친구들, 설문조사에 응해 준 수많은 사람들, 이 책을 쓰는 데 많은 조언을 해주신 김은숙 선생님, 내 책의 최종적인 방향을 잡는데 큰 도움이 되어 주신 고미숙 작가님, 문성환 작가님, 신근영 작가님, 마지막으로 내 꿈에 더욱 더 가까이 다가가게 해 준 책 쓰기 동아리에 진심으로 감사의 말을 전한다.

몽중에듀

열하일기와 배움의 의미

이지은

■ 작가 소개

이름은 이지은.李知恩.알 지, 은혜 은. '은혜를 안다'는 뜻이다. 나이는 열여덟. 고등학교 1학년이었던 작년에 김은숙 선생님의 책 쓰기 동아리에 참여해 올해까지 이어오고 있다. 작년에 한 번 해봐서일까, 주제가 달라서일까. 이번 활동이 더 의미 있게 다가오고 활동하는 내내 더 보람찼던 것 같다. 작년엔 '나'에 대해 써야 했다. 내가 겪은 일들, 내 감정을 짧은 글, 긴 글로 표현해야 했는데 그런 내용을 쓰는 것은 내게 너무 어렵게 다가왔다.

이번 글의 주제는 '열하일기와 배움의 의미'이다. 평소 교육에 대해 관심이 많았다. 공부를 하라니 하지만 그 체제와 실용성에 대해 불만이 많았다. '시험'을 위한 공부에 혐오감을 느낄 때도 있었다. 이번 글은 평소에 쌓아 온 이런 '한(恨)'을 푼 글이다. 때문에 더 애정이 가는 글이다. 그럼 나는 '배움의 의미'를 찾았을까? 보편적 인류에 해당되는 그런 답은 아니겠지만 적어도 '나에게 배움이란?'이라는 물음의 답은 찾은 것 같다. 에필로그에 나오겠지만 나에게 배움이란, 변화이고 그 변화는 내 삶의 원동력이 된다.

조금 더 개인적인 이야기를 하자면, 취미는 영화보기, 가장 최근에 본 영화는 '올더머니', 좋아하는 영화는 '공범자들', '비포 선라이즈', '카페 소사이어티', '덩케르크', '문라이트', '멜랑콜리아', '레옹', '파수꾼', '동주', '데몰리션', '냉정과 열정 사이' 등등. 최근 본 책은 '종의 기원', 좋아하는 책은 '좀머씨 이야기', '제 7일'. 자주 듣는 노래는 '무중력', '팔레트'.

우리는 왜 배우는 걸까? 12년 내내 우리는 누가 잘 받아 적고 잘 외우나 경쟁하고 대학이 결정된다. 그저 타인의 평가의 잣대에 맞춰 나를 평가하고 나의 '수준'은 대학을 통해 결정된다. 대학은 언제부턴가 필수가 되었고 왜 대학을 가야 하는지도 모른 채 그저 '좋은 대학'만을 위해 학교를 다닌다. 이렇게 좋은 학교, 좋은 대학, 소위 말하는 엘리트 코스를 거친 '엘리트'들은 또 다시 상사 말을 잘 적고 잘 외우는 기계가 되어버린다. 하지만 요즘은 이런 엘리트 코스조차 통하지 않는다. 70~80년대야 '좋은 대학=성공'이었지만 이젠 +α를 더한 새로운 인재를 원한다. 이런 인재상이라는 말도 사람들을 표준화시키는 말이어서 마음에 들지 않지만 요즘 대학들이 하는 말을 들어보면 그렇다. 고등학교 3년도 대학이 원하는 인재상이 되기 위해 노력하는 시기에 불과하다. 자기소개서(a.k.a 자소설)에 들어갈 내용을 만들기 위해, 즉 적극적인 리더십, 배려심, 본인이 가고 싶은 학과에 대한 흥미도를 보여주기 위해 소위 말하는 스펙을 쌓는다. 활동을 할 때마다 입시에 대한 생각을 떨쳐낼 수 없게 만든다. 결국 본질은 흐려지고 보여주기식 활동이 될 수밖에 없다. 과정과 상관 없이 당연히 '결과'는 꿈과 희망이 넘치는 생기 발랄, 뭐든 열심히 하며 이번 활동을 통해 내 꿈에 한층 다가서게 된 여고생!^^ 이렇게 만들어진 스펙은 꿈과 희망이 넘치는 나를 보여주기 위해 자기소개서에 들어가고 그렇게 대학에 간다. 인생의 많은 것을 형성하는 중요한 시기에 우리는 결국 남들에게 잘 보여줄 수 있는 것을 만드는 능력을 배워 나간다. 과연 이런 것들이 얼마나 우리 생활에 도움이 될까? 이런 능력을 갖춘 학생들이 어른이 되어서 만든 세상은 얼마나 유익할 수 있을까?

선생님들과 교육청, 교육부의 노력을 무시하려는 것이 아니다. 현재 교육 과정도 옛날과 비교해서 많이 달라지고 선생님들 또한 변화를 추구하고 노력하고 있다는 점을 현 고등학교 선생님을 가장 가까이서 본 사람으로서 잘 안다. '자기주도적 학습', '창의력 수업', '거꾸로 수업', '논술 수업', '토론 수업', '스토리 텔링 교과서' 등 많은 학습 방법들이 제시되었고 실행 되었다는 것, 잘 안다. 단지 학생으로서, 개인으로서 나는 왜 배우나를 고민해 보고싶다. 고등학교 3학년이 되는 현 시점에서 조금은 늦은 감도 있지만 인간은 평생 배우는 존재이니 늦지 않았다 말할 수도 있을 것이다. 또한 지금 내가 배우고 있는 것에는 무슨 문제가 있으며 내 의견을 말할 수 있을 나이에 내가 어떤 것을 고쳐나갈 수 있을지 고민해 보려는 것이다. 그럼 어떻게? 해답을 열하일기에서 찾고자 한다.

박지원이야말로 현대인들이 추구하는 삶을 산 사람이라고 생각한다. 그는 자유, 우정을 모두 누린 사람이다. 머리가 매우 비상했음에도 출세에 눈이 멀어 자신의 시간을 허비하지 않고 자신의 여유로운 삶을 즐긴다. 본인이 배우고 싶은 학문에 정진하고 친구들과 즐거운 시간을 보낸 것이다. 따라서 그의 행적을 따라가다 보면 적어도 우리는 왜 배우는가에 대한 힌트를 얻을 수 있을 것이라고 생각한다. 가까운 미래에 이 책을 다시 펴 보았을 때 이땐 왜 이런 고민을 했지 하고 웃을 수 있었으면 좋겠다.

책에서 주인공은 꿈과 현실을 오가며 깨달음을 얻는데 꿈속에서 만난 사람들은 모두 열하일기와 관련된 사람들이다. 꿈속에서 이들과 대화하고 자신의 삶을 반성하고 그 깨달음을 현실에 적용시키며 더 나은 삶을 향해 한 걸음 더 나아간다.

박지원과 소통

1780년 신미일

토도독 빗방울이 이마를 스친다. 밤새 비가 온 건지 바닥은 축축하다. 여기가 어디지?

이때 작은 문 옆에서 걸걸한 목소리가 들려온다.

"너희들 술은 얼마나 하느냐?"

키도 크고 수염을 기른 덩치 큰 남자다. 어 저 얼굴 어디서 본 거 같은데, 누구더라.

잇따라 옆에 있던 남자가 대답한다.

"입에도 못 댑니다요."

"예끼! 한심한 놈들. 술도 마실 줄 모르다니."

남자는 뭐라 중얼거리며 술 한 잔을 마신다. 어, 근데 왜 바닥에 뿌리는 거지?

2017년 9월 20일 아침

　알람 소리에 잠이 깬다. 어제 과학 수행평가 때문에 늦게 잤더니 너무 피곤하다. 역시 열여덟 고등학생 인생은 쉽지만은 않다. 오랜만에 꿈을 꿨다. 어젯밤 꿈 내용을 생각해 본다. 어디서 많이 본 장면인데, 어디서 봤더라. 아, 국어시간에 읽었던 열하일기구나. 열하일기의 시작 부분이다. 그 큰 남자는 박지원이었어. 연암 박지원이 청나라로 떠나는 장면이었지. 술도 장복이와 창대와 말을 위해 뿌린 거였다. 이제 이해가 된다.

　박지원은 사람 사귐에 차별을 두지 않았다. 때문에 이렇게 여행길의 안녕을 위해서 하인인 장복이와 창대, 심지어는 말을 위해 술을 뿌렸다. 그렇다면 박지원도 장복이, 창대 같은 하인이었을까? 아니다. 비록 아버지가 벼슬 없는 선비로 지냈어도 노론 명문가의 자제였다. 지금이야 인간은 모두 평등하다는 의식이 자리 잡은 시대지만 때는 엄격한 신분제도가 존재했던 조선시대. 하인들 따위 거들떠보지 않아도 되는 신분의 사람, 즉 슈퍼 '갑'이었지만 그는 주변의 모든 사람들에게 충실하다. 여행의 시작에서 그의 이러한 태도는 이후의 그의 여정이 어떨지 충분히 짐작 가능케 한다.

　반면 지금 우리는 어떤가? 사회엔 슈퍼 '갑'과 '을'이 존재한다. 운전기사에게 막말을 일삼는 회장님은 물론 하청업체에게 마구 갑의 지위를 남용하는 갑의 횡포는 끊이지 않고 있다. 심지어 처음 보는 아르바이트생한테 반말, 폭언을 쏟아내며 그 순간 자신이 '갑'이라는 위치에 있다는 것을 확인하고 싶어하는 어리석은 어른들도 있다. 본인에 대한 확신이 부족하니 괜히 남을 짓밟아 본인의 자존심을 세우고 싶어하는 것이다. 이해해 주자. 얼마나 내세울 게 없었으면, 에휴. 자식 같은 마음에 부하 직원에게 폭언과 폭행을 일삼는 이사님, 지각했단 이유로 직원에게 발길질한 회장님, 인간관계 차원을 넘어 거래처에 자신의 가족 기업을 슬쩍 끼워 넣는 회장님, '갑질' 사례는 이처럼 끝도 없이 나온다. 조선시대, 그 엄격한 신분제 사회였던 시대의 사람보다 평등의 의미를 모른다니. 박지원 같은 인간에 대한 태도를 지니는 것까지 바라지도 않는다. 최소한의 인간 대 인간으로서 '인간임'을 존중해 주어야 할 필요는 있지 않은가? 최소한 인간으로서 인간답게 살아가기 위해 보장받을 수 있는 권리, 인권은 보장해 주어야 한다. 세계 인권 선언 제 1조, '모든 사람은 태어날 때부터 자유롭고, 존엄하며 평등하다.' 이런 인권은 모조리 무시하는 몰상식 '갑'들은 본인보다 약해 보이는 사람이 있으면 함부로 대하고 자신의 '갑'이 나타나면 빌빌 긴다. 대체 학교에서 뭘 배웠기에 사회에서 이렇게 몰상식한 '갑'들이 설쳐대는 걸까.

지금 사회는 선생님 말씀을 잘 듣고 외운 어른들이 장악하고 있다. 그야말로 어른, 아니면 자신에게 '갑'인 분들의 말씀 잘 듣는 어린이들이었던 것이다. 어려서부터 선생님 말씀 잘 적고 잘 외우고 잘 적고 잘 외우고, 무한 반복해서 들어간 대학에서도 교수님 말씀 잘 적고 잘 외우고 잘 적고 잘 외우고, 다시 반복해서 들어간 회사에서도 상사 이야기 잘 듣고 외우는 바보가 되어버렸다. 생각할 기회를 갖지 못한 어른들이다. 그러니 뉴스에서 아무리 바보 같은 이야기가 나와도, 세상의 나쁜 사람들이 바보 같은 이야기를 지껄여도 아무런 저항을 하지 않거나 심지어는 본인 곁에 그런 나쁜 사람들이 설쳐대도 그걸 몰라 본인이 그 세상을 병들게 하는 나쁜 사람이 된 어른들이 많은 것이다. 물론 이런 사람들이 다는 아니지만 이런 어른들이 사회에 있으니 몰상식한 '갑' 또한 많아지는 것이다. 잘 외우는 것이 시험엔 효과가 있을지도 모르지만 우리 사회엔 아니라는 것을 잘 보여주고 있다. 교육이 중요한 이유는 이 때문이다. 학교에서 열심히 배우고 자라나는 학생들이 10년 뒤 나라를 이끌어나가는 어른이 되기 때문이다.

그렇다면 지금은? 현재 우리는 어떻게 배우고 있는가? 지극히 평범한 열여덟 여고생이 보기에 지금 우리는…… 음……

1780년 정해일

사람들이 많은데 저 속에 박지원이 보인다. 따라가서 보니 거리 구경을 하는 듯하다. 사람들이 많기도 하다.

박지원은 이내 거리에서 만난 사람들에게 다가간다. 역시 박지원, 사람 만나기를 두려워하지 않는구나. 나는 여행을 가도 사람들과 이야기 하는 걸 두려워하는데……

따라가더니 그 사람들이 준 무언가를 먹곤 글을 써 보여주더니 헤어진다. 글을 잘 써 사람들이 글을 써달라고 부탁하는 건가? 대가로 먹을 것을 주고?

그렇게 박지원을 따라다니다 보니 벌써 저녁, 달빛이 그를 비춘다. 박지원은 옆에 있는 남자한테 (아마 변계함인 듯)

"같이 가상루에 가서 사람들과 어울리지 않겠나?"

그러나 그 남자는 고민을 하더니 다른 남자에게로 간다.

"오늘 밤 박지원 선생과 가상루에 가도 되겠나? 선생께서 가상루에서 사람들과 만나고 이야기 하고 싶다고 하시네."

물음을 받은 남자는 난처하다는 듯 대답한다.

"성경은 연경이나 다름없는데 함부로 밤에 나다니겠다는 말씀이십니까?"

앗 선경, 선양이구나.

박지원은 실망한 듯 보인다. 저 표정 딱 봐도 무슨 표정인지 알겠다. '아휴, 저 눈치 없는'이라고 생각하고 있겠지.

이내 박지원은 장복이에게 가서 말한다.

"누가 나를 찾거든
뒷간에 갔다고 하라."

아, 박지원이 심양에서 몰래 사람들을 만나러 가는 그때구나.

2017년 9월 23일 아침

날이 덥다. 꿈속에서도 해가 쨍 하더니 아침부터 덥다. 꿈속에서의 그곳, 선양의 가상루에서도 박지원은 만나는 한 사람, 한 사람 귀하게 여길 줄 안다. 그곳에서 만난 사람들은 박지원처럼 명문가의 자제나 선비가 아니다. 오히려 박지원같이 많이 배운 사람이 보기엔 천박해 보일 수 있는 장사꾼들이다. 하지만 박지원은 오히려 그런 사람들에게서 배울 점이 많다며 만나 이야기하기를 원한다. 사람을 가려 사귀지 않는 것이다. 또한 그는 낯선 곳에서 낯선 이들을 만나는 것을 두려워하지 않는다. 모든 순간에 있어서 여유가 넘쳐 주변을 바라 볼 줄 아는 것이다. 수역과 다른 이들은 두려움에 시도조차 하지 않았지만 그는 매 순간 여행지에서의 시간을 귀하게 여기고 최대한 그 속에서 많은 사람들을 만나고자 한다. 하지만 나는 어떤가?

여행을 가도 낯선 곳이라는 두려움에 여행 일정을 게임 속 퀘스트를 수행하듯 해치운다. 주변을 돌아볼 여유는 없고 그저 '목적'만을 향해 달려간다.

여행지에서 뿐만 아니다. 삶 자체가 '목적'을 위해 달려 나간다. 그 목적이라는 것이 삶의 목적이라면 좋겠지만, 단순히 타인을 만족시키고 나를 내세우기 위한 목적에 불과하다. 아이러니 하다. 내 삶인데 다른 사람을 만족시키는 것이 살아가는 많은 시간의 이유가 되어버렸다니. 초등학교 땐 중학교, 후엔 고등학교, 대학교, 직장의 미션이 주어져 있다. 차례

대로 수행해야 된다.

실제로 나는 좀 더 나은 중학교를 가기 위해 이사를 했고 좀 더 좋은 대학교를 다니기 위해 해외로 나왔다. 학교에서 배움 이외에 어떠한 목적을 찾기 때문이다. 중학교에선 좀 더 좋은 고등학교를 가기 위해, 고등학교에선 좀 더 좋은 대학교를 가기 위해, 이런 목적들을 갖고 움직인다. 그냥 맹목적으로 그 목표만을 향해 좇아가다 보니 내 주변과 주변 사람들에게 집중할 여유가 사라져 버렸다.

부끄러운 이야기지만 사람을 사귈 때도 그 지긋 지긋한 목적에게 지배 당했다. 나도 모르게 그 사람을 사귐으로 인해 얻게 되는 이익과 잃게 되는 불이익을 계산하고 있는 내 모습을 보고 역겨워질 때가 있다. 온전히 그 사람만을 볼 능력이 없는 것이다.

그렇다면 왜, 왜 우리는 이렇게 된 것일까?

2017년 9월 24일 밤

'이번 역은 모란, 모란역입니다.'

어, 잠들어 버렸다. 그래도 아직 많이 남았네. 어, 저기 고미숙 작가님이
신가?

"안녕하세요. 혹시 고미숙 작가님이세요?"

"아, 맞아요."

"저는 저번에 작가님께서 강의하러 오셨던 선양한국국제학교 학생 이지
운이에요. 이렇게 다시 만나 뵙게 되어서 반갑습니다!"

"하하, 반가워요. 여긴 무슨 일이죠?"

"음, 작가님과 만나는 게 지금 가장 중요한 일인 거 같네요. 하하. 아, 저
번에 강의 들을 때 작가님께 여쭤보고 싶은 게 있었는데 혹시 여쭤봐도 되
나요?"

"그럼요, 얼마든지요."

"감사합니다. 저번에 강의에서 작가님께서 현대인들이 무기력해지고 있
다고 하셨잖아요. 그러면 현대인들을 무기력하게 만드는 것들에는 무엇이
있을까요?"

"우선 가장 큰 것은 스마트폰이겠죠. 스마트폰은 접속과 연결을 위한 도
구였지만 지금은 거꾸로 사람들과의 연결은 끊고 접속불능의 신체를 만들
어버렸어요. '사람에겐 사람만이 필요하다'는 말이 있어요. 돈을 많이 벌고
싶은 것도, 권력을 잡고 싶은 것도, 성공하고 싶은 것도, 예뻐지고 싶은 것
도 다 사람들과 연결되고자 하는 욕망의 표현입니다. 그런데 어느 순간 현

대인들은 이걸 망각해버린 것 같아요. 가까이 있는 사람들은 멀리 하면서 스마트폰의 이미지에 빠져버린 거죠. 이미지에 빠지는 순간 두뇌는 멈추고 신체도 경직되어 버려요. 해서, 현실로 돌아오는 게 아주 두려워지죠. 그래서 머더욱 이미지에 집착하게 되는 겄이죠."

"이번 역은 선릉, 선릉역입니다. 내리실 문은 왼쪽입니다."

"어, 저는 이제 내려야겠네요."

"아, 작가님 만나 뵈서 영광이었습니다. 오늘 답변 감사드려요!"

"네, 다음에 다시 만나요."

2017년 9월 25일 아침

　고미숙 작가님이라니. 꿈이어도 좋다. 예전에 작가님의 강의를 직접 들을 기회가 있었던 적이 있었다. 작가님은 당시에도 다른 사람들과의 접속을 중요하게 여기셨다. 특히 여행을 간다는 것은 낯선 것들과 만날 수 있는 좋은 기회라고 하셨다. 또한 그렇게 낯선 사람들과 만나는 것은 글쓰기를 하기 아주 좋은 시간이라고 하셨다. 글쓰기, 항상 두려운 존재였다. 글쓰기 부문 입상경력 0건에 이르는 수상경력 때문일까, 글을 쓴다는 것 자체가 너무나 두렵고 피하고만 싶은 대상으로 여겨졌다. 심지어 학교 숙제 제출용 보여주기식 글짓기 외 스스로 쓰는 글, 특히 내 감정을 담는 글은 쓰기 너무 힘들었다. 내 감정을 형상화하라고? 감정을 정확히 읽어낼 수 없을 뿐더러 그에 맞는 표현도 떠오르지 않는다. 하지만 인간은 사고하고 기록하는 존재. 아무리 머리가 좋다한들 기록하는 것이 가장 정확하다. 때문에 여행에 기록이 빠질 수 없는 것이다. 단순 묘사는 소용이 없다. 사진 혹은 그림이 다 설명해 주니까. 박지원의 '열하일기'처럼 자신의 언어가, 감정이 그리고 생각이 들어가야 한다. 그 순간 내가 느끼는 감정은 사진으로도, 동영상으로도 담아내기 힘들다. 여행은 낯선 곳을 향한 끝없는 발걸음이다. 즉, 고미숙 선생님의 말씀을 빌리자면 '소재와 주제의 대잔치'인 것이다. 마치 박지원이 여행지에서 끊임없이 사람들을 만나고 그곳에서 성장해 나간 것처럼 말이다. 때문에 여행이 고미숙 작가님이 강의에서 말씀하신 것처럼 낯선 것들과 접속할 수 있는 기회인 것이다.

접속? 사람들과 접속한다? 소통한다는 뜻일 것이다. 소통 없는 삶은 재미가 없다. 또한 다른 사람과 소통하지 못하는 사람은 소위 '불통'이라며 싫어한다. 이처럼 사람들과 접속, 소통하는 것은 큰 의미를 갖는다. 만약 누구와도 만나지 않는다면 그 삶은 정말 지루하고 무기력해질 것이다. 요즘 사람들의 소통을 방해해 현대인들을 무기력하게 만드는 것들이 있는데 그중 하나가 고미숙 작가님이 말씀하신 스마트폰이다. 스마트폰은 본래 사람과 사람을 연결해주는 역할을 하기 위해 만들어졌지만 요즘은 웃기게도 연결을 방해하고 있다. 스마트폰 속 관계가 만들어진다 하더라도 그 관계는 매우 얇고 공허함만을 가져다주기 때문이다. 페이스북, 인스타그램과 같은 소셜 네트워크 서비스는 많은 사람, 다양한 사람과 친구가 될 수 있는 장소를 제공한다. 하지만 많은 사람들과 친하게 지낸다고 해서 꼭 외롭지 않을 수 있을까? 오히려 그 관계가 얼마나 공허한지 깨달을 때면, 즉 소위 말하는 '현타'가 올 때면 자신의 삶에 회의감

을 느끼고 무기력함을 느끼지 않을까? 혹은 내 앞에 있는 소중한 친구가, 가족이 앞에 있는 날 바라보지 않고 핸드폰 속 친구들과 이야기하고 있다면 섭섭하지 않을까? 실제로 친구들과 있을 때도 핸드폰을 하는 친구들이 많다. 이게 얼마나 섭섭한지 알기 때문에 나는 최대한 자제하려고 하지만 잘 안 되긴 한다.

이런 스마트폰을 통한 관계에 싫증이 나는 것은 그 관계가 얼마나 얕고 금방 사라질지 알기 때문일 것이다. 얕은 관계가 필요 없다는 것은 아니다. 다만 지금 우리는 너무 많은 불필요한 얕은 관계 속에서 허우적대고 있는 것 같다는 것이다.

나는 소통을 잘하는 사람이 아니다. 어쩌면 이름뿐인 관계 속에서 허우적거리는 많은 사람들 중 하나일 것이다. 다른 사람들이 문제가 있어서가 아니다. 내가 원인이다. 그런데 또 혼자 있는 걸 견디지 못한다. 항상 인터넷으로든 전화로든 누군가와 소통을 하고 싶어 하지만 무언가 부족하단 생각을 한다. 핀란드의 아이들은 글을 배우기 전 친구를 사귀는 방법을 먼저 배운다고 한다. 나는 친구를 만나기 전 글을 배워서일까 글은 읽고 쓸 줄 알지만 그 글을 이용해 만나는 사람들을 대하는 태도에 있어서는 아직도 많이 부족하다

박지원과 YOLO 라이프

1780년 어느 날

눈부시게 빛나는 파도가 일렁인다. 비록 수영을 못해도 바다는 바라만 보고 있어도 마음이 편해진다.

사담이지만 잠이 안 올 땐 책 '잠' 속에 나오는 꿈의 단계를 생각한다. 그중 마지막 단계가 해변가인데, 이곳은 잠들기 전 상상하는 그 마지막 해변가와 닮았다.

저 멀리 누군가 다가온다. 어, 박지원이다. 오늘은 이렇게 둘만 만나는 건가?

"안녕하세요."

"안녕하고말고, 자네는 누군가?"

"이 공간의 주인이에요. 선양에 살고 있지요."

"오호라. 선양, 나도 간 적이 있지. 무슨 고민이 있길래 나를 이렇게 불러낸 것인가?"

"그냥, 요즘 학교에서 뭘 배우고 있는 건지, 제가 뭘 하고 있는 건지, 대학은 어찌 가야 하고 이것, 저것 고민이 많아서 그랬나 봐요."

"그렇구만. 내가 한 마디 해주지.

우선 학문에 있어서 입과 귀에만 의지하는 자들과는 더불어 학문에 대해 이야기할 바가 못 되지. 평생토록 뜻을 다해도 도달하지 못하는 것이 학문이 아니던가. 사람들은 '성인이 태산에 올라 내려다보니 천하가 작게 보였다'고 말하면 속으로는 그렇게 생각하지 않으면서도 입으로는 그렇다고 대답할 것이야. 그러나 '부처가 시방세계를 보았다'고 하면 허황하다고 배척할 것이며, '서양 사람이 큰 배를 타고 지구 밖을 돌았다'고 하면 말도 안되는 소리라고 버럭 화를 낼 것이야. 그러면 나는 누구와 더불어 이 천지 사이의 큰 장관을 이야기할 수 있을까? 공자가 240년 간의 역사를 간추려서 '춘추'라 하였으나, 이 240년 동안 일어난 군사, 외교 등의 사적은 꽃이 피고 잎이 지는 것과 같은 잠깐 사이의 일에 지나지 않는가. 달리는 말 위에서 휙휙 스쳐 지나가는 것들을 기록하노라니 문득 이런 생각이 들더군. 먹을 한 점 찍는 사이는 눈 한 번 깜박이고 숨 한 번 쉬는 짧은 순간에 지나지 않고, 눈 한 번 깜박하고 숨 한 번 쉬는 사이에 벌써 작은 옛날, 작은 오늘이 되어 버리지. 그렇다면 하나의 옛날이나 오늘은 또한 크게 눈 한 번 깜박하고 크게 숨 한 번 쉬는 사이라 할 수 있겠지."

2017년 9월 30일 아침

사실 7시쯤 눈이 떠졌는데 주말에 일찍 일어난 게 아깝기도 하고 꿈을 이어 꾸고 싶어서 이불 속에서 알람 울릴 때까지 기다렸다. 왜 항상 평일에는 그렇게 알람이 울려도 일어나지 못하겠는데 주말엔 일찍 눈이 떠지는 걸까? 평일엔 학교에 가기 싫어서 어떻게 해서든 현실을 부정하고 싶다는 내 마음이 행동에 반영돼 일어나기 싫은 걸까? 심지어 하루는 아침에 일찍 일어나 전 날 못 한 숙제를 하려고 5시부터 6시까지 알람은 2~5분 간격으로 15개 정도를 맞춰뒀는데 하나도 못 듣고 자 버린 적이 있다. 결국 그 새벽에 다른 방에서 자던 엄마만 깨서 아침에 잔소리를 엄청 들었다. 그 다음부터는 밤에 졸리더라도 최대한 숙제를 하고 자도록 노력한다.

쓸데없는 이야기는 여기까지 하고, 오늘은 박지원과 대화를 했다. 그것도 내가 열하일기에서 가장 좋아하는 부분! 독후감 제출 할 때도 이 부분은 빼놓지 않고 적었다! 실제 책에선 줄글이지만 박지원이 나에게 직접 말해 주었다. 한 마디, 한 마디, 너무 좋고 계속 듣고 싶었지만 왜 하필 오늘 일찍 깨어 버린 건지! 그래도 그 꿈이 너무 생생해 계속 기억할 수 있을 것 같다. 박지원이 나에게 해준 말이 아직도 귀에 맴돈다.

"이처럼 찰나에 불과한 세상에서
이름을 날리고 공을 세우겠다고
욕심을 부리니
어찌 서글프지 않겠는가?"

1780년 무인일

어둑어둑하니 해가 진 것 같다. 한 방에 사람들이 많이 모여 손에 종잇장을 들고 있는 게 카드 게임 비슷한 걸 하는 것 같다. 어, 박지원도 같이 하고 있다. 게임에서 이긴 건지 기분이 좋아 보이고 계속 술을 마신다.

"이 정도면 항복이지?"

박지원이 옆 남자들한테 말한다.

"그야말로 요행수로 이긴 거죠."

함께 있던 사람들이 웃는데 왜 웃는 건지 모르겠다. 요행수가 뭐지?

"한판 더 하시죠.", 하며 같이 게임 하던 사람들이 박지원에게 말한다.

박지원은, 허허 웃으면 일어난다.

"뜻을 얻은 곳에는 두 번 가지 않는 법, 만족함을 알면 위태롭지 않다네!"

2017년 10월 1일 아침

　역시 주말은 좋다. 아침을 이렇게 여유롭게 시작할 수 있다니. 꿈속에서 박지원은 투전을 했다. 요행수로 이겼다는데, 요행수가 뭐지? 아, '뜻밖에 얻는 좋은 운수', 그래서 사람들이 그렇게 웃었구나. 보통 운이 좋은 날은 무리를 해서라도 더 이득을 보려 하는데 역시 박지원, 만족을 아는 사람이다. 그가 항상 이런 태도로 살아가니 삶에 있어서도 항상 행복함을 느낄 수 있는 것이다.

김득신의 밀희투전

"뜻을 얻은 곳에는
두 번 가지 않는 법,
만족함을 알면 위태롭지 않다네!"

　박지원은 인생을 즐길 줄 아는 사람이었다. 그는 입신양명하겠다고 자신의 시간을 낭비해가며 하기 싫은 일을 하지 않았다. 우울증이 왔을 때도 억지로 행복을 찾아가지 않고 자신의 몸의 소리에 귀 기울여 본인이 진짜 원하는 삶이 무엇인지 생각하고 삶의 방향을 이끌어 나갔다. 그는 그의 삶에 있어서 주도적인 사람이었다. 박지원은 당시 소위 지금 말하는 YOLO(You Only Live Once)라이프를 실천한 사람이었던 것이다. 그가 말한 것처럼 삶은 이 긴 역사에 비교해 보면 한 찰나에 지나지 않는다. 현재, 이 순간은 누군가 알아주지도 않을 아주 작은 시간이다. 공간적으로 생각해도 그렇다. 이 큰 우주에서 내 삶이 차지하는 공간은 먼지에 불과하다. 그렇다면 우리는 무엇을 위해서 이 짧은 찰나에 불과한 인생을 즐기지는 못할망정 삶을 괴롭게 만들고 있는 것일까?

우리는 언제 올지 모르는 미래를 위해 현재를 포기한다. 우리는 다른 사람의 입맛에 맞추며 살아간다. 아니 우리는 '그래야만 한다'는 것이 내가 11년 학교에서 느낀 바이다. 즉, 모든 학생들은 출세하여 이름을 널리 알리기 위해 고군분투한다. '6년 고생하면 60년이 편하다' 하는데 요즘은 개천에서 용 나지 못할 뿐더러 설령 6년 고생하면 60년 편하다는 말이 보장된다고 해도 6년 또한 삶의 일부이고 현재이다.

최근 몇 년간 행복에 관한 영화, 책, 텔레비전 프로그램이 많이 나왔다. 그만큼 행복에 대한 사람들의 열망이 크다는 것을 의미하는 것이다. 행복한 삶, 많이 듣는 말이지만 누군가에게 행복한 삶은 무엇일까? 물어보면 선뜻 대답하기 어려울 것이다. 최근 읽었던 한 영어 지문에서 행복과 불행은 독립적인 다른 감정이며, 행복하다고 해서 불행하지 않은 것은 아니며, 불행하다고 해서 행복하지 않은 것은 아니라고 했다. 또한 불행은 유전적인 영향을 많이 받지만 행복은 자신이 결정할 수 있는 것이라고 했다. 즉 우리는 불행이라는 감정보다 행복이라는 감정을 조절할 수 있는 것이다. 행복의 가치는 사람마다 다르겠지만 박지원처럼 '인생을 즐기는 것'이 가장 보편적인 행복이 아닐까 싶다. 그렇다면 학교는 우리에게 '인생을 즐기는 법'을 가르쳐 주고 있을까?

그렇다고 인생의 전부를 모든 할 일 제쳐두고 쾌락만을 위해 살 수는 없지만 불확실한 미래를 위해 확실한 현재를 포기할 이유 또한 없다. 하지만 학생들은 현재를 즐기지 못할 뿐만 아니라 미래를 포기하기도 한다. 뉴스에서는 취업난이라며 명문대학교를 나와도 취업이 어렵다고 한다. 명문대학교를 나와도 취업이 힘든 마당에 내 성적을 보면 한숨밖에 안 나온다. 어느 한 시험에서 성적이 잘 나오지 못하면 인생을 포기하고 싶은 심정이다. 실제로 인터넷 커뮤니티를 보면 이번 시험에서 3등급이 나왔다며 자살하고 싶다는 사람들을 많이 보았다. 물론 말이 그렇다는 것이겠지만 어떤 심정인지 짐작이 된다. 17, 18, 19년 인생 얼마나 된다고 벌써 이런 허탈감과 절망감을 느껴야 될까. 어려서부터 대학을 위한 엘리트 코스를 밟아 외국어 고등학교, 과학 고등학교 등 특성화 고등학교에 들어가 이미 나보다 한참 저 멀리 가 있는 사람들을 보면 이미 내 미래는 정해진 것만 같고 자신감은 지하 30층을 향해 추락하고 있다. 주절주절 내 이야기만 하니 사회 부적응자 같지만 이게 현실인거 같다.

학교생활은 정말 고되다. 학교는 그야말로 전쟁터가 따로 없다. 경기도에 있는 한 외국어 고등학교에 다니는 친구에게서 전교 1등을 한 학생의 이야기를 들었을 땐 정말 놀라지 않을 수 없었다.

한 남자아이가 평소 모든 과목에서 평균 100점에 가깝게 점수를 받고 있었는데 영어 시험에서 자신이 외운 것과 다른 종류의 답이 나와 틀렸다는 것이다. 그 아이 외에도 몇 명의 학생들이 그 문제를 틀렸다고 했지만 정답은 단순히 전교 1등이 암기한 것과 다른 것일 뿐이지 틀린 답은 아니었다. 그 아이의 부모님 중 한 분은 매우(진짜 매우) 유명한 대학교의 영문학과 교수로 자신의 아이가 한 문제를 틀렸다는 이야기를 듣고 노발대발해 30장에 이르는 리포트를 작성해 학교에 보내 그 문제가 틀렸다는 것을 보여주려 했고 선생님들은 어쩔 수 없이 그 문제를 정답처리 했는데 이 소식을 들은 다른 수십 명의 학부모들도 학교에 항의해 다시 오답처리 했다고 한다.

얼마나 경쟁이 치열하고 시험에서의 한 문제가 중요하면 이렇게 반응할까. 과연 이 친구들은 주변의 친구들을 친구로 볼 수 있을까? 사실 친구들이 친구로 안 보일 때가 있긴 하다. 그러면 안 되는 걸 알지만 내가 이 친구를 이겨야 된다는 생각이 들면 진심으로 사람을 대하기 어려워진다. 또한 많은 학생들 사이에서 살아남기 위해선 전쟁을 치르듯 전략을 짜서 인간관계에 대처해야 된다. 그러지 못하면 도태되기 때문이다. 경기도의 한 외고에서 일어난 이 해프닝은 우리나라 교육의 문제점을 잘 보여준다. 부모님의 치맛바람, 무한경쟁, 암기식 교육 등등 모두 한국의 학생이라면 공감할 만한 문제점들이다.

이런 교육의 결과는 무기력함이다. 대학을 목표로 삼으니 원하는 대학교를 간 후엔 더 이상 내 삶의 목적이 사라져 버려 무기력해질 수밖에 없다. '6년 고생하면 60년이 행복해.' 중학교와 고등학교가 대학을 위한 수단이 되어버린 대한민국에서 이러한 인식은 당연시 되어버렸다. 모두가 대학이라는 한 목표를 보고 달린다. 중학교, 아니 초등학교 입학과 동시에 우리는 무한 경쟁 사회에 들어오게 된다. 옆에 있는 친구는 곧 경쟁자가 되고 아무도 '왜 공부를 해야 하는가'라는 질문을 하지 않은 채 막연히 공부를 한다. 잃어버린 6년의 보상으로 받은 대학에서도 우리는 행복해지지 못하고 결국 돌아오는 것은 학자금 대출이다. 점수에 맞춰 들어온 대학의 전공과 자신의 적성이 맞지 않아 힘들어하는 경우도 수두룩하다. 이렇게 힘들어 하는 학생들을 수식하는 말인 '대2병'이라는 신조어가 생겨날 정도로 요즘엔 꿈에 그리던 대학에 가서도 힘들어하는 학생들이 많다. '누가 더 잘 듣고 잘 적고 잘 외우고 잘 참는가'를 평가하는 수능을 준비시키는 학교에서는 공부를 해야 하는 이유와 행복한 삶을 살 수 있는 방법 따위는 가르쳐주지 않는다. 이러한 주입식 교육의 결과가 바로 신문에 자주 등장하는 구속된 명문대 졸업생들이다. 잘 듣고, 적고, 외우고, 참는 것이 암기 능력과 인내심을 향상시키거나 단순 지식을 함양시킬 수 있을지는 몰라도 올바른 가치관을 형성하는 데 큰 도움이 되지 못한다는 것을 그들이 보여주고 있다.

이렇게 고등학교, 대학교를 졸업한 학생들은 그제야 행복한 삶을 꿈꾸기 시작한다. 어느 날 이런 생각이 든 적 있다. 초등학교, 중학교, 고등학교 12년, 대학교 4년은 누구를 위한 16년일까? 우리는 왜 대학을 다 졸업하고 나서야 행복을 찾아나서는 걸까? 행복이 과연 행복하기 위해 노력한다고 얻을 수 있는 것일까? 심지어 요즘엔 행복이 강요되어진다.

'Happiness is like a butterfly; the more you chase it, the more it will escape you. But if you turn your attention to other things, it will come and sit softly on your shoulder.'

　행복은 원해서 얻어지는 것이 아니다. 인위적으로 가질 수 있는 것이 아니라는 뜻이다. 그냥 내 삶에 충실히 살다보면 언젠가 행복이 나에게 와 있을 것이다. 그런데 이런 행복을, 내 삶의 방향성을 대학에 의해 강요받다니. 행복의 기준은 다 다르다.

　하지만 대학은 우리 모두가 열심히 참여하고 행복해하고 긍정적인 생각을 하는 '행복한 학생'이길 바란다. 심지어 이 고단한 생활 속에서 꿈까지 찾길 바란다. 나아가 이젠 4차 산업혁명에 준비된 인재를 원한다. 가르쳐 준 것에 대한 답을 원하면 말을 안 한다.

　왜 가르쳐주지도 않은 것들에 대한 결과물을 바라는 것일까. 어느 누가 칼도, 불도, 냄비도 안 주고 스파게티를 만들라고 하나? 이렇게 말하면 넌 시대에 뒤처져서 그렇지, 한다. 아니, 학생들 모두가 미래 학자들도 아니고 아직 오지도 않은 것들에 대한 해답을 알고 있다면 우리가 왜 이런 지긋지긋한 학교에 남아 있을까. 학교를 다니면서 가장 마음에 안

들었던 것이 그것이다.

그리고 누군가는 또 요즘 애들은 고마워 할 줄 모른다고 한다. 자기네들 시대엔 배우고 싶어 안달이었는데 요즘 애들은 먹을 거 입을 거 다 주고 학교도 보내주는데 뭐가 불만이냐고. 그땐 배우지 못했기 때문에 학교가 그리 재밌던 것이다. 게다가 어느 누가 날 평가하는 잣대로 쓰이는 것에 흥미를 느낄까? 공부 한다는 것 자체가 싫지 않다. 다만 다른 사람들과 비교 당하고 평가의 잣대로 사용되는 공부는 하기 싫은 것이다. 하다못해 먹을 때도 누군가 먹으라고 강요한다면 원래 좋아했던 음식도 싫어질 것이다.

대학생 때까진 다른 사람들과 성적을 비교하며 나를 비난했는데 이젠 누가 누가 더 행복한지 비교하며 나에게 행복하기를 강요한다. 학교생활은 인생에 많은 영향을 끼친다. 사회화 기관으로서 역할을 하는 학교는 개인의 가치관 확립에 많은 영향을 끼치는 것이다. 학교는 암기의 방법, 더 잘 사는 것처럼 보이게 하는 방법이 아니라 삶을 대하는 태도를 가장 우선적으로 가르쳐야 한다고 생각한다. 그래야 불순한 목적이 아닌 인생의 참된 가치, 목적을 향해 나아갈 힘을 길러줄 수 있다고 생각한다. 단순히 맹목적으로 가는 대학이 아닌, 취업이 아닌, 어떻게 내 삶을 꾸려나갈지에 대한 목표를 확립하도록 하는 배움이 우선시되어야 한다고 생각한다.

인생을 즐기다, 행복하다, 라는 말은 너무 추상적이다. 그렇다면 근본적으로 행복을 위해선 욕구 충족이 필요하다고 생각한다. 심리학 용어를 이용하자면 심리학적으로 인간의 욕구에는 단계가 있다. '매슬로의 동기 이론', '욕구 단계 이론(Hierarchy of needs theory)'으로, 1943년 에이브러햄 매슬로의 논문 '인간 동기 이론(A theory of human motivation)'에서 주장된 이론이다. 이후에 욕구 단계가 구체화되었고 비판도 받았지만 일단 가장 처음 나왔던 그 단계를 보면, 5개의 욕구를 단계적으로 설명한다. 가장 기본적인 것부터 '생리적 욕구', '안전의 욕구', '애정과 공감의 욕구', '존경의 욕구', '자아 실현의 욕구'로 구분된다. 생리적 욕구가 충족되어야 안전의 욕구에 대한 열망을 갖게 되고 이런식으로 차근 차근 욕구를 충족시켜 나간다는 것이다. 가장 마지막, '자아 실현의 욕구'. 그는 마지막 '자아 실현의 욕구'가 인간만이 성취할 수 있는 욕구라고 생각했다. 자아실현? '나'라는 존재가 어떤 결과를 성취하는 것을 말한다고 생각한다.

우리는 왜 행복하지 않을까? 우선 근본적으로 우리는 '자아 실현의 욕구'를 성취하지 못했다. 가장 기본적인 욕구를 충족시키지 못했는데 행복을 바란다는 것은 욕심일 것이다. 지금 우리가 행복하다고 느끼는 것은 단순히 잠깐의 쾌락에 불과한 것이라고 생각한다. 그런 쾌락은 오래가지 못한다. 그저 잠깐의 현실 회피 정도일 것이다. 그래, 그렇다면 내가 하고 싶은 말은 학교에서 해야 할 일은 '자아 실현의 욕구'를 실현할 수 있는 방법을 알려줘야 한다는 것이다.

핀란드의 교육은 대한민국의 교육과는 매우 다른 모습을 보인다. 과제가 거의 없는 것은 물론이며 학교에서 보내는 시간도 적다. 마이클 무어 감독의 'Where to invade next(한국 영화명 '다음 침공은 어디?')'의 핀란드 편에서 한 선생님은 학교는 행복을 찾는 곳이며 미국이 표준화된 시험을 중단해야 된다고 말한다. 그곳에서 학교는 대학을 위한 수단이 아닌 학생들의 삶과 행복을 위해 존재한다. 핀란드의 교육이 처음부터 이런 식으로 진행되어왔던 것은 아니다. 새로운 시도가 아이들의 지식수준을 낮추지 않을까 하는 우려가 분명 있었을 테지만 결과는 핀란드가 옳았음을 보여주었다. 따라서 이제 대한민국도 단순 지식을 머릿속에 집어넣는 구시대적 교육이 아닌 새로운 시도를 해야 할 차례이다. 이미 주입식 교육의 결과가 어떤지 봤으니 문제를 해결하기 위해선 변화가 필요하

다. 또한 학생들에게 더욱 필요한 것은 극한값을 구하는 방법이 아니라 스스로 생각할 수 있는 힘과 세상을 비판적으로 바라 볼 수 있는 힘이다. 이런 교육은 단순히 학생 개인이 아니라 그런 힘이 있는 미래의 어른들이 이루어 나가는 국가를 위해서도 필요하다. 왜 다가오는 미래에 대해 준비된 인재를 원하면서 변화를 싫어하는 것일까? 사회가 바뀌고 있다면 배우는 내용 또한 바뀌어야 한다.

박지원과 진실의 눈

1780년 임인일

햇빛에 눈이 부시다. 아니, 부신 것 같다. 꿈속이니 눈이 부시진 않지. 이동하는 중인 것 같다. 열심히 걷다보니 점심 때인지 밥을 준다. 닭찜에 고사리를 넣은 음식이다. 처음 보는 음식인데 다들 잘 먹는다. 고사리? 여기가 백이와 숙제 묘인가? 어찌됐든 점심을 다 먹고 다들 이동하기 시작한다. 걷는 게 힘들진 않다. 꿈이니까. 박지원이 옆 사람한테 말을 건다.

"지금은 가을철인데 고사리가 대체 어디서 났는가?"

"대체로 이제 묘에서 점심을 먹는 것이 관례인데, 일 년 중 어느 때건 가리지 않고 여기서는 반드시 고사리를 먹습니다. 우리나라에서 출발할 때부터 주방이 마른 고사리를 가지고 와서는, 이곳에 오면 국을 끓여 일행에게 먹입니다. 이미 오래된 이야기입니다만, 십 수 년 전에 건량청에서 고사리 챙기는 일을 잊어버려 빠뜨리고 온 적이 있습니다. 이곳에 이르러 고사리를 내놓지 못하게 되자, 건량관이 서장관에게 매를 맞고는 문가에 앉아서 '백이, 숙제, 백이, 숙제야! 나하고 무슨 원수를 졌느냐. 나하고 무슨 원수를 졌느냐' 하며 통곡하였지요. 듣기로 백이와 숙제는 고사리로 연명하다가 굶어 죽었다 하니 고사리는 사람 잡는 독초인가 봅니다."

옆에 있던 사람들이 다 웃는다. 모두들 박지원같이 여행길에서 힘들 법도 한데 유머를 잃지 않는구나. 그때 이 말을 들은 한 마두가 소리친다.

"아이고, 백이, 숙채가 사람 잡네. 백이, 숙채가 사람 잡아."

백이, 숙제를 백이, 숙채로 들었나보다. 사람들도 웃긴지 이 말을 듣곤 또 웃는다.

"자네 여기서 또 보는구만."

박지원이 날 보곤 와서 말한다.

"어, 안녕하세요. 힘들지 않으세요?"

"자네 힘든가? 힘들면 내 또 이야기 하나 해주지. 마침 점심에 이제 묘에서 밥을 먹었으니 백이와 숙제 관련된 이야기 하나 어떤가? 백이와 숙제는 알지?"

"네, 수양산에서 고사리 캐어먹다가 굶어 죽지 않았나요? 지조와 절개의 상징이라고 들었어요."

"그래 맞아. 잘 아는구만. 이야기를 해줘도 되겠군. 내가 한양 부근의 백문에 살 적 이야기지. 숭정 기원 후 137년, 세 번째 찾아오는 갑신년이었어. 3월 19일은 의종 열황제가 자결하신 날이었어. 시골 훈장이 동리 아이 수십 명을 데리고 한양 서대문 밖에 있는 송 씨 집을 찾아가 송시열 선생 영정에 절을 했는데, 소고를 내어 어루만지며 비분강개하며 눈물을 흘리기도 하더군. 그리고 돌아오는 길에 성 밑에 이르러 팔을 드러내고는 서쪽을 향해 '되놈들!'하고 외쳤어. 시골 훈장은 또 여수를 벌려 고사리 나물을 차렸지. 당시는 자네도 알다시피 금주령이 내려진 상태 아니었나? 때문에 제사상에 술 대신 꿀물을 가지고 무늬가 그려진 그릇에 가득 담았어. 거기엔 '대명 성화 연간에 만든 것이다'라고 적혀 있었지. 음복하는 이들은 반드시 머리를 숙여 그릇을 들여다보았는데 왜 그런지 아는가?"

"음...... 예의를 갖추는 태도 중 하나

였나요?"

"비슷하지. '춘추'의 대의를 잊지 않기 위해서, 라고 하더군. 그런 다음 서로 시를 읊는데, 소년 하나가 이렇게 썼었어.

'만약 무왕께서 싸움에 졌다면
천년의 역사 내내 주왕의 역적이 되었으리
강태공은 백이를 살려 보내고도
어찌하여 역적을 비호했단 소리 듣지 않았는지.
오늘날 춘추의 의리 그대로라면
어찌 오랑캐놈 역적이라 하자 않는가'

라고 시를 읊으니 주변 사람들 다 웃었지. 한 사람만 빼고."

"그 선생님이요?"

"맞아. 그 선생은 겸연쩍은 낯빛으로 한동안 있더니, '아이들에겐 일찍부

터 춘추를 읽혀야 돼. 아직 분별력이 모자라기에 이런 요상한 말들을 지어
내는 게지. 그럼 아범엔 즉경을 보고 한 수 지어 보거라.' 하더군. 그러자
이제 타른 소년이 시를 짓기 시작했어.

'코사리 먹어본들 배부를 수 없어
백이도 결국에는 굶어 죽었지.
꿀물은 술보다 훨씬 달콤해
꿀물을 먹다 죽는다면 그 아니 원통하리.'

소년이 시를 지으니 선생은 눈썹을 치푸리며 '또 이상한 소리를 지껄이는
구나!' 하더군. 또 그 선생 빼고 다들 웃음을 터뜨렸지."

　백이와 숙제, 지조와 절개의 상징이다. 서로 왕위를 양보하다가 주나라로 문왕을 만나러 가지만 무왕이 부친 상중에 주왕을 정벌하려는 모습을 보고 부자지간의 예의와 군신지간의 의리를 들어 말리다가 목숨을 위협받다 강태공의 도움으로 목숨을 구하고 수양산에 들어가 고사리를 캐어 먹다 굶어 죽은 백이와 숙제. 그들의 행동에 대한 평가는 굉장히 모순적일 수밖에 없었다. 무왕의 정벌이 마땅하다면 이를 만류한 백이와 숙제는 비난받아야 할 것이고 백이와 숙제의 지조와 절개를 높이 산다고 한다면 무왕이 잘못되었다는 걸 보여주는 것이기 때문이다. 즉, 춘추의 의리에서 판단한다면 백이와 숙제, 강태공 모두가 잘못됐다고 판단되어야 하기 때문에 소년들은 시를 통해 춘추의 의리가 의미 없다는 점을 비꼬고 있다.

김홍도의 포의풍류도

　박지원 또한 열하일기에서 춘추의 의리를 일류, 이류, 삼류 선비를 들어 비판한다. 당시 조선, 소위 높으신 양반들은 청나라를 오랑캐의 나라라며 맹목적으로 배척했다. 설령 청나라에서 배울 점이 많다고 하더라도 명나라에 대한 충성심, 청나라가 오랑캐라는 고정 관념때문에 배우려 하지 않았다. 하지만 박지원은 그들의 이런 의미 없는 편견에 휩쓸리지 않고 진실된 눈으로 세상을 바라보았다. 모두가 청나라가 오랑캐의 나라라고 배척할 때 오랑캐의 나라에서 배울 점을 찾고 조선의 현실에 적용시키고자 했다. 그는 조선시대 실학자로 명목만을 좇는 성리학이 아니라 실제 백성들의 실생활에 도움이 될 수 있는 실학을 연구했다. 어떤 허상만을 따라가는 흔한 선비들이 아니었던 것이다. 그의 이런 태도는 사람을 대할 때도 마찬가지였다. 자신보다 신분적으로 낮아 보이는 사람이어도 그에게서 배울 점이 있다면 얼마든지 배우려고 했고, 잘못된 부분이 있다면 그것이 현재 다수의 의견일지라도 얼마든지 비판할 용기가 있었다.

학교는 이런 박지원의 비판할 용기와 눈을 배워야 한다. 무턱대고 비난하는 태도가 아닌 왜, 어떻게 잘못되었는지, 그리고 그것을 말할 수 있는 용기를 배워야 한다는 것이다. 하지만 우리는 어려서부터 '다름'을 두려워한다. 나 또한 마찬가지다. 항상 내 의견은 다수에 맞춰져갔고 인생조차도 남들이 사는 그 인생의 길을 따라가고 있었다. 학교에서도 마찬가지다. 학교는 독창적인 답을 원하지 않는다. 단지 교과서가, 사회가 원하는 답을 얼마나 잘 외워서 답해내는가를 평가할 뿐이다. 자신의 말을 할 능력을 가르치지 않는 것이다.

최근에 유튜브에서 장학금을 받는 한 서울대생에 대한 동영상을 봤다. 서울대생이라니, 한국의 최고의 대학에 간 사람들이니 얼마나 똑똑할까. 5, 6명 정도의 학생들이 인터뷰에 참여했는데 말하기를, 강의실에 들어가 교수님이 말씀을 시작하시면 모두들 노트북을 꺼내 타다닥 말씀 모두 적어 내려간다고 한다. 심지어 한 학생은 교수님의 말씀을 모두 녹음해 시험 전 복습할 때 듣는다고 말했다. 그리고 답안지엔 그 내용 그대로, 교수님의 관점에서 최대한 벗어나지 않는 방향에서 그대로 써야 최대한 점수를 잘 받을 수 있다고 한다. 시험 전에 한 번에 확 외우고 시험을 보

니 시험이 끝난 뒤엔 다 까먹어버리는 경우도 있다고 한다. 한 남학생은 심지어는 전 학기에 에이플러스 점수를 받은 과목을 다음 학기에 들을 때 에이플러스의 결과를 낸 똑같은 내용을 다음 학기에 보면 새로운 경우도 있다고 했다. 창의적인 답변, 독창적인 답변을 써본 적 있냐고 물어보니 굳이 그런 도전을 할 필요가 없다고 했다.

창의적인 인재, 독창적인 인재, 21세기형 인재를 외치는 대학에서 만들어내는 인재는 결국 잘 외우는 로봇이었던 것이다. 가장 웃긴 말 중 하나라고 생각하는 것이 창의적인 인재상이다. 아니, 그런 창의적인 인재상을 원하는 대학이 웃기지 않을 수 없다. 창의적인 사람을 원하면서 결국 바라는 내용은 정해져 있다. 정말 아이러니하다. 물론 모든 사람들이 이런 교육을 받는다고 모두가 로봇이 되는 건 아니겠지만 많은 사람들의 눈을 가려버리는 교육인 것은 확실하다. 그렇다고 암기의 중요성을 부정하는 것은 아니다. 어느 정도 아카데믹한 교육이 필요한 것은 사실이다. 하지만 그에 더하여 모두가 똑같은 의견을 갖게 만드는 사회는 옳지 않다.

예전에 오바마 대통령과 기자들과의 질의응답 시간이 있었는데 한국 기자들만 질문을 전혀 하지 않았다는 동영상을 본 적 있다. 그것도 한국 기자들에게만 주어진 기회의 시간에서 질문하는 사람이 단 한 명도 없었다. 결국 다른 나라 기자가 그 기회를 가로채 갔다. 과연 그들이 영어를 못해서 질문을 하지 않았던 걸까? 절대 그럴 리 없다. 영어를 못하기는커녕 소위 말하는 엘리트들이었을 것이다. 그들은 살면서 의문점을 가질 필요가 없었던 것이다. 그저 교과서 내용을 잘 기억하고 그에 대한 질문을 가질 필요는 없다. 그냥 그렇다면 그런 것이고 아니라면 아닌 것이다. 굳이 남들과 다르게 생각해서 무슨 이득이 있겠냐는 사회에 살다보니 궁금한 점이 있어도 있지 않고 질문이 있어도 없는 사람들이 되어버린 것이다.

1780년 신묘일

아이고 덥다. 어, 박지원이다.

"안녕하세요."

"어, 그래. 날이 덥지?"

"네, 딱 여름 날씨네요. 더운 게 힘들긴 하지만 원래 여행이 다 힘들고 그런 거 아니겠어요?"

"허허, 그렇게 생각하니 다행이군. 그럼 자네, 이번 여행에서 제일 장관이 뭐였나?"

"음, 아직 잘 모르겠어요. 나중에 알려드릴게요. 선생님은요?"

"나는 말이야…… 대답을 하기 전에 다른 사람들은 어떤 게 제일 장관이라고 할 것 같나?"

"뭐 넓은 평야 같은 청나라만의 엄청난 크기의 자연환경에 대해 이야기할 것 같은데요?"

"맞네. 사람들이 항상 연경에서 돌아온 사람을 만나면 제일 장관이 무엇이었는지 물어보지. 그러면 사람들은 보통 '요동 천 리의 넓은 들판이 장관이야.' '구요동의 백탑이 장관이더군.' '큰 길가의 저자와 점포가 장관이지.' '계문의 안개 낀 숲이 장관이지.' '노구교가 장관이야.' '산해관이 장관이지.' '망해정이 장관이지.' '조가패루가 장관이지.' '유리창이 장관이야.' '통주의 주집들이 장관이지.' '금주위의 목장이 장관이야.' '서산의 누대가 장관이지.' '사천주당이 장관이야.' '호권이 장관이야.' '상방이 장관이지.' '남해자가 장관이지.' '동악묘가 장관이지.' '북진묘가 장관이지.' 하고 대답들이 분분하여 이루 헤아릴 수가 없어. 그러나 소위 이류 선비는 정색하고 얼굴빛을 고치며 이렇게 대답하지.

'뭐, 도무지 볼 것이라고는 없습니다. 황제가 머리를 깎았고, 장상과 대신 등 모든 관원들이 머리를 깎았으며, 선비와 서민들까지도 모두 머리를 깎았더군요. 공덕이 비록 은나라, 주나라와 대등하고 부강함이 진나라, 한나라보다 낫다 한들 백성이 생겨난 이래 여지껏 머리를 깎은 천자는 없었습니다. 아무리 드높은 학문을 이루었다 한들 일단 머리를 깎았으면 곧 오랑캐요, 오랑캐는 개돼지나 마찬가집니다. 개돼지에게서 뭐 볼 게 있겠습니까?'

이는 최고의 의리를 아는 자의 말이지. 이 말을 들으면 질문을 한 사람도 잠잠해지고, 사방이 역시 숙연해지더군. 그 다음, 소위 이류 선비는 이렇게 말하지.

'성곽은 만리장성을 본받았고 궁실은 아방궁을 흉내냈을 뿐입니다. 선비와 서민들은 위나라와 진나라 때처럼 겉만 화려한 기풍을 좇고, 풍속은 수양제와 당 현종 때처럼 사치스러움에 빠져 있더군요. 명나라가 멸망하자 산천은 누린내 나는 고장으로 변했고, 성인들의 업적이 사라지자 언어조차 오랑캐들의 말로 바뀌어 버렸지요. 그러니 무슨 볼 만한 게 있겠습니까? 진실로 10만 대군을 얻어 산해관으로 쳐들어 가서, 만주족 오랑캐들을 소탕한 뒤라야 비로소 장관을 이야기할 수 있을 겁니다.'

이는 '춘추'를 제대로 읽은 사람의 말이야. '춘추' 이 한 권은 중화를 높이고 오랑캐를 물리치기 위한 책이지. 우리나라가 명나라를 섬긴 지 200년 동안 한결같이 충성을 다하여 속국으로 이겨어지곤 했으나 실상 명과 조선은 하나의 나라나 다름없었어. 먼젓 임진년 왜적의 난에 신종 황제가 명나라의 군사를 이끌어 우리 조선을 구원해 주니, 우리나라 사람들의 정수리부터 발끝까지 그리고 터럭 한 올까지 그 은혜를 입지 않은 바가 없었어. 또 병자년에 청나라 군대가 조선을 침략하자, 의열 황제가 급히 총병 진흥범에게 명하여 각 진영의 수군을 징집해 구원병을 파견하였어. 흥범이 관병의 수항을 아뢰려 할 즈음, 산동 순무 안계조가 강화도마저 함락되어 조선이 이며 패배했다고 보고했어. 이에 황제는 계조가 조선에 협력하지 않았다며 조서를 내려 준절하게 질책하였다. 이때 천자는 안으로 복주, 초주, 양주, 당주의 난리를 진압하지 못한 상황이었어. 그런데도 불에 타고 물에 빠질 위기에서 조선을 구해 주려는 마음이 형제의 나라보다 더 간절했지. 그러다 하늘이 무너지고 땅이 갈라지는 비운을 당하여 명나라가 망하자, 마침내 온 세상 사람들은 머리를 깎고 오랑캐가 되고 말았어. 변방 귀퉁이에 있는 우리나라만이 이런 수치를 면하긴 했으나 명나라를 위하여 원수를 갚고 치욕을 씻으려는 마음이야 어찌 하루인들 잊은 적이 있겠는가. 우리나라 사대부들 중 중화를 높이고 오랑캐를 물리치려는 '춘추'의 절의를 간직한 이들이 우뚝 서서 100년을 하루같이 그 뜻을 이어왔으니 실로 대단한 일이라 할 수 있겠네.

그러나 중화는 중화일 뿐이고, 오랑캐는 오랑캐일 뿐이야. 중국의 성곽과 궁실과 인민들이 예전처럼 남아 있고, 최, 노, 왕, 사의 씨족(부귀를 한껏 누렸던 귀족 가문들)도 그대로 있고, 주, 장, 정, 주의 학문(주돈이, 장재, 정호, 정이, 주화의 성리학) 또한 사라지지 않았어. 하, 은, 주 삼대 이후의 성스럽고 밝은 임금들과 한, 당, 송, 명의 아름다운 법률제도 역시 변함이 없지. 오랑캐라고 하는 청나라는 중국의 제도에서 이익이 될 만하고 오래 향유할 만한 것들을 가로채 가지고는 마치 본래부터 자기 것이었던 양하지.

대개 천하를 위하여 일하는 자는, 진실로 백성에게 이롭고 나라에 도움이 될 일이라면 그 법이 비록 오랑캐에서 나온 것이지라도 마땅히 이를 수용하여 본받아야 하리. 더구나 삼대 이후의 성스럽고 현명한 제왕들과 한, 당, 송, 명 등 여러 왕조들이 본래부터 가지고 있던 고유한 원칙이야 더 말할 나위도 없어. 성인이 '춘추'를 지으실 제, 물론 중화를 높이고 오랑캐를 물리치려고 하였으나, 그렇다고 오랑캐가 중화를 어지럽히는데 분개하여 중화의 훌륭한 문물제도까지 물리치셨다는 말은 들어 보지 못했어.

그러므로 이제 사람들이 정말 오랑캐를 물리치려면 중화의 전해오는 법을 모조리 배워서 먼저 우리나라의 유치한 습속부터 바꿔야 할 것이다. 밭갈기, 누에치기, 그릇 굽기, 풀무불기부터 공업, 상업 등에 이르기까지 모소리 다 배워야 해. 다른 사람이 열을 배우면 우리는 백을 배워 백성을 이롭게 해야 해. 우리 백성들이 몽둥이를 만들어 두었다가 저들의 견고한 갑옷과 날카로운 무기를 두들길 수 있게 된 다음에야 '중국에는 볼 만한 것이 없다.'고 장담할 수 있을 것이야. 그러므로 나는 비록 상류 선비지만 강히 말하리라.

'중국의 제일 장관은 저 기와 조각에 있고, 저 똥 덩어리에 있다.'
"네? 제일 장관이 기와 조각하고 똥 덩어리에 있다니요?"

"그래, 잘 이해가 안 될 수도 있겠네. 대체로 깨진 기와 조각은 천하에 쓸모없는 물건이자. 그러나 민가에서 담을 쌓을 때 어깨 높이 위쪽으로는 깨진 기와 조각을 둘씩 둘씩 짝을 지어 물결무늬를 만들거나, 혹은 네 조각을 모아 쇠사슬 모양을 만들거나, 또는 네 조각을 등지게 하여 노나라 엽전 모양처럼 만들지. 그러면 구멍이 찬란하게 뚫리어 안팎이 서로 비추게 된다. 깨진 기와 조각도 알뜰하게 써먹었기 때문에 천하의 무늬를 여기에 다 새길수 있었던 것이야. 그런가 하면, 가난하여 뜰 앞에 벽돌을 깔 형편이 안 되는 집들은 여러 빛깔의 유리, 기와 조각과 시냇가의 둥근 조약돌을 주워다가 꽃, 나무, 새, 짐승 모양을 아로새겨 깔아 놓지. 비 올 때 진창이 되는 것을 막기 위함이야. 기와 조각 하나, 자갈 한 조각도 버리지 않고 고루 활용했기 때문에 천하의 고운 빛깔을 다 낼 수 있었던 것이야. 똥오줌은 아주 더러운 물건이지. 그러나 거름으로 쓸 때는 금덩어리라도 되는 양 아까워하지. 한 덩어리도 길바닥에 흘리지 않을뿐더러, 말똥을 모으기 위해 삼태기를 받쳐 들고 말 꼬리를 따라 다니기도 해. 똥을 모아서는 네모 반듯하게 쌓거나 혹은 팔각으로 혹은 육각으로 또는 누각 모양으로 쌓아 올린다. 똥 덩어리를 처리하는 방식만 보아도 천하의 제도가 이에 다 갖추어졌음을 알 수 있겠네.

그러므로 나는 말하리라,

'저 기와 조각이나
똥 덩어리야말로 진정 장관이다.
어찌 성지, 궁실, 누대, 점포,
사찰, 목축, 광막한 벌판,
아스라한 안개 숲만 장관이라고 할 것인가.'"

2017년 10월 5일 아침

오늘 꿈에선 너무 많은 내용을 들었다. 무슨 내용이었지…… 아, 일류, 이류, 삼류 선비, 그리고 기와 조각이랑 똥거름. 말을 한 번 더 생각해 볼 필요가 있다. 그가 말한 일류 선비는 일류가 아니고 이류 선비는 이류가 아니다. 그는 노자에 나온 상사(일류), 중사(이류), 하사(삼사)를 거꾸로 뒤집어 일류 선비는 머리를 깎았다는 이유만으로 청나라를 오랑캐라고 표현하는 그런 명목적인 면만 중시하는 선비, 이류 선비는 청나라라면 무조건 반해야 한다는 당시 조선에서 '북벌론'을 외치던 선비들은 비판할 것이다. 그리고 삼류 선비는 대답했다. 제일 장관은 기와 조각과 똥 덩어리에 있다고. 기와 조각과 똥 덩어리라는 대목도 '장자'의 한 부분에서 따온 것이다. 그리고 마지막으로 삼류 선비인 자신이 생각하길, '저 기와 조각이나 똥 덩어리야말로 진정 장관이다.'

박지원은 이렇듯 당시 조선에서 진정 조선을 이롭게 하는 법이 무엇인 줄 모르고 명목만 좇던 선비들을 이렇게 날카로운 눈으로, 진실된 눈으로 비판하고 사람들이 나아가야 할 방향을 제시해 주었다. 그가 제시한 나아가야 할 방향은 머리를 깎았다는 이유만으로 청나라를 배척하는 것이 아니라 가장 하찮아 보이는 부분에서 진정 백성들에게 도움이 되는 제도를 마련해 둔 청나라에게서 많은 점을 배워야 한다는 것이다. 그는 그만의 날카로운 시선으로 조선의 문제점을 고쳐나가기 위해선 머리를 자른 오랑캐의 나라에서도 배울 수 있다고 보았다. 그는 이름뿐인 것들을 위해 중요한 것을 놓치지 않은 것이다.

하지만 지금 우리는 무엇을 배우고 있는가? 공부를 하는 게 그렇게 싫었던 적은 없었다. 하지만 수업을 들을 때나 혼자 공부를 할 때 '이걸 나중에 어디에 쓸 수 있는 거지?'라는 생각이 들 때면 그냥 다 내팽개치고 밖으로 나가 진짜 세상에서 살아가고 싶다는 생각이 든다. 어느 정도 이론적으로 배워야 할 부분이 있다는 것은 안다. 하지만 그 이론에 너무 눈이 멀어 우리 생활을 놓치고 있다는 느낌이 없지 않다. 특히 시험에서, 아무리 그 시험에서 변별력을 주어야 한다고 하더라도 일상생활에서 절대로 쓰일 리 없는 문제들을 내놓으면 당황스럽기 그지없다. 우스갯소리로, 우스갯소리가 아닐 수도 있지만 우리나라 영어 수능 문제를 외국인에게 풀게 하면 반타작도 못 친다고 한다. 실제로 유튜브나 텔레비전에서 외국인을 모아두고 혹은 외국인들 스스로 수능 문제를 가져다 푼 것을 보여준 적이 꽤 있다. 결과는? 못 푸는 사람들이 매우 많았다. 수능 지문에서 지문을 어렵게 만들기 위해 실생활에선 쓰이지 않는 이상한 방법을 동원해 문장 구조를 어렵게 만들기 때문이다. 인터넷에서 자주 보이는 수능 문제의 문장 구조의 예를 보면 이렇다.

일상 회화: '존은 밥을 먹었다.'

수능 문제: 올해로 스물여섯 살이자 여자 친구 제인을 둔 (혹은 제인의 연인인) 남자 존은, 전 세계의 모든 사람, 혹은 동물들이 생명을 유지하기 위해 본능적으로 하는 행동을, 우리가 흔히 '먹는다.'고 말하는 행동을 했는데,

그 섭취를 당한 대상은 어떤 남자 혹은 여자에 의해 조리되어 사람을 미각적으로 만족시키는 형태를 띠며 존의 영양분을 충족시켰다.(그 일어난 행동이 허기를 채우기 위한 본능적인 행동이었는지 혹은 미각적인 쾌락을 느끼기 위한 의식적인 행동이었는지는 그 자신도 불분명한 채로.) 아니 어느 누가 '난 밥을 먹었어.'라고 하지 '난, 제인의 친구이자 이 씨 가문 36대손 장녀인, 혹은 이○○의 딸인, 생존을 위해……'

라며 자신이 밥을 먹는 행위를 설명하는가. 그래도 이건 과장되었잖아, 라고 말할 사람들을 위해 준비했다. 2018학년도 대학수학능력시험 9월 모의평가 40번 문제.

  The weakness of local networks lies in their self-containment, for they lack input as well as outreach. In a classic study of urban politics, Herbert Gans found that neighborhoods with the highest levels of solidarity often were unable to block unfavorable policies and programs for lack of ties to possible allies elsewhere in the city.

  해설: 지역 네트워크의 취약성은 그것이 자기 충족을 하는 데 있는데 그 이유는 그것이 (외부로의) 확장뿐만이 아니라 (안으로의) 투입이 부족하기 때문이다. 도시 정책에 대한 전형적인 한 연구에서 Herbert Gans는 가장 높은 수준의 결속력을 갖고 있는 동네는 그 도시의 다른 지역에 있는 잠재적인 협력자들과의 결속이 부족하기 때문에 불리한 정책과 프로그램들을 흔히 저지할 수가 없다는 사실을 발견하였다.

이 부분에서 말하고자 하는 요지는 무엇인가? 사실 한국어 해설을 읽어도 이해가 잘 되지 않는다. 내가 이해력이 부족하다고도 할 수 있겠지만 그래도 책을 읽었을 때 이해가 안 되거나 설명서를 읽고 이해를 못할 만큼 독해력이 부족하진 않다. 나 같은 사람이 태반일 텐데 많은 사람들을 이해시키지 못하는 글이 과연 좋은 글일까? 이 시험을 잘 본다고 해서 세상을 이해할 수 있는 능력을 기를 수 있을까?

언어는 소통을 위해서 존재하는 것이다. 라고 말하면 또 누군가 그래도 저건 아무래도 써내려간 지문이니까 좀 더 격식적일 수도 있지. 할 것이다. 하지만 지문이나 말로 하는 언어나 다를 것은 없다. 모두 소통을 위한 것이다. 때로는, 아니 자주 그 이상의 의미를 갖기도 하지만 시험 문제 어렵게 내기 위해서 있는 것은 아닌 것 같다. 그 이상의 의미는 571년 전 많은 백성들에게 주어졌다.

571년 전 조선에서는 역사의 한 획을 긋는 사건이 발생한다. 세종대왕이 훈민정음을 반포한 것이다. 이후 한글은 지금까지도 우리의 삶을 보다 이롭게 만들어주고 있다. 한글이 창제되기 전엔 우리말을 한자로 표기할 수밖에 없었다. 아무래도 기록할 때 어려움이 있을 수밖에 없었는데 때문에 글을 쓰고 읽는다는 것은 양반들의 특권이었다. 이를 가엽게 여긴 세종대왕이 '나랏말싸미 듕귁에 달아 문자와로 서로 사맛디 아니할세……', 훈민정음 해례본을 반포한 것이다. 백성들도 드디어 글을 읽고 쓸 권리를 얻게 된 것이다. 글을 읽고 쓰는 것은 그 행위 자체의 의미보다 더 큰 무언가를 뜻한다. 우선 기록의 의미로써 무언가를 기록하는 것을 통해 그것에 살을 붙여 나가고 과거의 기록에서 현재의 삶을 반성해 더 나은 삶의 방향으로 나아갈 수 있다. 또한 글쓰기를 통해 자신의 생각을 정리해 나가고 그 과정에서 또 다른 사상을 얻게 되는 기회를 얻을 수 있다. 이처럼 언어를 통해 인간은 자신의 삶의 방향을 개척해 나가고 더욱 행복한 삶을 위한 길을 찾을 수 있게 되는 것이다. 세종대왕은 한글을 반포함으로써 백성들에게 이런 기회를 준 것이다.

다시 한 번 말하지만 언어는 소통과 위에 제시된 그 이상의 의미를 위해 존재하는 것이지 영어 문제 어렵게 만들기 위해 존재하는 것이 아니다. 그렇다면 국어 영역은 어떨까? 문학은 문학 지문에 소개된 소설의 작가에게 문제를 풀라고 해도 틀린다고 한다. 이 이야기가 텔레비전 '알아두면 쓸데없는 신비한 잡학사전', 일명 '알쓸신잡'에 나온 적 있다. 이에 김영하 작가는 '우리가 이런 문제를 푸는 것은 소설을 더 잘 이해하고 문학을 잘 이해하기 위해서가 아니라 정치인들의 숨은 속뜻을 파악하기 위해 공부하는 것 같다'고 했다. 맞는 말이다. 작가 본인이 의도하지 않은 이 글의 주제를 찾는 것. 흠…… 이런 공부 방식은 결국 우리도 조선시대 일반 선비들처럼 명목만 좇는 사람들로 만들게 된다. 진정 우리 삶에 이로운 것이 무엇인지 배우지 못하고 그저 남들에게 보일 수 있는 것에만, 체면을 살리고 겉만 번지르르한 것들만 찾게 된다. 박지원처럼 현실을 직시하고 편견에 사로잡혀 청나라를 보지 않고 그 속에서, 그 안에 가장 천한 것에서 배울 점을 찾을 수 있으려면 생각할 줄 알아야 한다.

우리는 생각할 힘을 기를 필요가 있다. 대학에 가기 위해서가 아니라 삶을 살기 위해서, 인간다운 삶을 살기 위해서 말이다. 생각을 못하는 사람들이 만든 지금 이 사회는 어떤가? 돈에 미친 아저씨가 국민들 투자금을 떼먹어도 법원은 이를 증거가 없다며 묵인하고 회사에서 일하다 병에 걸려도 회사는 그에 대한 책임 하나 지지 않는다. 모두가 상황을 있는 그대로 바라볼 능력이 없기 때문에, 혹은 알면서도 다른 누군가가 원하는 방향으로 생각하는 것에 익숙해져 있기 때문이다. 그렇다면 어떻게 사람들은 생각할 수 있게 만들까?

우선 사회적으로는 언론의 자유가 이루어져야 한다. 언론부터 사회를 바로 보고, 있는 그대로 말할 줄 알아야 진정한 민주주의가 실현될 수 있다. 2017년 초 공중파 언론사들이 언론의 자유를 외치며 파업했다. 그동안 우리나라의 언론들은 투명하지 못했다. 제 3자의 압박이 가해졌기 때문이다.

대표적인 예로는 작년 3월, SBS와 KBS 등 언론사들은 앞다투어 박근혜 전 대통령의 탄핵을 다룬 다큐멘터리를 보도했지만 MBC는 예외였다. 본래 방송 예정이었던 다큐멘터리, '탄핵' 편은 취소되었고 회사 내에선 인사발령이 공지되었다. 당일 인사발령으로 인해 7명의 직원들은 본인의 업무와 전혀 상관없는 부서로 배치되었다. 이들 중에는 노조위원장, 다큐멘터리 '탄핵' 제작자, '황우석 논문 조작' 사건을 파헤친 기자도 포함되어 있었다.

언론은 국민에게 진실을 전달하고 국민의 알 권리를 위해 노력해야 한다. 언론이 그 역할을 외면하거나 정부 혹은 다른 큰 세력이 언론을 억압한다는 것은 곧 '국민 바보 만들기 프로젝트'를 하고 있는 것이나 마찬가지이다. 현재 몇몇 6~70대 노인들, 혹은 우리가 흔히 부르는 '꼰대'가 어쩌면 언론이 제 기능을 하지 않거나 못했을 경우 나타나는 문제점들을 보여주고 있다고 생각한다. 언론이 억압 받던 시절, 당연히 TV에는 '바보 같은' 기사들만 쏟아져 나왔고 그 당시 사회를 이끌어 나가던, 한 가정을 책임지고 있던 힘들고 지친 어른들은 TV속에서 전해지는 사실 아닌 사실을 곧이곧대로 믿을 수밖에 없었을 것이다. 결국 왜곡된 사실 속에서 살아온 그들이 현재 왜곡된 시각으로 세상을 바라보게 된 것이라고 볼 수 있다. 이들이 현재 벌이고 있는 만행을 추호도 옹호할 생각은 없지만 이 몇몇 '꼰대'의 만행에는 왜곡된 과거에 대한 믿음과 그 믿음을 심어준 그러한 뉴스가 영향을 끼쳤을 수도 있다고 생각한다.

그렇다면 참된 언론이란 무엇일까? 사람마다 보는 관점이 다르겠지만 올바른 사회를 위해서 그 이면을 파헤쳐 한 치의 거짓 없이 국민들에게 알리는 것이 참된 언론이 아닐까 생각한다. 마치 영화 '스포트라이트'에서 나온 것처럼 단순 언론사의 이익이 아닌, 혹은 어느 높은 분의 안위를 위해서가 아닌 '진실'을 알리기 위해 노력하는 것이 참된 언론의 모습이라고 생각한다. 하지만 대한민국에서 진실을 안다는 것, 알리는 것은 결코 쉬운 일이 아니다. 직업윤리가 뚜렷하고 거짓되지 않은 정보를 전달하기 위해 노력하는 사람들은 어느 악덕, 권력 있는 높은 사람에게 눈엣가시가 되고 앞서 나온 MBC의 인사발령처럼 차별 대우를 받을 가능성이 높다. 대신 부정부패의 원인, 불공정 보도의 주범들은 김장겸 사장처럼 회사 내 요직을 차지하게 된다. 따라서 언론은 외부 세력의 간섭 없이 그 역할을 제대로 할 수 있는 힘이 필요하다.

최근에 영화 '공범자들'을 보면서 문득 이런 생각이 들었다. '나는 과연 저런 상황을 마주했을 때 용기 있게 맞설 수 있을까?' 권력의 반대편에서 맞선다는 것은 엄청난 위험이 도사리고 있음을 이야기한다. 물론 이런 사회적 이슈들이 나에게 엄청난 영향을 주지만 비교적 상황에 직접 처해 있지 않은 제 3자의 입장에서 볼 땐 내 의견을 고집할 수 있다. 'LEE……은 처벌 받아야지', '개X끼…… DA……는 누구 것일까……' 이렇게 말이다. 하지만 직접 그 상황에 처해 있다면 이야기가 달라질 것이다. 이전에 공영 방송 정상화를 위해 파업했던 사람들도 분명 처음에 망설여졌을 것이다. 하지만 그들은 작은 행동에서부터 자신이 살면서 만들어온 자신만의 신념을 따라갔기 때문에 지금 이렇게 나같이 평범한 학생도 그 문제에 관심을 갖게 한 것일 것이다.

또한 고대영과 김장겸은 또다시 대학교, 대학원 학위 따위 인생을 살아가는 데 도움이 안 된다는 것을 보여준다. 고대영은 인터넷에 학력이 자세히 안 나와서 잘 모르겠지만 김장겸은 고려대학교 대학원 석사 과정까지 마친 사람이다. 그렇게 배울 만큼 배우고 똑똑한 사람들이 우리나라 언론을 망쳐놓았다. 심지어 물론 그들은 모르겠지만 나같이 본인들이 보기엔 무식한 애들한테 무차별적으로 계속 욕먹고 있다. 사람이 도움이 되지는 못할망정 해는 되지 말아야지 않겠나. 다시 한 번 깨달았다. 학교

는 더 이상 학생들에게 대학 가는 법을 가르쳐주지 말고 어떤 삶이 진정 의미 있는 인생인지, 인생을 살아가는 법을 알려 주어야 한다. 대가리에 똥만 든 사람들을 더 이상 만들기 싫다면 말이다. 유튜브에서 유병재가 쓴 짧은 글을 본 적 있다.

'너는 배에 뇌가 있나보다. 머리엔 똥이 있는 걸 보니.'

그렇다면 이제 진실을 말할 능력을 가진 사람들을 길러내야 한다. 신념은 어렸을 때부터 형성되고 이에 많은 영향을 끼치는 곳이 학교이다. 학교에서부터 주변 문제에 대해 의문을 가질 기회를 주고 용기를 줘야 이후에 사회에 나가서도 문제들에 대해서 말할 용기를 가진 사람이 되는 것이다. 대통령을 바꾸는 것에 의존하기에는 위험성과 한계가 있다. 어떤 사람이 대통령이 될지는 아무도 모르고 설령 어떤 좋은 한 사람이 나라를 바꿀 수 있다고 해도 그 기간은 유한하기 때문에 교육을 통한 변화가 가장 믿음직스럽다. 교육을 통한 지식의 획득만을 이야기하는 것이 아니다. 마치 박지원이 남들이 다 청나라를 오랑캐의 나라라고 비난할 때 진정 조선에 필요한 것이 무엇인지 알려 하고 청나라에서 많은 것을 배우려고 했던 것처럼 말이다.

박지원과 인간미

1780년 기축일

해는 쨍한데 바람이 심하네. 역시 요동 벌판 바람은 무시할 수 없어. 오, 여기 어디지. 이것저것 뭐가 많네. 오, 연꽃도 있다. 저 아저씨들은 왜 종이를 들고 박지원 선생님한테 가는 거지? 아, 글자 써달라고 하는 거구나. 역시!

목욕하는 원앙 한 쌍, 날아다니는 비단이요

갓 피온 연꽃은 말 없는 신선이세.

"우와, 대단합니다!"

다들 좋아하는군! 퍽도 마음에 들었나 보네, 종이를 또 가지고 오는 걸 보면. 나도 봐야지. 음…… '기……상……새……석' 무슨 뜻이지? 다들 별로 안 좋아하는 눈치인데? 잘 쓴 거 같은데 왜 그러지?

"이 글자는 저희 집이랑은 관련이 없는데요?"

엥 무슨 뜻이길래? 물어봐야겠다.

"아까 쓰신 기상새설(欺霜賽雪)이라는 글자 무슨 뜻이에요?"

"길 가다 자주 보인 글자여서 쓴 건데, 아마 장사치들이 자신들의 심지가 깨끗하기는 가을 서릿발 같고, 밝기로는 저 희디흰 눈보다도 더하다는 것을 자랑하는 것이 아닐까 싶네."

"아…… 근데 왜 별로 안 좋아하죠? 좋은 뜻인 거 같은데."

"그걸 나도 모르겠네. 에휴, 하긴 이런 작은 촌동네에서 장사나 하는 녀석이 선양 사람들 안목을 어찌 따라가겠냐? 무식하고 멍청한 놈이 글자가 좋은지 나쁜지 어떻게 알겠어?"

어지간히 기분이 안 좋으셨나 보군……

1780년 경인일

어, 오늘도 사람들이 모여 있네. 또 글씨 쓰시려나? 아니구나, 다른 사람이 쓰고 있네. '신……추……경……상'

"이게 무슨 뜻이에요?"

"가을이 새롭게 찾아온 것을 경축하며 감상한다는 뜻이네. 에고 근데. 저렇게 글씨를 못 써서 쓰겠나. 필법이 저토록 옹졸하니 지금이야말로 내가 한번 뽐내 시간인 거 같네. 잘 보게."

'신추경상(新秋慶賞)'

역시 박지원 선생님이 잘 쓰시긴 하는구나. 사람들이 붙잡아 차를 대접할 정도니.

이제 사람들이 다 각자 글자를 써 달라고 난리구나. 팬 사인회가 따로 없네.

"선생께선 술은 자실 줄 아십니까?"

"한 잔 술이야 어찌 마다하겠습니까?"

"주인장께선 왜 안 마십니까?"

"이 자리에 술 마실 줄 아는 사람은 한 명도 없답니다."

"이것도 드세요. 포도예요."

"이것도, 빈과도 있어요."

다들 이것저것 권하는군.

"달빛이 밝다 해도 글씨 쓰기엔 어려움이 있으니 촛불을 켜는 게 좋겠소." 박지원이 말한다.

"어른께선 눈이 좀 침침하십니까?"

"그렇소."

이제 어떤 글자를 쓰시려고 하시는 거지?

"이제 어떤 걸 쓰실 건가요?"

"흠, 아무래도 어제 전당포에서 '기상새철' 넉 자를 썼다가 주인이 돌연 안색이 나빠졌으니 오늘은 그 치욕을 씻어야 하지 않겠나? 이보시오, 점포 머리에 달만한 액자를 써드릴까요?"

"좋지요."

欺霜賽雪

"이 말은 이 가게와 별 상관이 없습니까?" 박지원이 물었다.

"그렇습니다. 저희 가게는 부인네들 장식품을 취급하지 국숫집은 아니거 든요."

아, 그래서 그랬던 거구나. '기상새철'이 장사치들이 자신의 심지가 깨끗 하기는 가을 서릿발 같고, 밝기로는 저 흰 디흰 눈보다도 더하다는 것을 자 랑하는 것이 아니었구나. 국숫집을 나타내는 것이었구나.

"아, 나도 모르는 바 아니지만 그저 시험 삼아 한 번 써 본 것이오. 잠시 만 기다리시오."

'부가당'

"정말 좋군요. 이게 무슨 뜻인가요?"

"이 댁에서 부인네들의 장식품을 취급한다 하니, '시경'에 나오는 소위 '부계육가'란 구절이 여기에 완전히 부합한다 할 수 있지요."

"제 집을 빛내 주신 은덕을 무엇으로 갚으리까."

박지원이 허허 웃으며 나온다.

"'기상새선'이 그 뜻이 아니었네요. 하하."

"그러게나 말이다. 이젠 '기상새선'을 보면 필시 국숫집인 걸 알 수 있겠
구나."

2017년 10월 7일 아침

인생의 최악의 점수를 묻는다면 23점. 똑똑히 기억난다. 때는 중학교 1학년 때였다. 1학기였던 걸로 기억하는데 아닐 수도 있지만 그게 중요한 게 아니다. 당시, 지금도 그렇지만 나는 수학에 젬병이었다. 그냥 항상 수학만 하려고 하면 식은땀이 나는 것 같고 화가 나고 그야말로 '수학 알레르기'가 있는 듯 수학에 거부반응을 보였다. 그래도 시험은 쳐야 하니 공부를 안 하지는 않았지만 시험 시간에 너무 긴장을 한 게 화근이었다. 당시 모든 과목에 서술형 평가가 포함되어 있어 OMR카드와 서술형·단답형 답안지 모두 작성해야 했는데 그날 서술형 답안지에 너무 집중 하느라 OMR카드 기입을 못 한 것이다. 종이 칠 때까지도 내가 작성을 못 한 사실을 모르고 있었다. 이제 선생님이 답안지를 걷어오라 하시고 맨 뒷자리에 있던 내가 걸어가는데 아뿔싸, 텅텅 빈 OMR카드를 보자 정

신이 멍해졌다. 일단 앞에 친구들 것들을 걷고 선생님께 모기만한 목소리로 '답안지 작성을 못했는데요······' 하니 선생님이라고 별 수 있나, 그냥 '어쩔 수 없지.' 하셨다. 사실 당연한 거고 나한테 기회를 주면 그게 문제인 건데 그땐 누구라도 원망하고 싶은 마음에 선생님이 그렇게 미웠다. 그렇게

서술형 평가지만 내 점수는 23점! 사실 가채점을 했을 때 만약 답안지를 모두 작성해서 냈어도 점수는 70점 안팎이긴 했지만 그래도 그렇게 속상할 수가 없었다. 대신 그 이후로 더 답안지 제출할 때 신경 쓰고 검토하게 된다. 그래도 여전히 세심하지 못한 성격 때문에 여기저기서 실수를 많이 하긴 한다.

이렇듯 사람들은 모두 실수를 하며 살아간다. 박지원도 마찬가지였다. 그 똑똑한 박지원도 실수를 하고 심지어 그 하루 동안은 자신의 실수를 알아채지 못하고 남들의 학식이 부족해서 그렇지, 라며 자기 합리화를 해버린다. '기상새설', 정말 그 글자만 보면 박지원이 말한 뜻이 있을 것만 같다. 하지만 실상은 국숫집. 착각을 해도 완전 착각 해버렸다. 누군가에게 해를 가하는 실수 혹은 착각은 잘못되었다고 말할 수 있다. 하지만 자신이 한 걸음 더 성장할 수 있게 해주는 실수는 잘못된 것이 아니다. 누구나 처음, 혹은 처음이 아니더라도 미숙할 수 있다. 로봇이 아닌 이상 완벽하긴 힘들기 마련이다.

그러나 우리는 실수를 용납하지 못한다. 실수를 용납 못하는 체제 안에 살고 있다. 심지어 개인을 평가하는 잣대가 완벽함을 요구한다. 실수를 통해 배운 것들, 이전의 노력들은 싹 다 무시해 버린 채 그 한 순간의 선택들이 개개인을 평가한다. 물론 실수도, 운도 실력이라고 하지만 우리는 너무 어렸을 때부터 한 문제 차이로 자괴감을 느끼고 절망감을 느끼기 시작했다. 사람이 계속 실패를 했다고 느끼게 되면 아무래도 위축되기 마련이다. 실제로 실패가 아닌데도 말이다. 하지만 그 미운 '등급'은 '해도 안 돼'라는 절망감과 몇 단계로 나뉘게 되는 모욕감을 선사한다. 우리가 소도 아니고 육즙에 따라 등급이 나뉘듯 내 등급을 매기다니.

주변에 자퇴했다는 소식이 정말 많이 들린다.

사고를 쳐서, 학교에 적응하지 못해서 자퇴를 한 아이들도 있지만 많은 아이들이 그 등급의 실패를 맛봐서, 학교에서 배울 게 없어서 자퇴를 한다. 실패를 맛봐서 자퇴를 한다? 포기하는 것이 아니다. 학교를 그만두면 이전 성적과 무관하게 검정고시에서 나온 결과가 대학 입시에 영향을 끼치기 때문이다. 또 대학, 역겨워질 지경이지만 많은 학생들의 목표가 대학인 걸 어쩌겠나. 친구에게 들은 이야기로 한 친구는 고등학교 2학년 1학기 중간고사 전에 아무리 생각해도 학교에 다니면서 배울 게 없고 시간이 아까워서 자퇴를 결심했고 실천해 학교에서 나온 후론 아르바이트와 여행을 다니며 자신만의 시간을 갖고 여유롭게 살다가 최근에 검정고시에 합격했다고 한다. 이 이야기를 들은 순간 '아, 나도 좀만 더 일찍 자퇴라는 선택지를 만들어둘 걸.' 이 이야기를 들었을 땐 너무 늦었었다. 지금 내 상황에서 자퇴를 하면 대학에 합격할 가능성이 너무 낮아지기 때문이었다. 그렇다면 대학을 가지 않으면 되지 않는가? 부끄럽지만 차마 대학을 가지 않을 용기가 없다. 대신 대학을 가서 졸업 후 많은 사람들이 내 이야기를 들어 줄 수 있을 때 대학을 안 가도 인간다운 대접을 받으며 살 수 있는 세상을 만들고 싶다.

어쨌든 자퇴를 하고 자신의 삶을 살고 있는 것 같은 그 아이가 그렇게 부러울 수 없었다. 지금도 자주 그런 생각을 한다. '만약 내가 중학교 때로 돌아간다면, 중학교 졸업하고 고등학교는 가지 않을 거야. 그러면 일단 검정고시를 준비해서 보고 일 년 간 그 친구처럼 아르바이트도 하고 여행도 다니면서 세상에 대해 더 알아가고 다양한 사람들을 만날 수 있었을 텐데.' 이렇게 인간관계가 좁은 내 주변에도 자퇴를 한 학생들이 많다면 학교에 문제가 많다는 건 부정할 수 없다.

2017년 10월 9일 밤

"감자칩, 음료수 등등 팝니다."

"사이다 한 병 주세요."

"네.. 잠시만요."

"아, 아니 두 병 주세요." 고미숙 작가님도 계시네.

"안녕하세요. 어디 가시나 봐요?"

"아, 안녕하세요. 강연이 있어서 북경으로 가고 있었어요."

"이렇게 또 만나다니 진짜 반갑습니다. 이런 게 바로 소통 아니겠어요?"

"하하, 맞아요. 그러네요."

"지난번에 요즘 현대인들이 무기력해지고 있는 원인이 스마트폰에 있다고 하셨잖아요."

"맞아요. 그랬죠."

"저는 그 원인이 학교에도 있다고 생각해요. 아무리 열심히 해도 1점 차이로 실패를 겪게 하는 점수라는 체계 자체가 어린 나이의 학생들을 무기력하게 만들고 있다고 생각해요. 실제로 저도 1, 0.5점 차이로 같이 공부하던 친구보다 등수가 낮거나 그 차이로 상을 못 받게 되면 좌절감을 느낄 때가 많아요. 물론 많은 사람들을 한 기준으로 평가할 수밖에 없으니 이런 결과가 나온 것이겠지만 그래도 좌절감은 사라지지 않더라고요. 이런 점수 체계는 입시에서 비롯된 것이라고 생각해요. 그렇다면 작가님은 현대인들이 갖고 있는 '대학은 필수다'라는 생각에 어떻게 생각하시나요?"

"아주 좋은 질문이에요. 원인이 학교에 있는 것도 맞아요. 하지만 학교는 전체 교육시스템을 대행하는 곳이니 학교만의 문제라고 할 수는 없겠죠. 수능을 포함한 입시제도가 1점에 진로가 좌우되도록 만들어버렸고, 학교는 그것을 충실히 수행하다보니 학생들은 아주 작은 차이에도 절박감을 느끼는 실체가 된 거죠.

'그런데 왜 이런 모순이 수정되지 않을까,'를 생각해 보면 다시 학생과 학부모의 욕망으로 연결됩니다. 1점의 손해도 절대 받아들이지 않으려는 마음들이 꽉 차 있으니까요. 결국 학생, 학부모, 학교, 그리고 교육시스템이 긴밀하게 맞물려 있어서 어떻게 손을 써야 할지 모르는 셈인 거죠.

그러다보니 가장 큰 피해자는 역시 학생들입니다. 가장 활발해야 할 10대를 가장 무기력하게 보내게 되었으니 말입니다. 이런 악순환을 끊으려면 대학에 대한 맹목적 욕망을 버려야 해요. 대학은 이미 지성의 산실이기를 포기했기 때문에 모두가 대학을 향해 달려가야 할 이유가 없어요. 고등학교와 대학의 연계가 끊어지면 고등학교 교실도 살아날 수 있습니다.

대학입시를 위한 공부가 아니라 청춘을 즐기기 위한, 그리고 인생의 큰 비전을 그리기 위한 공부를 할 수 있을 테니까요. 아마 저출산 때문에 많은 대학이 문을 닫는 시대가 올 것 같긴 하지만 그 이전에 학생들이 이런 상황을 파악해서 스스로 자신의 삶을 선택할 수 있으면 좋은 거 같아요. 원하지도 않는 대학을 가서 취업준비로 청춘을 소모하기보다 청년기를 인생의 기본기를 익히는 시간이라 여기고 여행과 철학, 우정과 지성의 모험을 적극적으로 시도했으면 하는 거죠."

"그런데 여행을 갔을 때 말이에요. 그때 여행을 다니며 낯선 것들과 접속하며 새로운 것들을 받아들이는 것이 바람직하다고 하셨는데 그렇다면 선천적으로 내성적이거나 낯선 것들에 거부감을 느끼는 사람들은 억지로라도 바뀌어야 하는 걸까요?"

"노마드가 되는 건 성격의 문제가 아닙니다. 외향적인 사람이 더 여행을 잘하는 것도 아니고 내성적인 사람이 여행을 싫어하는 것도 아니니까요. 성격어란 타고난 개성이기 때문에 아무 상관이 없어요. 중요한 건 인생에 대한 태도와 인식입니다. 인생은 길입니다. 그 길 위에서 타자를 만나고 그와 깊이 교감하면서 삶의 새로운 길을 찾고자 하는 의지, 그게 핵심이죠. 사실 저도 10대까지는 하루에 한마디도 할까 말까 할 정도로 내성적이고 소심했어요. 하지만 친구를 만드는 데는 아무런 문제가 없습니다. 그리고 지금 이렇게 여행을 하면서 수많은 친구들과 접속하고 있잖아요?"

"무엇이든 지금 이렇게 학교에 의미 없이 다니는 것보다는 좋을 것 같아요. 저도 그럴 수만 있다면 여행도 다니고 이것저것 많이 경험하면서 저만의 인생을 살아가고 싶어요."

2017년 10월 10일 아침

　박지원은 그래도 그가 원하는 걸 따라가지 않았을까. 그는 입신양명의 길을 포기하고 비주류의 길에 들어선다. 노후에 관직에 오르긴 하지만 어쨌든 지금으로 따지면 대기업 입사 합격 통보를 받았는데 거절하는 것과 마찬가지인 거라 할 수 있겠다. 심지어 그는 세력에 반대되는 입장을 가져 불이익을 보기도 하고 그 당시 사회의 일반적인 통념을 깨는 행동을 많이 한다. 생활이 자유로우니 사상도 자유로워진 것이다. 청나라에 갈 때도 공식 사신이 아니라 비공식 사신으로 갔다고 한다. 때문에 가서도 비교적 자유롭게 여행하듯 자신이 알고 싶은 것, 보고 싶은 것, 만나고 싶은 사람들을 만나고 자유를 만끽하며 배워 나간다. 아무리 사람이 훌륭해도 상황이라는 걸 무시할 수 없다. 물론 그 속에서도 자신이 원하는 방향으로 삶을 이끌어 나가는 사람이 있지만 주변이 자유롭고 그의 사고를 한층 더 확장시킬 수 있는 곳이라면 그는 분명 자신을 옥죄는 상황에서 보다 더 발전된 사람이 될 곳이다. 여기서 자유로운 상황은 그저 아무 생각 없이 시간을 보낼 수 있는 상황이 아니다. 우리가 더 넓은 시야로 세상을 바라볼 수 있는 곳을 이야기하는 것이다.

　그 방법은 고미숙 작가님께서 말씀하신 것처럼 박지원이 간 낯선 곳으로의 여행이 될 수 있고 친구와의 소통이 될 수도 있다. 낯선 곳. 이전에 강의를 들었을 때 작가님이 강조하신 것이다. 매일 매일 학교-집을 반복해 왔다 갔다 하다 보면 아무 생각이 안 들 때가 있다. 진짜 '아무런 생각'

174

이 안 든다. 그저 학교에 가야 되니까 가고, 숙제가 있으니 하고, 배운 내용이 있으니 복습하고, 시간은 흐르니 흐르게 내버려 둔다. 오히려 여행을 떠났을 때, 새로운 상황에 부딪힐 때 내 머리는 돌아갈 때가 있다. 여행을 갔을 때 상황이 복잡해도 날 옥죄는 것들이 없고 무언가 새로운 것을 만났다는 설렘 때문인지 몰라도 평소에 고민하던 것들에 대한 해답도 더 잘 떠오르고 느낌뿐인지 뭔가 시야가 한층 탁 트이는 느낌이다.

유치원, 초등학교, 중학교, 고등학교, 대학교, 취업, 결혼, 퇴직. 모든, 거의 모든 대한민국 국민이 이 같은 삶을 산다. 중간 중간 고등학교 가기 전, 대학교 가기 전, 취업하기 전 시련을 겪는다는 공통점과 함께. 왜 우리 모두가 이런 길을 따라가야만 하는 것일까? 하지만 우리는 감히 다른 길을 생각할 엄두를 못 낸다. 다른 사람들이 이미 안전하다고 증명해 둔 길을 놔두고 왜 굳이 위험한 선택을 하는지 이해할 수 없을 수 있다. 나도 마찬가지다. 이렇게 이야기하는 나도 슈퍼 겁쟁이인지라 감히 대학을 안 갈 생각을 못하지만 이렇게 겁이 많은 나도 대학을 안 가고 내가 무엇을 할지 알고 있다면 대학을 안 가지 않았을까?

에필로그

유일한 선은 앎이요, 유일한 악은 무지이다

_소크라테스

There is only one good, knowledge, and one evil, ignorance

_Socrates

고대 그리스 소크라테스는 사람들은 대화를 통해 발전해 나간다고 생각했다. 대화는 단순히 말을 하는 행위가 아니라 그 속에서 생각을 나누는 것이기 때문이다. 또한 아테네의 고대 아고라는 소크라테스, 플라톤 등의 철학자들에게 토론의 장으로서 역할을 했다. 〈고대 그리스와 로마의 교육〉이라는 책의 한 부분에서 나왔듯 소크라테스의 문답법은 '학습자의 가식과 무지에 일침을 놓음으로써 스스로 깨닫게 만드는 방법이다.' 또한 '깨달음의 주체는 교사가 아니라 학습자 자신에 있다.' 그는 학습을 수동적인 행위가 아니라 토론을 통한 능동적인 행위로 생각했다. 물론 당시에도 소크라테스와 반대되는 개념을 갖고 입신양명을 위한 배움을 추구한 집단도 있었다. 이 오래전부터 배움의 의미는 질문되어졌고 그 방법 또한 많은 변화를 겪어 왔다. 그 양상은 시대에 따라 변화해 왔지만 한 가지, 배움이 그만큼 중요하다는 것은 확실히 알 수 있다.

소크라테스와 박지원, 공통점이 있다고 생각한다. 소크라테스가 주목한 것은 '삶의 참의미를 탐구하고, 교육의 윤리적 측면을 추구(고대 그리스와 로마의 교육)'한 것이긴 하지만 '소통'의 의미에선 통한다고 본다. 박지원은 그야말로 진정한 '소통 왕'이라고 할 수 있다. 그는 조선에서도, 청나라에서도, 친구들과 낯선 사람들과 만나 이야기하고 발전해 나간다. 조선에서 그는 그의 실학자 친구들인 홍대용, 박제가 등과 술을 마시고 이야기를 나눈다. 청나라에 간 그는 낯선 곳, 오랑캐의 나라에 갔다고 그들을 배척하고 무시하지 않는다. 오히려 적극적인 태도로 사람들과 교류하길 원하며 배우고 싶어 한다. 그가 소통하고자 하는 대상은 정해져 있지 않다. 심지어 엄격한 신분제도가 존재했던 조선시대에서 선비인 그는 하인들에게도 진심으로 대하고 진심으로 소통한다. 이처럼 사람들은 기원전 몇 세기부터 지금까지 토론, 대화를 통한 배움을 익혀 나갔다.

최근에 한 다큐멘터리를 본 적 있다. 4차 산업혁명과 우리의 교육의 방향에 관한 내용이었다. 요즘 딱 사람들이 관심 있어 하는 내용을 총집합한 다큐멘터리였다. 총 3부작으로 구성되어 있었는데, 1부는 4차 산업혁명이 도래한 현실, 2부는 평가의 개혁, 3부는 대학의 변화의 필요성에 대한 내용을 다뤘다. 이 3부작에서도 토론과 토의를 통한 배움을 중요시 여겼다. 4차 산업혁명을 통해 대부분의 기본적인 업무는 인공지능에게 맡겨둘 수 있게 되었다. 그렇다면 '인간은 무엇을 해야 하나?'를 생각해야 한다고 한다. 인간은 '서로 협력하는 능력, 글쓰기, 말하기 능력, 비판력을 길러야 한다고 한다. 실제로 하버드에서는 대학 곳곳에 칠판이 배치돼 있어 그곳에서 풀리지 않는 문제에 대해 서로 토론하며 해답을 찾아나간다고 한다. 또한 최근엔 각 나라에서 IB교육과정을 도입시키고 있다고 하는데 우리나라에선 동두천 중학교에서 시범 운영을 하고 있고 일본은 아시아 국가 중 최초로 이 교육과정을 도입한 나라이다. 심지어 일본은 2020년부터 대학입학시험을 폐지할 것이라고 한다.

IB교육은 일반적인 교육방식과 배우는 과목은 다를 게 없어 비슷해 보이지만 학습방법과 수업방식에 차이가 있다. 교사가 일방적으로 가르치는 게 아니라 수업에서 학생들 스스로 토론과 토의를 통한 자율적인 학습을 통해 배워나가는 것이다. 여태껏 해왔던 빠르게 외우는 지식이 아니라 생각하면서 스스로 획득해 나간다는 면에서 차이가 있다. 때문에 여태껏 강의식으로 수업을 해왔던 선생님들이 자신의 수업 방식에 변화를 주어야 한다. 만약 우리나라도 IB교육방식이 보편화된다면 아무래도 학생 개개인에 집중하는 수업이니 각 반의 학생 수를 줄이고 선생님의 업무 부담을 줄이기 위해 더 많은 선생님들을 고용하는 것이 필요하지 않을까 싶다. 이런 이야기는 내가 어떻게 할 수 없는 부분이기도 하니 일단 넘어가기로 하고 이제 4차 산업혁명이 온 시대에서 어떻게 배워야 하는지 대충 감을 잡았다. 그렇다면 우리는 왜 배워야 하는 것일까?

항상 그 근본을 묻는 질문은 대답하기 힘들다. 행복이란 무엇인가? 정의란 무엇인가? 인간은 왜 사는가? 우리는 왜 배우는가? 모두 각기 다른 답이 나올 수 있다. 철학자들도 이런 질문에 대한 답을 찾기 위해 평생을 헤매지 않았는가? 심지어 답을 찾았다고 생각한 사람이 생각한 답도 보편적이지 못할 수 있다. 때문에 내가 왜 배우는가? 에 대한 인류 모두에게 해당하는 답을 제시할 수 있다, 라고 말하는 것은 매우 오만한 생각이라 할 수 있다. 그렇다면 '나는' 왜 배우는가?

더 나은 삶을 위해서 배운다고 할 수 있겠다. '아는 만큼 보인다.'라는 말이 있지 않은가. 지금 나는 막 이것저것 배울 나이에 있다. 실제로 더 아는 만큼 더 보이는 신기한 경험을 하고 있는 중이다. 시야가 넓어지고 있는 게 너무 신기하다. 평생 이렇게 신기한 경험을 하며 살고 싶다. 여기서 배움이란 단순히 지식 방면에서의 배움만을 지칭하는 것은 아니다. 물론 그 방면의 앎도 있지만 경험을 통한 깨달음, 대화를 통한 배움 등등 내 삶에 변화를 주는 모든 것들은 배움이라고 할 수 있겠다. 변화는 좋을 수도 있고 나쁠 수도 있지만 좋을 때가 더 많다. 무료한 내 삶에 변화는 내가 무언가를 할 수 있게 만드는 원동력이 되기도 하고 즐거움을 주기도 한다. 하지만 그 변화가 일시적일 때도 있다. 이런 일시적인 변화는 다시 일상으로 돌아왔을 때 타격감을 주기도 한다. 하지만 배움이라는 변화는 배신하지 않는다. 한 번 얻은 깨달음은 머릿속에서 떠나가지 않기 때문이다. 따라서 배움은 나에게 보다 더 나은 삶을 선사해 주는 존재이다.

그렇다면 나 개인의 차원을 넘어 앞으로의 배움은 어떤 사람을 만들어내야 할까? 지금 우리는 '문제 해결'에 능한 인간을 만들어내고 있다. 즉, 질문을 '보고' '답'을 하는 능력을 갖춘 사람들이라는 것이다. 하지만 앞으로의 사회에선 거의 모든 것에 답을 할 수 있는 인공지능이 있을 것이라고 한다. 이미 '울프럼 알파'라는 대학 수준의 수학 문제도 1초 만에 풀수 있는 엔진이 출시됐다고 한다. 그렇다면 이제 인간은 어떤 일을 해야하는 것일까? 질문을 해야 한다고 한다.

'위대한 사상가' 케빈 켈리는 이런 말을 했다.

'답을 내놓는 기술은 여전히 필수적인 것으로
남아 있을 것이고, 그에 따라 답은 어디에나 있고,
즉각적이고, 신뢰할 수 있고, 거의 무료가 될 것이다.
그에 반해 질문을 생성하는 기술이야말로
더욱 가치를 지니게 될 것이다.'

최근 '미네르바 대학'이라는 대학에 대해 알게 되었다. 이 대학에는 캠퍼스가 없다고 한다. 캠퍼스 없이 학습하는 동안 세계적인 도시를 돌아다니며 기숙사에 머물며 컴퓨터로 수업을 들으며 학습한다고 한다. 현재 우리 대학의 모습과는 매우 다른 모습이지만 세상이 달라지고 있으니 이런 변화가 필요하다고 생각한다. 미네르바 대학에서는 배운 개념을 문제가 아닌 '세상'에 적용시킬 수 있게 학생들을 가르친다. 더 이상 A를 배우고 A라는 답을 내놓는 행위는 인간 고유의 영역이 아니게 되었다. 세상을 바꿀 수 있는 질문을 할, 그 개념을 세상에 적용시킬, 즉 생각할 수 있는 인간의 모습을 만드는 '교육'이 필요한 것이다. 1950년대 모습 교실의 모습과 2017년 한국의 교실의 모습에는 큰 차이가 없다고 한다. 반면 1950년대 거리, 건물, 가정의 모습과 2017년 거리, 건물, 가정의 모습에는 많은 차이가 있다. 세상을 살아가기 위해 배우는 것인데 세상을 사는 데 필요 없는 교육은 더 이상 필요하지 않다.

Q & A
중국, 네가 궁금해

　문득 잠시 선양에 머물렀던 박지원도 그곳 사람들과 만나 이야기하며 배우곤 했는데 약 3년째 살고 있는 나는 왜 집 안에 틀어박혀 있나 생각이 들었다. 그래서 밖으로 나갔다. 나가서 총 1명의 중국 선생님과 3명의 중국 친구들에게 물어보았다.

Q. 중국 부모님들은 남자애, 여자애에 대해 다르게 기대하나요?

A. 지금은 한 명씩 기르니까 그런 거 별로 없다. 오히려 중국에서는 결혼 준비도 다 남자가 하니까 여자아이를 선호하는 추세이다. 실제로 친구가 아들을 가졌다는 소식에 울기도 했다. 중국에서는 딸을 낳으면 모인다는 의미의 招商銀行에 통장을 만들라고 하고 아들을 낳으면 뭔가 만들어야 한다는 의미에서 建设银行통장을 만들라는 말이 있을 정도이다.

Q. 중국도 어렸을 때부터 유학을 많이 가나요?

A. 중국도 똑같다. 미국이나 유럽 쪽으로 지금 많이 유학 가는 추세이다. 돌아오는 시기는 각자 다르긴 하지만 대학까지 졸업하고 오는 경우가 많다.

Q. 중국은 언제까지 의무교육인가요?

A. 중학교까지 의무교육, 때문에 중학교 배치 시험은 보지 않고 중학교 배정은 학구가 있어서 집 소유지에 따라 배정되는데 자신이 소유한 집이 없다면 호적을 따라가면 된다. 초등학교도 이와 동일하다.

Q. 학급에 보통 몇 명 정도 있나요?

A. 한 반에 30명이 기준이긴 하지만 좋은 학교일수록 사람이 많아서 30~50명 정도 된다.

Q. 고등학교는 평준화 됐나요?

A. 아니다. 좋은 고등학교, 비교적 안 좋은 고등학교로 나뉜다. 고등학교는 시험을 봐

성적순으로 배치된다. 학교마다 기준 점수가 있는데 교육청과 합의해서 정한다.

Q. 대학교 갈 때 한국처럼 생활기록부와 스펙이 중요한가요? 아니면 대학입학 시험이 중요한가요?

A. 고등학교 성적과 생활기록부는 영향을 미치지 않는다. 중요한 것은 高考이고 시험 본 후 학교에 가서 예상 성적에 맞춰 대학을 지원한다.

Q. 중국은 보통 언제부터 학교 주요 과목 사교육을 시작하나요? 어떤 과목을 주로 배우나요?

A. 보통 초등학교 때부터 학원에 다니거나 과외를 한다. 각자 다르긴 하지만 영어 같은 외국어, 수학, 중국어, 화학·물리 순서대로 다닌다고 생각하며 된다.

Q. 학원, 과외는 보통 한 시간에 얼마 정도 하나요?

A. 지역마다 다르긴 하지만 선양을 기준으로 하면 과외는 보통 90분에 300~400위안 정도이고 비싸면 1500위안 정도 한다. 학원은 한 시간에 50위안 정도.

Q. 선생님들을 등급 별로 나눈다고 했는데 나눈다면 어떻게 나누나요? 등급 별로 월급이 차이 나나요?

A. 나눈다. 특급, 1급, 2급…… 이렇게 나누며 선생님의 경력과 성과에 따라 나누고 당연히 월급은 차이가 난다.

Q. 한국은 최근 취업 때문에 많은 대학생들이 힘들어 하는데 중국은 어떤가요?

A. 중국도 취업난이 심각하다. 대학을 나와도 취업이 힘들어서 10명 중 7명은 대학원에 간다고 보면 된다. 북경대나 청화대 같은 명문대를 나와도 취업이 잘 된다는 보장은 없다. 이후 일은 자신의 능력에 달려 있긴 한데 중국 학생들은 공부 외에 사회생활에 관한 능력은 떨어지는 편이다. 또한 중국에 외국 기업이 많다 보니까 미국이나 유럽 같은 외국으로 많이 유학 간다. 아무래도 외국에 나가 생활하면 외국 문화를 배울 수 있고 언어를 배워서 취업에 유리하다.

나道他人

김윤정

■ 작가 소개

김윤정은 한국에서 태어나 8살 때 처음 중국으로 유학을 왔다가, 11살 때 다시 한국으로 돌아가 16살까지 경기도 용인에서 지냈다. 우연한 기회로 다시 이곳 심양으로 와서 행복한 나날을 보내고 있다.

나는 항상 '죽기 전에 책 한 권 쓰기'라는 목표를 가지고 있었다. 그런데 이 학교에서 '너나들이'라는 책 쓰기 동아리에 가입하고 그 목표를 이룰 수 있는 기회를 가지게 되었다.

이 책에는 나의 과거, 현재 그리고 미래가 모두 담겨 있다. 나는 나의 생각을 이토록 적나라하게 드러내 본 적이 없다. 따라서 이 책을 읽게 되면. 나를 만나지 않더라도 나의 본 모습을 알 수 있게 될 것이다.

내 마음을 뚜렷하게 글로 표현한 것은 처음이라 조금은 걱정이 되지만, 한편으로는 기대가 되기도 한다. 이 책을 읽는 당신도 기대가 될 것이라고 믿는다!

세상에서 살아가려면 많은 사람과 사귈 줄 알아야 한다.

-루소-

간단한 제목처럼 이 책의 이야기도 굉장히 간단하다. 말 그대로 연암 박지원과 나의 이야기이다. 열하일기를 읽으며 연암에게서 정말 많은 것을 배웠다. 그의 유머와 역설을 통해 더 쉽게 다가온 수많은 교훈들이 나의 잠든 의식을 깨웠다. 책을 쓰기 전에 어떤 이야기를 할지에 대해서 정말 많은 고민을 하였다. 열하일기를 통해 본 중국, 열하일기와 4차 산업혁명 등 여러 가지 주제가 떠올랐지만, 단순한 나에게는 '열하일기와 박지원의 이야기'가 가장 잘 맞는 것 같다. 물론 그렇다고 해서 박지원의 이야기만 있는 것은 아니다. 나의 이야기, 나의 삶도 그의 이야기와 관련해서 거짓 없이 잘 녹여낼 것이다.

먼 길을 떠난 연암과 같이 여행을 하며 글을 쓰지는 못하지만, 내가 살고 있는 이 심양에서 내 주변의 소소한 이야기들에 대해서 알려주고 싶다. 매일 반복되는 삶이지만 그중에서도 소중한 것이 있을 것이라고 믿는다. 박지원이 청나라의 깨진 기왓장, 똥거름에서도 가치 있는 무언가를 배웠듯이 나도 그동안 하찮게 여기거나 가까이 있지만 접하지 않았던 무언가를 통해 유익한 깨달음을 얻고 싶다. 그동안 내가 간과해왔던 내 주변의 사람들, 어떻게 보면 그들이 있기에 내가 있는 것이지만 너무 당연하게 여기고 살았을지도 모른다. 박지원처럼 모든 사람과 소통하고 교류하여 나를 더 알아가는 시간을 갖고자 한다. '열하일기'처럼 사람을 매료시키는 마법 같은 것은 없지만, 내가 깨달은 것을 다른 사람과 나누고 싶다. 이 책을 통해 단 한 사람이라도 새로운 것을 배우게 된다면 정말 그 자체로도 성공한 것이다.

서론이 길어졌는데 그만큼 정말 이 책을 통해 나의 진심을 전하고 싶어서 그런 것이다. 처음이라서 작가들의 책처럼 거의 완벽한 책은 아니지만, 열심히 노력했으니 잘 읽어주기 바란다.

'나'를 찾아라

이 책은 여러 가지 이야기들을 담고 있다. 열하일기의 교훈, 박지원의 삶 등. 하지만 가장 주가 되는 제재는 바로 人이다. 사람은 혼자서 이야기를 만들어낼 수 있지만, 그 이야기를 나누지는 못한다. 사람은 본래 혼자서는 살아가기 어려운 동물로, 다른 사람들과 관계를 맺으며 살아가야 한다.

"나는 혼자서도 잘 살아갈 수 있어요!"

"인간관계가 왜 필요해? 사귀는 사람이 많을수록 머리만 더 아픈데!"

최근에 이렇게 말하고 생각하는 사람들이 늘어나고 있다. 뭐 생각해보면 맞는 말이긴 하다. 사람들과 관계를 맺으면 그 관계를 이어나가기 위해서 끊임없이 노력하고, 상대방에게 자신을 맞춰야 하는 일도 있으니까 말이다. 하지만 이는 그저 교감능력이 부족한 사람들의 변명일 뿐이다. 한 강연에서 굉장히 인상 깊은 말을 들었다.

"사람이 길을 나서야 사람을 만나고, 사람을 만나야 대화를 하고, 대화를 해야 자기 자신을 알 수 있다."

생각을 해보자, 매일 혼자 집에서 간단하게 의식주를 해결하며 살아가는 소위 '히키코모리'들에게 자기 자신에 대해 물어보면 막힘없이 잘 말할 수 있을까? 보통 우리는 다른 사람이 '나'에 대해 물어볼 때, 소심하다, 활발하다 등 자신의 성격에 대해 말하곤 한다. 그것은 우리가 다른 사람과 소통하고 대화를 하면서 알아간 것이지, 나 혼자 집에서 아무 말도 없이 혼자 생각해서 알게 된 것이 아니다. 따라서 '나'의 정체성을 찾고 '나'에 대해 알고 싶으면, 밖으로 나가 사람을 만나야 한다는 것이다. 그러면 또 이렇게 반박하는 사람들이 있을 것이다.

"요즘에는 인터넷이 발달해서 굳이 나가지 않아도 돼요."

물론 맞는 말이다. 소셜 네트워크 서비스(SNS)가 발달하면서 사람들은 아주 쉽고 간단하게 소통을 할 수 있게 되었다. 이러한 관계도 일종의 인간관계라고 할 수 있지만, 직접 사람을 만나는 것과는 아주 많이 다르다. 사람의 눈을 마주보고 귀를 열고 입을 열어야 진심이 우러나오기 마련이다. 인터넷 상으로 대화하는 것은 다른 사람에게 나를 속일 수 있고, 그러다보면 진정한 나를 잃을 수도 있다. '나'를 잃는다는 것은 삶을 더 이상 살아갈 의미가 없다는 것이다. 떠올려봐라, 그저 사회가 시키는 대로, 타인이 원하는 대로 '나"를 만들어간다면 그 얼마나 안타까운 일인가. 태어난 것이 자의가 아니더라도 삶이 주어진 것 자체로도 인간은 축복받은 것이다. 그 축복을 당연하게 받아들일 것인가, 아니면 감사히 생각하고 소중히 여길 것인가?

나의 인생이니 나를 알아야 하는 것은 당연하다. 이왕 태어난 거 멋지게 살아서 나쁠 것 없다. 진정한 나를 찾아가는 것이 멋진 삶을 살아가는 방법 중 가장 기초적인 것이다. 우리는 박지원의 열하일기를 통해 길을 떠나고 자신을 찾는 道를 배우게 될 것이다. 이렇게 말하니 정말 어렵고 거창한 것 같지만, 연암과 함께라면 두려울 것이 없다. 자, 그럼 흥미진진한 이야기 속으로 다 같이 빠져볼까?

박지원과 나

박지원을 통해 알아가는 我

'그'에게서 배움을……

　현존하는 최고의 여행기 『열하일기』의 저자 박지원. 그는 정말 많은 배울 점을 가지고 있는 사람이다. 책을 읽으며 나에게 와닿은 깨우침은 내 안의 나를 바꾸게 했고, 타인을 보는 나의 시야조차도 바꾸게 하는 놀라운 마법을 가져다주었다. 물론 박지원은 정말 많은 장점을 지니고 있지만, 그중 가장 인상 깊었던 3가지 연암의 특징이자 장점을 소개해 보고자 한다.

　단지 박지원의 장점만 소개하는 것이 아니라, 나의 상황에서 그러한 점들을 생각해 보고, 어떻게 발전시킬 수 있는지도 생각해 보았다. 연암의 배움學, 관찰觀察, 생성生成 이 세 가지를 통해 더 나은 사람이 되었으면 하는 바람이다.

　솔직히 처음에 내가 누군가에게 무언가를 알려준다는 것이 두려웠다. 하지만 단 한 사람이라도 나의 글을 읽고 가르침을 얻는다면, 나는 정말 기쁠 것 같다. 그저 별 볼 일 없는 여고생이 쓴 글이지만, 좋게 봐주셨으면 좋겠다. 자, 그럼 이제 시간을 더 끌지 말고 연암의 가르침을 배우러 가보자.

學

"저 기와조각이나 똥덩어리야말로 진정 장관이다"

연암의 學

꽤 어린 나이에 우울증을 앓은 박지원은 자신의 병을 치료하기 위해 저잣거리로 나갔다. 당시에 그는 지식인이었지만 계급이 낮은 사람들을 무시하지 않고 오히려 그들과 끊임없는 대화를 나눴다. 어떻게 보면 박지원에게 그들과 대화하는 것은 답답할 수도 있었다. 하지만 연암은 그들에게도 배울 점이 있다고 생각했다. 그렇게 그는 자신의 병을 치료했다.

그뿐만이 아니다. 연암 박지원은 먼 길을 떠나면서도 자신의 주변인들과 계속적인 대화를 통해 새로운 교훈이나 이치를 배웠다. 그는 절대 자만하지 않았다. 보통 지식인들은 허세를 부리거나 아랫사람을 하찮게 여겼다. 물론 그들은 지식 면에서는 뛰어나지만, 하층민보다 결여된 인간성을 가지고 있다. 그들 입장에서는 많이 알수록 더 좋은 것이라고 생각하겠지만, 그것을 나눌 사람이 없다는 것이 얼마나 슬픈 일인지는 모를 것이다. 생각해 보자, 글을 썼는데 읽어주는 사람이 한 사람도 없으면 그 얼마나 안타까운 일인가?

앞에서 말했듯이 연암은 청나라의 깨진 기와조각, 똥거름에서도 깨달음을 얻었다. 남들의 눈에는 그저 하찮기 그지없는 것이겠지만, 연암의 눈에는 새로운 학습도구였다. 물론 지금 내 옆에 있는 컵에서 깨달음을 얻으라는 것은 말도 안 되는 일이다. 우리가 무슨 연금술사도 아니고 깨달음을 어떻게 '뚝딱' 하고 만들 수 있는가 말이다. 하지만 우리가 조금씩 연암이 생각했던 대로 생각할 수 있는 능력을 갖춰간다면 이야기는 달라질 수 있다. 자신을 낮추고 관찰력을 키워보자, 우리가 아무 생각 없이 마시는 물에서도 새로운 것을 배울 수 있을 것이다.

나의 學

나는 현재 19살 소녀이다. 차마 '명랑소녀', '가녀린 소녀'라고 말하지는 못할 것 같다. 아직 삶을 많이 살았다고 말할 수는 없지만, 평생 동안 정말 많은 지식과 경험을 쌓았다. 태어나자마자 내가 가장 처음으로 무언가를 배울 수 있는 곳은 아마 가정일 것이다. 평범한 부모님 밑에서 이 큰 세상에 나가기 전에 알아야 할 것들을 배웠다. 그때는 너무 어려서 내가 나서서 뭔가를 배워야겠다는 생각은 없었을 것이다. 유치원에 가서 처음 보는 아이들과 친구가 되고, 많은 변화들을 겪은 뒤, 사회의 축소판인 학교에 들어간다.

나의 초등생활은 정말 평범하기 그지없었다. 하지만 모든 아이들이 그렇듯이 호기심은 왕성했다. 새로운 것을 보면 계속 그것이 무엇인지 알아보고, 글이면 모두 읽으려고 했었다. 그래서 그런지 정말 이상한 짓도 많이 해서 엄마에게 혼나곤 했었다. 예를 들어, 볼펜 뚜껑을 열고 입으로 빨다가 잉크가 입 안에 들어가고, 온 전체에 다 묻었던 경험이 있었다. 그때는 볼펜 안에 잉크가 있는지도 몰라서 처음 잉크를 보고 너무 당황했다. 생각해 보면 그때는 정말 순수하고 무지해서 배우는 것이 쉬웠다. 아는 것이 없으니 새로운 것에 대한 거부감이 들지 않았던 것 같다. 아마 그때가 지금보다 더 많은 것을 배웠다고 말할 수 있을지도 모른다.

중학교에 들어가서는 인간관계에 대해서 정말 많은 것을 배웠다. 나이가 더 많아지니 신경 써야 할 것도 더 많아졌다. 중학교 시기가 정말 나에게 쓸데없는 것을 가장 많이 배웠던 시기 같다. 친구들에게 휩쓸려 진짜 '나'를 많이 잃어버렸던 것 같다. 하지만 공부 쪽으로는 정말 많은 것을 배웠다. 예를 들어 수학 같은 경우도 만약 내가 중학생 때 열심히 하지 않았다면 지금 나의 성적이 이 정도도 나오지 못했을 것이다. 생각해 보면 공부는 참 열심히 했지만 소중한 많은 것들을 간과하기 시작한 것이 중학생 때부터인 것 같다. 호기심도 많이 없어지고, 새로운 것에 흥미도 많이 없어졌다. 그 점이 참 안타깝다. 어마어마한 양의 지식들이 내 머리 속에 들어오니 새로운 정보를 접할 때 거부감이 어느 정도 생기게 된 것 같다. 어떤 것을 배울 때 나에게 필요한 것인지, 얼마나 중요한지에 대해서 더 생각하게 되었다. 그리고 굳이 내가 깨달음을 찾으려 하지 않았다. 나는 교과서로부터 모든 것을 다 배울 수 있다고 생각했던 것 같다. 정말 나이는 더 많아졌지만, 초등학생 때가 더 배울 점이 많은 것 같다.

지금은 고등학교에 와서 또 다른 사람들을 사귀고 새로운 것들을 배워 나가고 있다. 사실 배우고 있다기보단, 나의 경험과 과거들에 연연하여 후회만 더 하고 있는 것 같다. '조금만 더 공부할 걸', '무엇이든 조금만 더 열심히 할 걸' 등등 여러 가지에 대해 생각하고 있다. 하지만 열하일기를 읽고 그에 관한 강의를 들었을 때 그것들은 아주 쓸데없는 생각이란 것을 알게 되었다. 나는 소위 말해 '지식인'도 아니고 천재도 아니다. 그런데도 항상 자만하고 뭐든지 다 알 것이라고 생각해 온 것 같다. 항상 예전부터 들어 왔던 생각이지만, 나는 조금 더 겸손해질 필요가 있는 것 같다. 연암과 같은 지혜를 하루아침에 얻을 수는 없지만, 내가 조금씩 바뀐다면 지금보다 많은 깨달음을 얻을 수 있을 것 같다.

지금까지는 나의 배움에 대하여 이야기해 보았다. 이렇게 말하고 나니 정말 나는 큰 특징은 없지만 배워야 할 점이 많은 것 같다. 나보다 훨씬 많은 것을 잘 알고 있던 박지원도 배움을 멈추지 않았는데, 나 자신을 돌아보니 정말 부끄러운 것 같다. 만약 내가 지금처럼 아무 감정 없이 다람쥐 쳇바퀴 굴리듯이 하루하루를 살아간다면 나는 10년이 지나도, 20년이 지나도 절대 진정한 깨달음을 얻지 못할 것이다. 그렇다면 이 문제점을 고치기 위해서는 어떻게 해야 할까?

▶호기심을 잃지 말자
내가 앞에서 말했듯이 20살의 청년보다 3살짜리 아이가 새롭게 배우는 것이 더 많다. 아이들은 아직 '순수한' 뇌를 갖고 있기 때문에 새로운 정보를 받아들이는 것이 더 쉽고, 무엇이든 처음 보는 것에 흥미를 가지기 쉽다. 무언가에 대해 의문을 갖는 것, 이것이 바로 호기심인데, 현재 어른들은 이것이 부족하다. 나처럼 이미 많은 것을 알고 있다고 해서 더 이상 다른 것에 의문점을 갖지 않는 것은 정말 안타까운 일이다. 단지 열하일기를 읽고 연암이 호기심

이 많았다고 단정지을 수는 없다. 하지만 그처럼 무언가를 배우기 위해서는 적당한 '호기심'이 필요하다.

호기심이 없는 사람은 배우려는 의지가 없는 것과 마찬가지라고 생각한다. 그들은 공부를 할 때에도 그저 교과서가 알려준 대로, 선생님이 알려준 대로만 외우려고 하고, 왜 정답이 그것인지, 왜 다른 것이 틀렸는지에 대해 스스로 생각해 보지 않는다. 이런 경우, 단기적으로 봤을 때 성적은 그렇지 않은 사람들보다 높게 나올 수도 있다. 하지만 장기적으로 봤을 때 그들은 배운 것을 다 잊어버릴 확률이 높다. 내가 이런 사람들 중 한 명이라서 더 잘 안다. 항상 정답만 외우고 그것에 대한 의문을 가지려 하지 않는다. 그래서 시험 성적은 나쁘지 않지만, 결국 내 머리 속에 남는 것은 아무 것도 없었다.

하지만 반대로 호기심이 많은 사람들은 어떨까? 내가 중학교 때 항상 전교 1등을 도맡아 하던 남자아이가 있었다. 그 아이는 초등학교 때부터 알고 지냈는데, 항상 손에 과학책을 들고 있었다. 이렇게 말하니 무슨 공부벌레 같지만, 그는 사교성도 좋았다. 그 아이와 같은 반이었던 적이 한 3번 정도 있었는데, 항상 수업 시간 때마다 선생님에게 질문을 하곤 했었다. 어린 마음에 '왜 저러지' 하는 생각도 했었는데 이제 와 생각해 보니 정말 배울 점이 많은 친구였다. 현재 그는 과학고에 진학하여 아마 아

직도 열심히 공부하고, 여전히 호기심도 많을 것이라고 생각한다. 이 친구뿐만 아니라 거의 모든 '천재'들의 발명과 발견은 호기심에서부터 시작되었다. 만약 뉴턴이 떨어진 사과를 보고 아무런 의문점을 갖지 않았더라면, 우리 인류는 아직도 만유인력의 법칙을 발견하지 못했을 수도 있다.

새로운 것에 호기심을 갖는 것은 아주 좋은 자세이다. 우리는 그것을 통해 몰랐던 것을 '배울' 수 있다. 우리 모두 어린 아이였을 것이고, 모두 그때 호기심이 왕성했을 것이다. 그때의 그 마음을 되살려 호기심을 가져보자, 우리도 박지원처럼, 뉴턴처럼 위대한 사람이 될 수 있다.

▶겸손해지자

어떤 것을 배우기 위해서는 겸손해져야 한다. 열하일기를 보면 알 수 있듯이, 당시 지식인이었던 박지원도 평민들과 잘 어울려 대화를 나눴다. 하지만 다른 양반들은 자신들이 우월하다고 생각하고 평민들을 얕보고, 무시했을 것이다. 과학, 문학 등의 전문적인 지식 방면에서는 당연히 뛰어났겠지만, 아마 세상을 살아가며 그것에 필요한 깨달음을 많이 얻지는 못했을 것이다. 뭐 굳이 그런 것을 알지 않아도 살아갈 수 있다는 사람들이 있다. 하지만 그런 사람들은 자기 세상에만 갇혀 사는 어리석은 사람이라고 생각한다.

다시 본론으로 돌아와서 겸손에 대하여 이야기해 보자. 어린 아이들은 순수하고 밝다. 그래서 아이들을 보면 항상 기분이 좋다. 게다가 아이들은 아직 무언가에 대한 편견도 없고, 모든 것을 동등하게 대할 수 있다. 이런 점은 다 큰 어른들에게서 흔히 볼 수 있는 경우가 아니다. 그래서 나는 어린아이들의 순수함을 배우고 싶다. 아이들은 나보다 나이가 적고 아는 것이 많지 않지만, 충분히 배워야 할 점은 있다. 물론 이 예시는 조금 극단적일 수도 있지만, 내가 전하고 싶은 말은, 나이가 어리다고, 아는 것이 많이 없다고 무시하고 얕보면 안 된다는 것이다.

우리가 자만하기 시작하면 끝도 없다. 나도 약간 이런 마음이 존재한다. 예전부터 나는 내 또래 친구들보다 아는 것이 많다고 생각했다. 그래서 친구들이 내게 충고를 해줌에도 불구하고 나의 문제점들을 고치지 않았다. 왜냐하면 나는 그들보다 뛰어나기 때문에 배울 점이 없다고 생각했기 때문이다. 지금 와서 생각해 보니, 그 충고들을 받아들여 나의 문제점을 인정하고 고쳤더라면, 훨씬 더 나은 내가 될 수 있었을 것 같다. 그때는 자만심과 자존심이 다르다는 것을 몰랐던 것 같다. 하지만 열하일기를 읽고 박지원 선생님의 겸손함을 배우며 진정으로 내가 갖춰야 할 마음을 알게 된 것 같다.

중국에서의 삶도 마찬가지이다. 평소 나를 포함한 대부분의 한국인들은 중국인을 무시하는 경향이 있다. 단지 문화가 다른 것일 뿐인데, 사람들은 그것을 잘 받아들이지 못하는 편이다. 예를 들어, 중국의 공중화장실 문화가 있다. 중국에 처음 온 대부분의 외국인들은 문이 없는 화장실을 보고 경악을 한다. 문이 있더라도 사람들은 잘 잠그지 않는 경향이 있다. 하지만 이런 것은 중국인들이 예전에 돼지를 똥을 먹여 키웠는데, 뒷간을 2층으로 지어 2층에서 1층으로 똥이 바로 돼지에게 전해질 수 있게 하기 위함이 지금까지 이어져 오는 것이라고 한다. 물론 아직 중국인들의 시민 의식이 발달하지 못한 것은 사실이다. 하지만 우리나라도 예전에 중국보다 더 어려웠던 시절이 있었다. 겸손해지자. 나와 다르다고, 나보다 못하다고 무시하는 것은 잘못된 것이다. 나를 낮추고 겸손한 자세로 그들의 문화를 이해하려 노력해 본다면 더 많은 것들을 배울 수 있다.

박지원의 배움은 우리에게 많은 것을 알려주었다. 자신을 낮추어야 새로운 것을 배울 수 있다는 점과 호기심을 가져야 한다는 점인데, 호기심이 많을수록 많이 배울 수 있다는 점과 관찰력이 발달될 수 있다는 좋은 점이 있다. 여기에서 관찰력이 뛰어나다는 박지원의 두 번째 특징이 나타난다.

觀察

"봉황산을 바라보니 흡사 돌로
만들어 놓은 듯 평지에 우뚝 솟아 있다.
손바닥에 손가락을 세운 듯, 연꽃이 반쯤
피어난 듯, 하늘 끝 여름 구름인 듯,
빼어난 산봉우리를 도끼로 깎아 놓은 듯
무어라 형용키 어렵다.
다만 밝고 윤택한 기운이 없는 것이 아쉽다."

연암의 觀察

연암은 굉장히 뛰어난 관찰력을 소유한 사람이었다. 이것은 열하일기를 10페이지만 읽어도 알 수 있는 사실이다. 그는 그가 본 모든 것을 자신의 일기에 담아냈다. 보통 사람들은 분명 지나쳤을 아주 사소한 것을 그는 모두 그의 눈과 마음에 담아냈다.

그는 자기 자신에 대한 관찰력도 우수했다. 자신의 몸의 어떤 부분이 불편한지, 어떤 부분이 아픈지를 잘 알았다. 그가 우울증에 걸렸을 때, 그는 그의 증상을 잘 알았고, 그것을 어떻게 치료해야 하는지도 잘 알았다. 일반적인 사람이라면, 그때 당시에는 그저 가벼운 병인 줄 알고 넘기다 더 악화되었을 가능성이 높다.

박지원은 여행을 떠나면서 자신이 본 모든 것을 책에 기록하였다. 근데 이것이 대단한 것은, 그가 보고 바로 기록을 한 것이 아니라, 나중에 그의 머릿속에서 끄집어낸 것이라는 점이다. 만약 그가 한 번 보고 감명을 받고 바로 잊어버렸다면 이것은 거의 불가능한 일이다. 하지만 그의 관찰력으로 큰 그림이 아니라, 세심하게 조그마한 것들 하나하나를 기억했기 때문에 이는 가능했던 것이라고 할 수 있다. 예를 들어, 그가 압록강을 건널 때 말은 몇 마리가 있었고 사람은 몇 명이나 있었는지 정확히 알지는 못했겠지만, 어디에 무엇이 어떻게 배치되어 있는지 잘 알고 있었다. 보통 사람이라면 그저 지나쳤을 수도 있지만, 그는 흥미와 관심을 갖고 그가 본 것을 '정확히' 관찰하였다.

나의 觀察

관찰력은 사물이나 현상을 주의하여 자세히 살펴보는 능력이다. 우리는 사물을 눈으로 보기 때문에 관찰하는 능력이 필요한데, 사물이나 현상을 제대로 관찰하지 못한다면, 그것들을 잘못 알게 되기 때문에 관찰력은 필요하다. 거의 대부분의 사람들은 잘못된 관찰력을 가지고 있다. 예를 들어 옷을 보며 "어 옷이네."라고 하는 것은 습관과 선입견에 의한 올바르지 않은 관찰이라고 할 수 있다.

그렇다면 정확한 관찰력은 무엇일까?

올바른 관찰력은 예를 들어 옷을 보고 "오, 우리의 몸을 싸서 가리거나 보호하기 위해 만들어 입는 물건이구나."라고 생각하는 것이다. 물론 후자처럼 생각하는 사람들은 극히 소수일 것이다. 아무리 뛰어난 관찰력을 가지고 있다 해도 매일 후자처럼 생각하기는 힘들 것이다. 하지만 우리가 겪어보지 못한 새로운 것을 보고 후자처럼 생각한다면 말이 다르다. 예를 들어 마른 사막에서 기어 다니는 물고기를 보고 "어, 물고기가 물 밖에서, 그것도 사막에서 숨을 쉬네? 신기하다."라고 생각한다면, 전자의 잘못된 관찰력이다.

하지만 "비늘을 가지고, 아가미가 있는 우리가 물고기라고 부르는 물 밖에서 살 수 없는 생물이 사막에서 기어 다니네."라고 생각한다면, 후자의 바른 관찰이다. 새로운 것을 밝혀내고 진보시키는 인간에게 정확한 관찰력은 꼭 필요하다고 생각한다.

솔직히 말해 나는 관찰력이라고는 전혀 없는 사람이라고 할 수 있다. 어떤 것을 볼 때 그냥 대충대충 보는 경향이 있어 다른 사람들은 다 봤는데 나만 못 본 경험이 한둘이 아니다. 원래 일을 처리할 때 대강대강 넘기는 성격이 관찰력에도 영향을 미치는 것 같다. 하지만 영화를 볼 때는 말이 다르다. 나는 영화의 한 장면, 한 장면을 모두 마음속에 담으려 노력한다. 그래서 영화관에 가는 것을 별로 좋아하지 않는데, 영화관은 한번 본 장면이나 못 본 장면이 다시 볼 기회도 없이 지나가기 때문이다. 집에서 영화를 다운받아 보면 내가 또 보고 싶거나 지나친 장면을 다시 볼 수 있다. 이렇게 말하고 생각해 보니, 관찰력이 좋은 것이 아니라 그냥 다시 보기를 좋아하는 것 같다. 뭐 좋게 생각하면 좋은 것이 아닐까 생각한다.

사람을 관찰할 때도 역시 나는 대강대강 한다. 한 번 본 사람은 이름은 잘 기억이 나는데, 얼굴이나 다른 특징들은 잘 기억나지 않는 것 같다. 그 사람이 무슨 옷을 입고 있었는지, 머리 길이는 어느 정도인지 나중에 생각해 보면 잘 기억이 나지 않는다. 하지만 모든 사람이 그렇듯이 나도 내가 관심 있어 하는 사람들의 특징은 잘 기억한다. 그날 그 사람의 기분이 어땠는지, 표정은 어떤지 등등. 어찌 보면 당연한 말이겠지만, 나한테는 굉장히 신기한 것이다. 나처럼 관찰력이 없는 사람도 드물기 때문이다. 하지만 이것은 굉장히 중요하다. 사람에 대한 정확한 관찰은 사람에 대한 편견을 없애주고, 서로 간의 이해를 높이기 때문이다. 대인관계에서의 문제는 거의 항상 선입견과 편견 또는 오해에서 비롯된다. 그래서 인간은 누군가를 좋아하거나 사랑하면, 그들에 대한 정확한 관찰이 필요하다.

나는 여자지만 꼼꼼하고 세심하지 못하다. 남녀 차별로 들릴 수 있겠지만, 여자와 남자의 특성상, 여자가 더 세심하다는 것은 보편적인 사실이다. 그럼에도 불구하고, 연암 박지원은 누구보다 뛰어난 관찰력의 소유자였다. 그가 위대한 관찰력을 가지게 된 것은 하루아침에 이루어진 것이 아닐 것이다. 조금씩, 조금씩 노력해서 뛰어난 관찰력을 가지고 열하일기를 썼을 것이다.

그렇다면 나같이 관찰력이 없는 사람도 연암만큼은 아니지만, 지금보다 개발시킬 수 있다는 말이다. 내가 이쪽에 대해 전문가는 아니지만, 굉장히 도움이 될 만한 방법들을 공유하고자 한다.

▶고정관념에서 벗어나자

사전에서 고정관념의 정의는 '어떤 집단의 사람들에 대한 단순하고 지나치게 일반화된 생각들'이라고 제시하고 있다. 이는 특정 개인의 독특한 개성이나 개인차 혹은 능력을 무시한 채, 단순히 그 개인이 특정 집단의 구성원이라는 이유만으로 그의 개성이나 특성, 능력을 특정하게 또는 특정 범주로 귀속시키는 것이다. 예를 들어, 대부분의 사람들은 중국인들의 목소리가 크고, 굉장히 개인주의적이며 성격이 세다는 고정관념을 가지고 있을 것이다. 물론 대부분의 중국인이 이러하지만, 이것은 일반화될 수 없다. 모든 중국인이 다 저런 특성을 가지고 있는 것은 아니기 때문이다. 내가 중국에서 유학하며 직접 중국인들을 만나본 결과, 성격이 온순하고, 다른 사람을 배려해 주던 친구가 여럿 있었다. 처음에는 나도 약간 중국인에 대한 편견이 어느 정도 있었지만, 직접 만나고 나니 그런 것들이 다 오해라는 것을 알게 되었다.

이렇게 어떤 사물이나 사람에 대해 고정관념을 가지고 있으면, 그것을 올바르게 관찰하기는 어렵다. 이미 마음속에 대상에 대해 정의를 다 내리고 주관적인 의견이 생겼는데, 어떻게 객관적으로 대상을 관찰하고 평가할 수 있을까?

고정관념을 없애면 세상을 보는 시야가 넓어질 수 있다. 예를 들어, 중국인들은 청결하지 못하다는 고정관념이 있으면 중국인들과 접촉을 하지 않게 되고, 평생 그들에 대해 알지 못할 것이다. 내가 중국에 살아본 결과, 물론 한국인들보다 청결하지 못한 점은 있지만, 접촉을 할 수 없을 정도로 불결한 것은 아니다. 그리고 중국인들은 항상 휴지를 가지고 다닌다. 하지만 우리 학교에 있는 대부분의 학생은 휴지를 갖고 다니지 않는다. 이렇게 중국인들은 한국인들보다 나은 점도 있다. 그런데 자신만의 세계에 갇혀 '중국인들은 더러워! 냄새도 나서 가까이 가지 못하겠어.'라고 생각하는 사람들은 영원히 중국인에게서 새로운 것을 배울 수 없을 것이다. 관찰도 마찬가지이다. 편견과 고정관념이 있으면 결국 발전할 수 없다. 예시가 약간 과장되고 극적인 것은 없지 않지만, 내가 하고 싶은 말은 고정관념이 사라지고 나면, 무언가를 접하기 더 쉬워지고, 자연스럽게 객관적인 눈으로 사물을 관찰할 수 있다는 것이다. 어떻게 보면 고정관념과 관찰력은 전혀 상관관계가 없을 수도 있다. 하지만 우리의 사소한 고정관념을 하나씩, 하나씩 없애다 보면 언젠가는 지금보다 더 나아진 관찰력을 지니고 있게 될 수 있다.

뛰어난 관찰력을 가진 덕분인지는 모르겠지만, 박지원은 새로운 것을 계속 생성해내는 데에도 일가견이 있었다. 그의 세 번째 특징인 생성 능력에 대해서 알아보자.

生成

"사람들은 다만 칠정 가운데서
오직 슬플 때만 우는 줄로 알 뿐,
칠정 모두가 울음을 자아낸다는 것은 모르지.
기쁨이 사무쳐도 울게 되고, 노여움이 사무쳐도
울게 되고, 욕심이 사무쳐도 울게 되는 것이야.
근심으로 답답한 걸 풀어버리는 데에는
소리보다 더 효과가 빠른 게 없지. 울음이란
천지간에 있어서 우레와도 같은 것일세."

연암의 生成

연암은 길을 떠나면서 우리가 흔히 보거나 자주 접할 수 있는 것들을 보고 새로운 가치나 깨달음을 새롭게 만들어냈다. 예를 들어 청나라의 국경을 건넜을 때, 그는 백탑을 보고 '한바탕 울어볼 만한 자리이구나!'하고 감탄을 했다. 더 나아가 그는 '울음'이라는 인간의 보편적인 행위를 갖고 여러 가지 생각들을 한다. '과연 '울음'은 슬픈 감정을 느낄 때만 하는 행위인가?', '세상에 처음 나온 아기도 우는데, 그것은 슬픔이 아니라, 기쁨 때문이다.' 등등 여러 가지 생각을 하고 그 깨달음을 우리에게 전달해 주었다. 사실 그저 넓은 들판에서 저런 생각을 하는 것은 어떻게 보면 이상하다고 느껴질 수도 있지만, 어떤 의미로는 정말 대단한 것이다.

이뿐만이 아니라, 연암 박지원은 길을 걸으며 사물이나 장소를 보고 계속해서 그것들을 자기만의 깨달음으로 변환시킨다. 책을 읽으면서 '어떻게 저런 생각을 할 수 있지?'라는 생각을 여러 번 하게 되고, 감탄한 것 같다. 아마 그 시대에는 흔히 볼 수 없었던 창의적이고 진취적인 사상을 가지고 있던 사람인 것 같다.

또 다른 한 가지 박지원의 생성에 대해 얘기해 보자면, 바로 그가 청나라의 깨진 기와조각과 똥을 보고 새로운 생각을 했다는 것이다. 보통 사람들은 위의 두 사물을 보면 '쓸모없는 것', '아무 가치도 없는 것'이라고 생각할 것이다. 하지만 연암은 그 하찮은 것들을 보고, 깨진 기와조각은 장식품으로, 똥은 밭에 필요한 거름으로 변신할 수 있을 것이라고 생각했다. 그 누구도 상상조차 하지 못했을 기발하고 창의적인 아이디어였다. 여기서 우리가 배워야 할 점은, 연암은 아무리 하찮은 것이라도 어딘가에는 쓸모가 있다는 것을 깨달았다는 것이다.

나의 生成

생각해 보면 나는 어렸을 때는 굉장히 창의적이고 활발했던 것 같다. 이렇게 말하고 나니 내가 왜 이렇게 변했는지 모르겠다. 지금은 변명이라고 할 수 있겠지만, 주입식 교육을 받으며 점점 생각의 폭과 시야가 좁아진 것 같다. 뭐 우리나라의 교육의 현실이라고도 할 수 있는데, 학생들이 점점 공부하는 기계가 되어가고 감정이 메말라가는 것을 볼 수 있다. 이렇게 되면, 정답과 올바른 공식 외의 것들은 전혀 생각하려 하지 않게 된다. 우리나라에 노벨상 수상자가 한 명밖에 없는 것을 보면 알 수 있다. 인간은 생각하는 동물이다. 그것이 다른 짐승이나 기계와의 다른 점인데, 과연 점점 생각하지 않게 되는 사람들을 인간이라고 할 수 있을까?

서론이 좀 길어졌지만, 내가 하고 싶었던 말은 '생성'을 하기 위해서는 '생각'을 해야 한다는 것이다. 생성의 사전적 의미는 '사물이 생겨남. 또는 사물이 생겨 이루어지게 함'이다. 그리고 철학적 의미는 '이전에 없었던 어떤 사물이나 성질의 새로운 출현'이라고 한다. 즉, 어떤 실질적인 사물을 새로 만들어내는 것뿐만 아니라, 정신, 가치 등의 추상적인 것들을 만들어내는 것도 '생성'이라고 할 수 있다. 예를 들어, 매화를 보고 그저 '어머, 예쁜 꽃이네.'라고 하는 것과 달리, '음, 매화는 추운 겨울에도 홀로 피어 있는 것을 보면, 충신들의 꼿꼿한 지조와 절개를 참 많이 닮았구나. 나도 매화의 정신을 본받아야겠군.'이라고 하는 것처럼 '매화'라는 특정한 사물을 통해 새로운 이치를 생성해냈다고 할 수 있다.

나의 경우, 안 좋은 의미의 '생성'은 정말 잘 하는 것 같다. 여기서 말하는 '안 좋은 의미의 생성'이란, 새로운 것을 만들어내기는 하나, 그것이 부정적이고 나에게 고민거리를 제공해 준다는 것이다. 이렇게 말하면 정말 이해가 안 되고 어렵게 들리지만, 예를 들면 모두가 알 수 있고, 공감할 수 있을 것이다.

친구들과 대화를 할 때, 나는 속으로 계속 조마조마하다. '내가 말실수를 하면 어쩌지?', '상대방이 기분이 나쁘면 어쩌지?' 등등 여러 가지 생각을 하는데, 이것도 이거대로 스트레스를 받지만, 더 스트레스를 받는 것은, 친구의 말에 나의 생각을 더해 새로운 것을 '생성'한다는 것이다. 예를 들어 친구가 나에게 '너 오늘 좀 피곤해 보인다.'라고 말했을 때, 친구는 그저 나에게 그러한 사실을 말해준 것뿐이지만, 나는 그 말을 또 확대해석해서 '아 못생겼다는 말이구나.'라고 상대방은 전혀 의도하지 않은 새로운 생각을 생성해낸다. 나는 이것을 '부정적인 생성'이라고 하고 싶다. 모두들 부정적인 생성을 한 번씩은 해본 적이 있을 것이다. 굉장히 보편적인 것이지만, 나는 그 정도가 너무 지나쳐서 이 버릇을 빨리 고치고 싶다.

그렇다면 나는 '부정적인 생성'과 반대인 '긍정적인 생성'은 잘 한다고 말할 수 있을까? 사실 이 질문은 확답을 하기가 어렵다. 어떻게 보면 그럴 수도 있고, 어떻게 보면 아닐 수도 있기 때문이다. 나는 내 주변에 있는 사물보다는 사람을 통해서 새로운 깨달음을 생성해낸다. 학교 친구들은 나보다 어리지만 정말 배울 점이 많다. 나는 그 점들을 통해 새로운 이치를 생성해내고 나에게 적용시키려 노력한다. 하지만 이것이 너무 지나치게 되면 상대방을 모방하는 것처럼 보일 수도 있기 때문에 신중해야 한다.

수업을 듣거나 개인적인 공부를 할 때에는 되도록 나의 의견을 반영하지 않으려 한다. 왜냐하면 문제를 풀 때, 나의 일반적인 상식이나 생각을 사용하면 항상 틀리기 마련이기 때문이다. 특히 국어나 사회 같은 경우, 나는 이렇게 생각해서 답을 골랐는데 정답은 항상 다르기 때문에 모호한 경우가 많다. 항상 내가 생각한 답은 틀리다보니, 생각을 더 하지 않게 되어 사고력이 많이 부족해진 것 같다. 내가 고등학교 1학년 때, 국어시험을 봤었다. 국어 시험은 항상 90점은 넘기고 그 이하로 내려가 본 적은 없는데 2학기 기말고사 때 딱 한 번 88점을 받은 경험이 있다. 다른 문제는 내가 성실히 공부하지 않았기 때문에 틀린 거라 자연스럽게 받아들여졌는데, 한 문제가 왜 틀렸는지 이해가 가지 않았다. 그 문제는 아마 한국의 그림의 역사에 대한 설명문이었을 것이다. 문제는 〈보기〉에서 그 설명문에 언급된 내용만 고르는 것이었는데, '이전 한국의 산수화의 역사'라는 보기가 있었다. 처음에는 아니라고 생각했는데, 지문을 다시 보니 그에 관한 짧은 한 문장을 보고 당연히 그것을 옳다 생각했다. 그러나 결과는 오답이었다. 왜 틀렸는지 이해가 가지 않아서 선생님께 틀린 이유에 대한 설명을 들었다. 하지만 나는 아직도 그 문제가 왜 틀렸는지 이해가 잘 가지 않는다.

이렇게 꼭 정답이 아니더라도 잘 생각해 보면 맞는 말일 수도 있는데, 이 사회에서는 정답만 요구하다 보니 사람들은 점점 생각을 많이 하지 않게 되는 것 같다. 이런 점은 정말 아쉽다. 앞에서 말했듯이 '생각'은 '생성'의 기본인데, 그렇지 못하니 자연스럽게 창의적이지 못하게 된다. 따라서 앞에서 말했듯이 우리는 호기심을 가질 필요가 있다. 어떤 문제를 틀렸으면 왜 틀렸는지에 대해서 더 탐구해보고, 새로운 것을 보고 의문점을 가지기 시작한다면, 우리는 언젠가 연암 박지원처럼 연필 하나를 보더라도 새로운 가치를 생성해낼 수 있는 능력을 갖출 수 있을 것이다.

길에서 만난 他人

만남을 통해 얻는 教訓

우리가 만난 人들

긴 여정을 떠나면서 박지원 주위에서 절대 떨어지지 않던 것이 하나 있다. 그것은 바로 人이다. 어떤 사람들은 여행을 떠나면 피곤하기 때문에 조금은 혼자 있는 것을 좋아하지만, 연암은 정반대였다. 그의 주변에는 항상 사람이 있었고, 주변에 사람이 없으면 그가 나서서 대화할 상대를 찾아다녔다. 이렇게 말하면 박지원은 어렸을 때부터 엄청 활발하고 명랑하다고 생각할 수도 있지만, 다들 알다시피 그는 우울증을 앓은 이력이 있다. 정말 모순적이지만 사실이다. 그럼 그는 왜 그토록 사람을 찾아다녔던 것일까?

앞에서 말했듯이 '나'를 알기 위해서는 '타인'을 알아야 한다. 현재 사회에서 우리는 수많은 사람들과 관계를 이루며 살아가고 있다. 가족관계, 사제관계, 친구관계, 선후배관계 등등. 이렇게 말하고 보니, '요즘 세대 사람들'로 살아가기 참 힘든 것 같다. 그 많은 관계를 맺고 유지하기 위해서는 정말 많은 노력이 필요하기 때문이다. 그런데 생각을 바꿔서 생각해 보면 정말 축복받은 것이기도 하다. 그 많은 관계 속에서 자신의 결점을 깨닫고 자신을 더 발전시킬 수 있으며, 내가 아닌 타인에게서 정말 많은 좋은 것들을 배울 수 있기 때문이다.

이번 장에서는 연암이 만난 사람들, 그리고 내가 만난 사람들에 대해서 이야기해 보려 한다. 열하일기를 읽어보면 알겠지만, 박지원은 그가 만난 사람들을 통해 정말 많은 것들을 배웠다. 심지어 그는 우울증을 앓았을 때 사람을 만나며 자신의 병을 치료했다. 역시 사람은 사람을 통해 배우고 사람을 통해 치유 받아야 하는 것 같다. 그렇다면 이제 본격적으로 연암과 내가 만난 사람들을 통해 어떤 것들을 배웠는지에 대해 이야기해 볼까?

박지원, 그가 만난 盲人
─가장 공평한 眼

　박지원이 청나라의 국경인 책문에 들어서면서, 발달된 청나라의 문명과 문화를 보고 자신도 모르게 질투를 하게 되는데, 그때 한 눈 먼 노인이 지나간다. 그리고 연암은 깨닫는다, '아, 저 장님의 눈이야말로 가장 공평한 눈이로구나.' 연암은 원래 성격 자체가 덤덤하여 일생동안 한 번도 '질투'라는 감정을 느껴 본 적이 없다고 한다. 하지만 조선과 달리 외국 문물을 수용하여 발전되어 있던 청나라를 보고 그 감정을 알게 된 것이다. 사실 질투라는 감정은 지극히 본능적이고 자연스러운 것인데, 그렇지 않아 왔던 연암은 어떻게 보면 위대하기도 하고 이상하기도 하다. 자, 이야기가 주제에서 계속 멀어지는데, 이번에 연암이 만난 人은 바로 盲人이다.

　앞이 보이지 않는데 그 눈이 가장 공평한 눈이다. 생각해 보면 굉장히 모순적인 말이다. 이야기를 읽지 않은 사람들은 '저게 대체 무슨 뜻이지' 할 것이다. 하지만 이야기를 알고 나면 진정한 깨달음을 얻고 자신을 반성할 것이다. 우리는 참 여러 방면에서 질투심을 느낀다. 친한 친구가 나보다 시험 성적이 좋게 나왔다거나 남자 친구가 다른 여자와 웃으며 대화를 나눈다거나 등등, 사소한 일에서조차 다른 사람을 시기하기도 한다. 이것은 내가 일부러 '질투해야지' 하고 그 감정을 불러내는 것이 아니라, 그 장면을 보거나 소식을 듣기만 해도 자연스럽게 그 감정이 나오는 것이다. 이것이 나쁘다는 것은 아니다. 다만 그것이 분노를 일으키고, 행동으로 옮긴다면 나쁜 일이 되는 것이지만 말이다.

　다시 본론으로 돌아가서, 앞이 보이지 않는 노인에 대해 이야기해 보자. 앞을 보지 않으면, 어떤 사물이나 사람에 대해 우열을 가릴 수 없기 때문에, 가장 공평한 눈이 되는 것이다. 지금도 법원 앞에 있는 조각상은 눈을 가린 채 한 손에는 법전을 들고, 다른 손에는 저울을 들고 있다.

법 앞에서는 모두가 평등해야 한다는 것을 알려주는 것이다. 우리가 앞을 보며 무엇이 좋고 나쁜지를 가리는 판단의 기준이 더 많아지면서, 더 많은 것에 우열을 가리고, 다른 것에 시기심을 느낀다. 만약 맹인이라면, 듣고, 만지는 것만으로 상대나 사물을 판단할 수 있기 때문에 기준이 줄어들고, 질투나 시기심을 느끼지 않을 수 있다.

물론 그들은 사회적 약자로 우리 같은 비장애인들의 많은 도움이 필요하다. 하지만 사실상으로는, 우리가 배울 점이 더 많다는 것이다. 생각을 해보자, 어느 날 갑자기 눈이 안 보인다면 당신은 어떻게 할 것인가? 만약 내가 눈이 먼다면, 나는 삶의 의욕을 잃을 것이고, 더 나아가서는 삶을 포기할 수도 있을 것이다. 하지만 그분들은 그런 어려움을 이겨내고, 때로는 우리들보다 더욱 자신감과 용기가 넘친다. 나도 예전에 집에서 세수를 할 때 비눗물이 눈에 들어가 앞이 안 보이는 채로 수도꼭지를 찾았던 경험이 여러 번 있었는데, 짧은 순간이었지만 정말 답답하고 앞이 캄캄해서 어찌 할 줄을 몰랐다. 그런데 그분들은 매일, 매 시간에 그 캄캄한 어둠 속에서만 산다니, 정말 나보다 훨씬 대단한 것 같다. 아침에 일어나자마자 빛나는 햇빛을 받으며 누워 있을 때의 그 나른함을 느낄 수 없고, 일어나면 화장실 가기도 버거울 것이다. 실제로 나도 앞이 안 보일 때의 답답함을 알고 싶어서 한 번 눈을 감고 체험을 해보았다. 일단 내 방에서 나가기가 힘들었다. 주변의 물건을 계속 만져보아도 감각으로 알 수 있는 한계가 있기 때문에 어디가 어디인지, 내가 제대로 잘 가고 있는지 몰랐다. 한참을 헤매다가 마침내 방문을 열고 나와서 화장실을 가려 했다. 그런데 가다가 벽에 부딪히고, 의자에 걸려 넘어지고, 바닥에 떨어져 있던 손톱깎이를 밟는 등등, 몸이 성하지 못했다. 마침내 화장실 문을 열고 들어갔지만, 그렇게 좁은 곳에서 수도꼭지를 찾는 것이 그렇게 어려웠다. 여기저기 물이 있는 곳을 따라가서 겨우 찾아낸 뒤 손을 씻었다. 그때 정말 이 체험을 포기하고 싶었다. 하지만 내 한계를 찾기 위해 계속 해 나갔다. 나는 주방에 가서 밥 먹기에 도전해봤다. 주방은 가스레인지가 있어서 잘못하면 화상을 입을 수도 있다. 하지만 그분들은 밥을 먹기 위해서 가스레인지를 계속 사용해야 하지 않는가. 그래서 도전해보려 했지만 도저히 용기가 나지 않았다. 체험이 끝난 후 마음이 불편했다. 내가 지금 겨우 약 1시간 동안 앞이 보이지 않아도 일상 생활에 큰 어려움을 겪는데, 어떻게 계속 앞이 보이지 않은 채로 생활할 수 있단 말인가. 우리가 그분들을 동정하거나 연민의 감정을 느끼는 것이 자연스러운 일이지만, 우리는 그분들을 존경하고 우러러 봐야 한다는 것을 알게 되었다.

책문에서 청나라의 모습을 보고 '질투'까지 한 연암 박지원, 대체 왜 그는 단 한 번도 느껴 본 적 없었던 감정을 처음 가지게 되었을까? 당시 조선은 자민족 중심의 사회로, 다른 나라의 문화나 문물을 수용하지 않았다. 그런데 조선인들이 '왜놈'이라며 놀리며 배척하던 청나라 사람들은 이미 발전된 문명 속에서 더 편히, 더 총명하게 살아가고 있었다. 그의 입장에서 생각해 보자. 그들이 그저 얕보던 청나라 사람들이 그들보다 훨씬 더 발달된 문명에 살고 있다니, 만약 나였어도 창피하고, 질투심을 느꼈을 것 같다. '왜 우리나라는 이만큼 발전하지 못 했지?', '왜 나는 이런 것들을 누리며 살지 못 하는 것이지?'등등 여러 생각이 들어 머리가 복잡할 것 같다.

나는 지금 내 옆에 있는 사람들을 보면서도 계속 그들과 나를 비교하며 '나는 왜 저러지 못하지?'라는 생각을 가지고 사는데, 나는 이것이 자연스러운 줄 알았다. 그래서 당연히 나 말고 다른 사람들도 그럴 것이라 생각했다. 하지만 알고 보니, 나 혼자서만 근거 없는 자격지심을 갖고 있었던 것이다. 물론 앞에서 말했듯이 박지원도 그런 감정을 가졌지만, 그는 평소에는 다른 사람과 자신은 비교하지는 않았을 것이다. 또 한 번 박지원을 보며 나 자신을 반성하게 되는 것 같다.

청나라의 老人
－情많은 중국인

박지원이 중국에 말을 타고 들어가다가 품에 강아지를 안고 있는 노인 두 명을 만난다. 삶이 적적한 그들에게 강아지는 활력소가 되어주었다. 자식들은 일을 하러 나가 잘 보지 못하고, 유일하게 그들의 곁에 있어주던 것은 손자와 강아지였다. 이렇게 보면 강아지는 그들에게 굉장히 소중한 것으로 보이지만, 그들은 박지원에게 선뜻 강아지를 데려갈 것을 제안한다. 이렇듯 당시의 중국인들은 외국에서 온 사람이라고 홀대하거나 얕보지 않고, 오히려 더 환대해 주고, 다정하고 따뜻하게 대해 준다. 처음 보는 사람에게 물 한 잔 주는 정도는 할 수 있지만, 자신이 기르던 소중한 강아지를 어떻게 기꺼이 줄 수 있을까?

그 당시에는 이런 정서가 보편적일지 모르지만, 현재의 내 입장에서는 아주 이해하기 힘든 경우이다. 박지원이 덤덤하게 받아들인 것을 보면 알 수 있는데, 보통 초면인 사람이 소중한 물건을 건네면 놀라기 마련이지만, 그저 웃으며 넘기는 것을 보면 그 당시에는 그러한 일들이 빈번하게 일어났을 것으로 생각된다. 점점 개인주의가 되어가면서 집 문을 꼭꼭 잠그고, 옆집에 누가 사는지, 윗집, 아랫집에는 누가 사는지 모르며 지내는 경우가 많은데, 불과 몇십 년 전까지만 해도, 새로 이사를 오면 떡을 돌리거나 인사를 하는 것은 당연하게 여겨졌다. 하지만 지금은 처음 보는 사람이 초인종을 누르면 문을 열어줄 수 있는 사람이 몇 명이나 될까?

다시 본론으로 돌아가서, 박지원이 만난 두 노인은 아주 情이 많다고 할 수 있다. 내가 앞서 말했듯이 중국에서 시장을 가면 항상 정다운 모습들을 볼 수 있는데, 이는 예전부터 전해져 내려온 문화인가 보다. 두 노인 뿐만 아니라 박지원이 만난 다른 중국인들에게서도 그런 모습을 볼 수 있었는데, 이는 아마 중국뿐만 아니라, 우리나라에서도 볼 수 있었을 것이다. 지금 서로 단절된 채로 살아가는 것이 그저 아쉬울 뿐이다.

그렇다고 해서 나도 내 옆집에 누가 사는지 아는 것은 아니다. 변명이라면 변명이겠지만, 나는 하루에 집에 있는 시간이 거의 없다. 평일에는 집이 거의 잠만 자고 샤워를 하는 호텔 같다. 아침 8시부터 학교를 가고, 방과 후에는 학원을 가서 10시까지 공부하다 집에 오면 10시 30분, 그리고 씻고 바로 잔다. 이렇게 내가 24시간 중에 집에 있는 시간은 겨우 9시간 30분밖에 되지 않는다. 중국에서는 6시가 되면 거의 대부분의 집에 불이 꺼지고 시장도 문을 닫는다. 그러니 내 이웃이 누구인지 알 길이 있나. 하지만 이웃이 가끔씩 아침에 마주치면 먼저 인사도 해오고, 한국에 대해서 이것저것 물어봐주기도 한다. 항상 웃는 얼굴로 맞아주시니, 아침에 내 이웃을 만나는 날이면 하루 종일 기분이 좋다.

내가 열하일기를 읽으면서 연암 박지원이 만난 사람들 중 두 노인이 가장 인상 깊은 사람들 중 하나였다는 것도 그러한 이유에서였다. 지루한 생활이 반복되는 이 현대 사회에서 까맣게 잊고 살았던 그 情. 박지원은 두 노인을 그냥 지나칠 수도 있었지만 그는 놓치지 않았다. 그 덕분에 나는 또 새로운 깨달음을 얻었다. 나 말고 다른 사람들도 이를 꼭 알아줬으면 좋겠다.

분명 내가 어렸을 때만 해도, 친구들과 뛰어놀 때마다 밖에 나와 계시는 부모님들이나 어르신 분들을 많이 봤었는데, 지금 밖에 나가면 놀이터는 텅텅 비어 있고, 모두 어딘가를 향해 가는 사람들밖에 볼 수 없다. 어렸을 때는 어른 분들이 먼저 말도 걸어 주시고 나와 친구들도 즐겁게 대화하며 놀았던 기억이 있는데, 지금은 아이들을 보면 모두 책가방을 메고 학원을 가거나, 집에 들어가는 모습밖에 보이지 않는다. 내가 알던 정겨운 그 풍경들은 다 어디로 간 것일까. 아이들의 수가 점점 줄어들면서 더욱 그 모습을 보기 힘들다. 앞에서 말했다시피 나는 평일에 학원을 다니는데, 내 나이 또래 뿐만 아니라, 초등학생, 중학생들도 많이 볼 수 있다. 나도 어렸을 때 엄마 손에 이끌려서 억지로 학원을 많이 다녀서 아는데, 나중에 정말 후회하고 더 나아가서는 엄마를 원망할 수도 있다. 그래서 그 아이들을 보면 안타까울 따름이다.

그렇다면 사람들은 왜 정이 없어졌을까? 아마 급격한 산업화와 스마트폰의 등장이 가장 많은 영향을 끼쳤을 것이다. 1970년대 일어난 산업화로 개인주의의 사람들이 많이 생겨났는데, 이때 그런 사람들의 모습을 담은 소설이나 시도 많이 탄생되었다. 그 당시의 작품을 보면 개인주의를 비판하며 조금 암울한 분위기를 가진 작품들이 많다. 작가들 모두 사회가 예전처럼 다른 사람을 배려하고, 아껴주는 모습을 그리워하면서 작품을 썼을 것이다.

열하일기를 읽으며 두 노인의 이야기뿐만 아니라, 박지원과 다른 사람의 이야기 중에서도 정이 잘 드러나는 이야기를 많이 접하게 되었다. 그러다 보니, 내 주변에서도 비슷한 이야기를 찾게 된 것 같다. 박지원과 두 노인의 만남으로 깨달은 것은, 당시의 중국인들은 정이 많았다는 것이다. 또 하나 생각해 볼 것은, 내가 지금 사람들이 정이 없다고 뭐라 할 것이 아니라, 나부터 정다운 사람이 되자는 것이다. 내가 아무리 불평한들, 내 주변의 사람들은 절대로 변하지 않는다. 하지만 나부터 변하면 내 주변 사람들도 같이 긍정적인 효과를 낼 수 있지 않을까?

함께 밤을 보냈던 人들
―大 중국인

박지원은 길을 떠나며 많은 청나라 인을 만나는데, 그중 그를 환대해 주고 밤새 이야기를 같이 나눈 사람들이 있다. 이번에는 한 사람이 아니라 여러 사람인데, 그들은 박지원에게 정말 말 그대로 상다리가 휘어질 정도로 많은 음식을 대접했다. 중국인들에 비해 한국인들은 뭔가 많이 먹어도 남을 정도로 음식을 잘 준비해놓지 않는 편이어서, 그 사람들이 더욱 인상 깊었던 것 같다.

예로부터 중국은 음식을 남기는 것이 식사 예절이라고 한다. 그래서 손님을 초대하면 항상 먹고도 남을 정도의 음식을 준비해 놓는다고 한다. 한국에서는 다른 사람의 집에 초대되면, 음식을 남기지 않는 것이 식사 예절이고 문화인데, 중국은 정반대라서 놀랐다. 열하일기에서 사람들의 대화 중 마지막 부분에 박지원이 자신에게 대접된 음식들을 나열하는데, 정말 눈이 휘둥그레질 정도로 각양각색의 음식들이 있었다.

나도 예전에 부모님을 따라 아는 중국 지인들의 초대에 같이 저녁 식사를 한 적이 여러 번 있었는데, 중국은 참 독특하고 신기한 식사문화가 많다는 것을 느꼈다. 일단 중국은 '고량주'와 같이 매우 비싼 술을 선물하는 것이 예의이자 존경심의 표현이라, 엄마가 면세점에서 아주 비싸고 큰 술을 여러 병을 사는 것을 자주 봤다. 그 술은 저녁 식사에 초대받았을 때마다 선물로 주어졌다. 그리고 식사를 할 때 같이 나누어 마셨다. (물론 나는 마시지 않았다.) 그리고 식사를 할 때마다 항상 빠지지 않던 음식이 두 가지가 있는데, 바로 생선과 만두이다. 그중 만두는 중국 사람들이 자주 먹는 음식 중 하나인데, 오래 전부터 가족이 집에서 멀리 떠나거나, 떠났다가 집에 돌아올 때 꼭 만두를 먹는다고 한다. 게다가 중국인들은 만두로 간단하게 아침식사를 한다고 한다. 이렇게 보니 만두는 중국인의 오랜 역사를 같이 해온 고귀한 음식인 것 같다.

생각해 보면 중국인들은 손이 굉장히 큰 것 같다. 나라가 커서 그런지는 잘 모르겠지만, 모든 것이 굉장히 크다. 만리장성이나 고궁만 봐도 알 수 있듯이 스케일이 차원이 다르다. 나는 지금 거의 시골에 가깝다고 할 수 있는 동네에 살고 있는데, 여기에 있는 낡은 학교마저 한국 학교보다 훨씬 크다. 체육관, 영화관, 농구장, 축구장 등등 여러 가지 시설이 있으며 큰 건물만 4개이다. 나는 여기에 오기 전에 천진에서 학교를 다녔었는데, 그곳은 여기의 학교보다 더 컸었다. 이렇게 중국 현지 학교는 중국의 인구가 많은 만큼 많은 인원을 수용해야 하기 때문에 대부분 엄청 큰 편이다. 게다가 여기는 음식도 크다. 뭐든 한국과 비슷한 가격의 음식을 사도 이곳에서는 더 많은 음식을 먹을 수 있다. 예를 들어, 1000원으로 한국에서 사탕을 사면 4개 정도 살 수 있지만, 중국에서는 거의 10개 정도를 살 수 있다.

이렇게 스케일이 큰 대륙은 사람들의 마음 씀씀이 또한 굉장히 크다. 앞에서 말했듯이 시장에 가면 음식을 살 때, 사람들이 정량보다 더 많이 담아준다. 앞에서도 말했듯이 다른 사람 집에 놀러가도 항상 많은 음식을 내어 주신다. 내가 살고 있는 집의 주인 분께서 우리 가족을 그분의 집에 초대하셨던 적이 있다. 평소에도 집에 뭔가 문제가 있으면 한걸음에 달려와 바로 바로 해결해 주시고 항상 친절하게 대해 주시던 분들이다. 그분들의 집에 가서 저녁을 먹기로 했는데, 나는 집에 들어가자마자 눈이 휘둥그레졌다. 밥상 위에는 큰 물고기 한 마리, 돼지고기, 소고기 야채볶음, 계란탕 등등 정말 셀 수 없이 많은 음식이 차려져 있었기 때문이다. 나는 그 음식을 다 먹으려고 굉장히 노력했지만, 그것은 거의 불가능에 가까워 보였다.(그래도 음식은 정말 맛있었다.) 아무튼 지금도 그분들과 좋은 관계를 유지하며 지내고 있다.

한국에서 살다보면 항상 봉지에 비해 적은 과자의 양에 실망하기 마련이다. 분명 가격은 예전보다 비싸졌는데, 양은 현저히 줄어들었다. 이게 말이 되는 일인가? 한국에 가면 감히 집을 나가기가 두렵다. 쓰게 되는 돈의 양이 어마어마하기 때문이다. 일단 집 앞 편의점에 가서 간단하게 끼니만 때우려 해도 기본 3000~4000원이 든다. 우유 한 팩에 1000원, 삼각 김밥 1개에 1000원, 이것만으로는 배부르지 않으니까 컵라면이나 빵을 사면 3000원은 훌쩍 넘게 된다. 거기에다 후식까지 먹으면 돈이 너무 많이 나가니 후식은 생각조차 하지 못하게 된다. 그렇다고 저 돈을 주고 합당한 양의 음식을 먹는 것은 아니다. 그렇다면 중국에서는 어떨까?

중국에서는 저 돈이면 정말 배부르고도 남고, 후식까지 사먹을 수 있다. 집 앞 마트에 가서 빵 한 개, 컵라면 큰 컵 하나, 우유 한 병, 초콜릿 과자 한 봉지를 사면 한국 돈으로 약 2800원이 든다. 실제로 저렇게 먹은 적이 있는데, 정말 배가 너무 불러서 음식을 남기기까지 했다. 물론 나라별로 물가의 차이는 있겠지만, 시장에 가면 더 큰 차이가 난다. 여기서는 '퉁밥'이라고 불리는 철판 볶음밥이 있는데, 작은 접시 하나에 한화로 약 1500원이다. 말만 작은 컵이지, 먹으면 정말 배가 부른다. 나 같은 경우는 저녁에 사먹으면 남겨서 다음 날 아침에 먹기도 한다. 이러다보니, 중국에 살다 한국에 가면 물론 좋은 점이 많긴 하지만 중국이 그리울 수밖에 없다. 매번 방학 때마다 한국을 들어가면, 중국에는 없는 맛있는 것이 많아서 좋긴 하지만 금전적인 부분에서는 정말 걱정이 많아진다.

이야기가 약간 주제에서 벗어난 감이 있긴 하지만 중국에서는 거의 모든 곳에서 후한 '인심'을 볼 수 있다는 것이 결론이다. 인터넷에 떠돌아다니는 중국의 '짝퉁'이나 사기가 많다는 정보는 물론 사실이지만, 생각해 보면, 그 사실이 이 넓은 중국 땅에 다 적용된다는 법은 없다. 진짜 중국에 살아보지 않은 사람이라면, 그런 정보만 받아들이는 것은 당연하지만, 실제로 살아본 나로서는 중국에 대해 좀 더 긍정적인 입장을 가지고 있다. 나는 어렸을 때, 그리고 지금도 중국에 살면서 한 번도 사기를 당해본 적이 없다. 물론 나도 처음에는 많이 걱정을 했었다. 사람들이 하도 '대륙의 사기 클라스', '역시 대륙'이라는 말을 하기에 약간 못 미더운 느낌이 없지 않아 있었다. 지금도 한국에 있는 친구들이 항상 조심하고 다니라며 나에게 충고를 해서 약간 걱정은 있지만, 살아본 결과 내 주위에는 어떠한 나쁜 일도 일어난 적이 없어서 잘 모르겠다. 그도 그런 것이, 중국은 6시만 되도 거리에 사람이 없고, 아파트 밖에서 보면 거의 모든 집의 불이 꺼져 있기 때문에, 아주 조용하다. 그래서 집에 10시 30분에 도착하는 내가 그렇게 늦은 시각에 밖에 나와 있는 사람을 본 적이 없다. 이 말은, 저녁 늦게 나를 위협할 사람이 없다는 뜻이다. 따라서 많은 사람들이 중국에 대한 편견을 버리고, 좋은 시선으로 봐줬으면 하는 바람이다.

我가 만난 사람들
—두 足으로 직접 만난 他人

지금까지는 연암 박지원이 만난 사람들에 대한 이야기를 했다. 이제부터는 내가 직접 만난 낯선 사람들과의 대화를 통해 내가 새로 배우게 된 것을 알려주고자 한다. 나는 어렸을 때 한국에 살아서 한국 친구들도 있고, 중국 천진에서 학교를 다녀서 천진에서 만난 친구들도 있다. 나의 유년기에 나에게 정말 큰 힘이 되어준 친구들을 소개하고자 한다. 그리고 그들을 통해 내가 알게 된 것, 배운 것 등을 이야기하고자 한다.

현재 내가 살고 있는 곳이 중국이라고 해서, 새로운 사람을 만날 기회가 전혀 없는 것은 아니다. 나도 어느 정도의 중국어는 할 수 있기 때문에, 쉽게 인터뷰를 할 수 있었다. 물론 나는 굉장히 소심한 성격을 가지고 있는 터라, 먼저 다가가는 것은 나에게 과제처럼 여겨졌다. 그래도 내 인생을 통틀어 거의 처음으로 낯선 이에게 말을 걸어본 것이라 정말 뿌듯함을 느낀다. 연암처럼 길을 떠나며 만난 사람들은 아니지만, 내 주변에서 他人이 어떻게 살아가는지 알게 된 계기가 되었다. 평소에 지나치던, 그러나 나에게 아주 중요했던 사람이나, 길가에서 장사를 하며 생계를 유지하는 사람, 개성 넘치는 내 또래들의 삶에 대해 예전부터 궁금해왔는데, 이렇게 대화를 통해 알게 되니 너무 기뻤다. 이렇게 말하니 내가 정말 누구를 만났는지 궁금해 할 것이다. 그럼 더 끌지 말고 바로 흥미진진한 대화 속으로 다이빙해 볼까?

심양에서 만난 他人

길 위에서 만난 他人
―진짜 道위의 타인

중국에 오면 알겠지만, 중국에는 길거리 음식들이 굉장히 많다. 나도 굉장히 즐겨 먹는 편인데, 값이 싸고 양도 많아서 자주 찾게 된다. 지리적 특성상, 선양은 북쪽에 위치하여 겨울에 굉장히 춥다. 하지만 영하 20도까지 떨어지는 한겨울에도, 길거리에는 여전히 따뜻한 음식을 파시는 분들이 굉장히 많다. 예전부터 그분들에게 궁금한 점이 굉장히 많았는데, 이번에 책을 쓰면서 궁금증을 해결할 수 있는 기회를 가지게 되었다. 아직 11월이었지만, 굉장히 추웠는데, 길거리에 홀로 '手抓餠'(수가병, 얇은 밀가루 반죽 안에 소시지, 야채 등과 특유의 소스를 넣어 식사대용이나 간식으로 먹는 중국음식)을 파는 아저씨를 발견하고 수가병 하나를 사들고 인터뷰 요청을 했다. 짧고 간단한 인터뷰의 내용을 아래에 담아보고자 한다.

(수가병을 판매하는 아저씨는 간단하게 '아저씨'라고 표기하겠다.)

　　나: 안녕하세요.

아저씨: 안녕하세요.

　　나: 날씨가 정말 추운데, 하루 종일 밖에 계시면 춥지 않으세요?

아저씨: 그래도 불판이 있어서 추위가 직접적으로 다가오지는 않아요.

하지만 '탕후루'(과일 위에 설탕을 녹여 올리고 그것을 얼린 중국 간식) 같은 것을 파는 사람들과 이야기를 나눈 적이 있는데, 그분들은 정말 추워서 어떤 사람은 거의 동상에 걸릴 뻔한 적이 있다고 하네요. 그에 비하면 저는 정말 복받은 거죠. 그렇지 않나요?

나: 그러네요. 그나저나 수가병이 참 맛있어요, 비법이라면 무엇이 있을까요?

아저씨: 에이 빈말 아니에요? 여기 살면 수가병 맛이 거의 다 비슷하다는 것쯤은 알고 있을 텐데?(웃음)

그렇다. 사실 중국의 길거리 음식은 너무 맛없지 않는 이상, 거의 다 비슷한 맛을 가지고 있다. 그래서 아저씨께서 저렇게 말씀하셨을 때, 가슴 한 구석이 따끔하였다. 그래도 추위 속에서 먹어서인지, 조금 더 맛있게 느껴지긴 했었다.

나: 하하. 그렇긴 하죠. 그래도 맛있다는 것은 진심이에요!

아저씨: 맛이 괜찮다고 하니 정말 다행이네요. 저는 하루에 이것을 약 80개 정도 만들기 때문에, 냄새만 맡아도 싫을 지경이지만요.

나: 와 정말요? 생각보다 사람들이 엄청 많이 사가는군요.

아저씨: 거의 아침에 40개정도를 팔아요. 그리고 제가 5시가 되면 집으로 돌아가기 때문에, 이 정도는 적게 파는 편이랍니다. 겨울에는 추워서 사람들이 밖에 잘 안 나와서 그런지, 여름에 더 많이 팔리는 편이에요.

나: 오 그렇구나. 저는 수가병이 가끔씩 생각나더라구요. 한 달에 3~4번 정도 사먹는 것 같아요. 그래도 전혀 질리지 않는 것이 신기하답니다.

아저씨: 한국에서 왔다고 했죠? 한국인이 그 정도 먹으면 엄청 많이 먹는 거네요. 중국 음식이 입에 잘 맞나 봐요.

나: 네, 어렸을 때 중국에 살아본 경험이 있어서 그런지, 향이 강한 중국 음식도 잘 먹어요.

아저씨: 신기하네요. 보통 외국인들은 중국 음식을 잘 못 먹는 편이던데.

나: 맞아요. 그나저나 궁금한 것이 있는데 실례가 되지 않는다면 여쭤 봐도 되나요?

아저씨: 네, 그럼요.

나: 이 일을 어떻게 하게 되셨나요?

아저씨: 음…… 지금 제 나이가 50대 초반인데, 젊었을 때 저는 공사판 인부였어요. 그런데 그 일을 하다가 발을 다쳐서 더 이상 일을 하지 못하게 되었죠. 할 일을 찾다가 길거리 음식을 파는 것이 저에게 적합할 것 같아서 이 일을 하게 되었죠. 그런데 생각보다 이 일이 정말 재미있고, 예전에 했던 일보다 편해서 제 스스로 만족하며 살고 있답니다.

나: 아, 그런 사연이 있으시군요. 그래도 지금 일이 적성에 맞으셔서 정말 다행이에요.

아저씨: 맞아요. 처음에 다쳤을 때는 정말 막막했는데, 이제는 제 가족을 보살필 정도는 되니까 행복한 삶이라고 생각합니다(웃음).

나: 진짜 다행이네요 하하. 제 인터뷰는 여기까지였습니다. 시간 내 주셔서 정말 감사해요. 아, 그리고 수가병 진짜 맛있었어요. 앞으로도 많이 파시길 기원합니다!

아저씨: 네, 고마워요!

평소에 궁금하던 것을 해결해 준 인터뷰였다. 일단 길거리 음식을 팔면 어느 정도 벌 수 있는지 굉장히 궁금했다. 수가병 한 개에 인민비로 5원 정도이고, 하루에 약 80개 정도를 파신다고 하셨으니, $5 \times 80 = 400$원 정도의 수익을 내는데, 재료비를 약 200원 정도로 잡으면, 순수익은 200원 정도이다. 그럼 한 달에는 얼마의 수익을 낼 수 있을까? 30일 중 6일 정도는 쉰다고 하면, $24 \times 200 = 4800$원 정도를 버시는 것이다. 한국 돈으로 환산하면, 약 80만 원 정도이다. 한국에서 이 돈으로 생계를 유지하는 것은 거의 불가능에 가깝지만, 중국은 물가가 싸기 때문에 어느 정도 가능하다. 나의 예상보다 큰 금액에 솔직히 좀 놀랐다. 하지만 아저씨께서 가족들을 보살필 정도는 버신다고 했으니 크게 놀랄 것은 없어 보인다.

다음으로, 나는 추운 겨울 날씨에 길거리에서 음식을 파는 것에 대한 궁금증을 해결했다. 내가 살아본 결과, 이곳은 한국과는 차원이 다른 추위를 가지고 있다. 몇 년을 살았지만, 선양의 추위는 아직도 적응이 되지 않는다. 그런데 생각해 보니, 중국의 길거리 음식은 철판을 사용한 음식이 굉장히 많다. 철판에 오랫동안 가까이 있으면 추위를 잊을 수 있다는 사실을 간과했다. 하지만 앞에서 말했듯이 중국인들은 겨울에 '탕후루'를 즐겨 먹는데, 그와 같은 음식을 파는 분들은 굉장히 추우실 것 같다.

마지막으로, 어떻게 길거리 음식을 팔게 되었는지에 대해서 항상 궁금해 왔다. 모두 각자의 사연이 있겠지만, 대부분의 사람들이 어렸을 때부터 '나는 커서 길거리 음식을 팔 거야'라고 생각하지는 않았을 것이다. 인터뷰한 아저씨께서 일을 하던 중 부상 때문에 음식 파는 일을 시작하셨다고 하는데, 정말 인생은 한치 앞도 예상할 수 없다는 생각이 들었다. 나도 지금은 나만의 꿈을 가지고 있지만, 그것을 포기할 수도 있고, 이룬다 하더라도 불가피하게 못하게 될 수도 있다는 생각이 들었다. 어쨌든 아저씨께서 지금 하는 일에 만족하신다고 하니 정말 다행인 것 같다.

이번 인터뷰를 통해 정말 많은 것을 알게 되었다. 솔직히 나는 항상 길거리 음식을 파시는 분들을 보고, '나는 저렇게 되지 말아야지'라는 못된 생각을 했었다. 정말 겸손하지 못한 생각이다. 박지원에 대해 공부하면서 사람을 낮게 보고 차별하다니, 정말 경솔했던 것 같다. 하지만 아저씨를 인터뷰하고 나서 내 생각이 틀렸다는 것을 물질적으로 입증하게 되었다. 그들도 그분들만의 삶이 있고, 사연이 있는 것이라는 내가 간과해왔던 사실을 듣고 나니, 정말 한 없이 부끄러워졌지만, 이제는 알게 되었으니 정말 다행이라고 생각한다. 수가병을 파시는 아저씨에게 정말 감사하다는 말을 다시 한 번 전하고 싶다.

해맑은 中國아이들
―동북 위차이의 학생들

같은 동아리 친구의 소개로 중국 학생들을 만날 수 있게 되었다. 날이 정말 추워서 많은 고생을 했지만, 학교에 도착하고 나니 모든 고통과 짜증이 사라졌다. '東北育才中學(동북 위차이 중학교)'은 선양에서 가장 좋은 중학교 중 하나이다. 이 명문 학교를 들어오기 위해서 학생들은 엄청나게 많은 노력을 하고, 학교에 다니면서도 매일, 매시간 공부를 한다. 무조건 공부를 많이 시키고 좋은 대학에 많이 보낸다고 명문 학교는 아니지만, 이 학교는 정말 우수한 인재들만 모였기 때문에 가히 명문 학교라고 할 수 있을 것 같다.

밤이어서 잘 보이지는 않았지만, 한눈에 봐도 학교가 정말 넓다는 것을 알 수 있었다. 학교가 아파트 단지인 줄 알았다. 과학관, 음악관, 행정실 등등이 다 따로 분리되어 있고 또 그 건물들이 하나하나 다 커서 건물에 압도된다는 느낌이 어떤 것인지 알 수 있었다. 또 학교에 나무가 정말 많고 운동장도 무지 넓어서 산책하기도 좋고, 운동하기도 좋을 것 같았다.

물론 내가 인터뷰한 아이들은 국제부 학생들이었지만, 국제부도 한족 학교랑 별로 다를 바가 없었다. 그들 모두 중국 학생들처럼 열심히 공부하지만, 교육 방식이 약간 다른 것 같았다. 국제부는 약간 개방적이라면, 중국 현지 학교는 약간 보수적인 느낌이랄까? 아무튼 중국학교도 다녀보고, 국제부도 다녀본 나의 입장으로서, 두 학교는 정말 차원이 달랐다. 그래서 국제부를 다니다 중국 학교를 다니게 되었을 때, 정말 적응하기 힘들었던 것 같다. 그래서 더더욱 지금 학교에 만족하는 것 같다.

아무튼 다시 본론으로 돌아와서, 내가 만난 아이들은 모두 각자 다른 나라에서 왔다. '신디'라는 아이는 미국에서 왔는데, 굉장히 수다스럽고, 자기주장이 굉장히 강한 편이었다. 질문을 하면 솔선수범으로 답을 해주

위차이 중학교 국제부 학생들 인터뷰 사진

고, 우리와 말이 잘 통하지 않지만, 영어로도 적극적으로 대화하려고 했다. 첫 만남이었는데, 정말 많은 것을 알게 되었고, 굉장히 유쾌한 친구였다고 생각한다. '메이링'은 일본에서 온 아이다. 첫 인상부터 굉장히 호감이 많이 갔다. 생글생글 웃는 것이 너무 귀여웠고, 말도 정말 예쁘게 했다. 어려운 질문을 해도 웃는 얼굴로 답해 주고, 찡그린 얼굴을 한 번도 못 본 것 같다. 이 아이와 친구가 되면 슬플 일은 없겠다고 생각했다. 마지막으로 북한에서 온 '설주'라는 아이를 만났다. 설주는 한국어를 굉장히 잘 해서, 거의 모든 말을 번역해 준 것 같다. 약간 발음이 안 좋을 것이라는 생각도 있었지만, 예상 외로 발음이 정말 좋았다. 외국에서 왔다는 말을 안 했다면 정말 한국인이라고 생각했을 것이다. 설주도 굉장히 성실하게 질문에 답을 해주었다. 차분한 성격의 설주는 항상 신디의 대답이 길어지거나 주제에서 벗어난 말을 할 때 중재(?)하는 역할을 해주었다.

인터뷰는 화기애애한 분위기 속에서 진행되었다. 모두 처음 만난 친구들이었지만, 전부터 알고 지낸 사이처럼 편하게 대화할 수 있었다. 아이들이 모두 착해서인지, 형식적인 인터뷰를 하는 것이 아니라 친한 친구들과 수다 떠는 느낌이었다. 정말 많이 웃고, 놀라기도 하고 당황하기도 했던 인터뷰였던 것 같다. 나는 질문을 많이 준비해가지는 않았는데, 질문의 난이도가 생각보다 어려웠다. 그런데도 아이들은 친절하게 답을 해주었다. 다른 아이들의 질문에도 재치 있게 혹은 논리적으로 답하는 아이들의 모습을 보고 한국과는 약간 차이가 있다고 생각했다. 확실히 국제부이고, 여러 다른 나라에서 온 아이들이어서 친화력이 좋고 활발한 성격을 가지고 있었던 것 같다. 게다가 나는 그냥 가벼운 마음을 가지고 인터뷰를 하려고 간 것인데, 생각보다 많은 것을 배워왔다. 아래에 그들과의 대화 내용을 적어보려 한다.

나: 여러분은 다른 사람들과의 관계를 어떻게 만들어 나가나요?

메이링: 음? 조금 어려운 질문이네(웃음).

나: 그럴 수도 있어. 그냥 너의 주변 사람들, 예를 들어 친구나 선생님 등등과 어떻게 관계를 맺고 유지하는지 말해 주면 돼.

신디: 아, 혹시 내가 어떻게 아미랑 관계를 맺었는지 알아? 아미가 처음 왔을 때 정말 이상한 아이라고 생각했어. 매일 야자 때마다 혼잣말을 하곤 해서 정말 사람을 놀라게 했다니까?(웃음)

아미: 거짓말! 내가 언제 그랬어!

신디: (그럼에도 불구하고) 아니야 너는 정말 나무같이 앉아 있었어. 근데 내가 "야, 너 나랑 친구할래?"라고 물어보고 나서 우리는 그때부터 계속 같이 이야기하다 친해진 거야. 나는 네가 처음에 다른 사람하고는 아무 말도 안 하고, 혼자만 숙제해서 호기심을 많이 가지게 되었어.

아미: 나는 처음 듣는 소리야(웃음). 내가 그랬던 이유는 내가 유일한 초등학생이었기 때문이야. 다들 나보다 나이가 많아서 쉽게 말 걸기 어려웠

던 거라구!

　　나: 아, 그런 일이 있었구나. 역시 대화를 통해 관계가 시작되는 것 같아(웃음).

　메이링: 맞아, 다 그렇지 뭐. 사람을 사귈 때에는 항상 한쪽이 먼저 다가가야 하는 것 같아.

　　나: 그러면 너희는 사람들에게 먼저 다가가는 편이야, 아니면 다가오기를 기다리는 편이야?

　신디: 이미 알고 있겠지만 나는 먼저 다가가는 편이야. 내가 원래 말이 많아서 혼자 있거나 조용한 사람들한테 말 거는 것을 좋아해.

　　나: 맞아. 네가 굳이 말하지 않아도 알 수 있는 사실인 것 같아(웃음). 설주는 어떤 쪽이야?

　설주: 나는 기다리는 편이야. 보다시피 내가 그렇게 적극적인 편은 아니어서 먼저 쉽게 다가가지는 못하는 것 같아. 그래도 친해지면 말이 정말 많아. 맞지?

　메이링: 맞아. 진짜 같이 있으면 너무 말이 많아서 머리가 아플 정도라니까(웃음).

　　나: (웃음) 정말? 엄청 의외다. 하긴, 지금 만난 지 얼마 되지 않아서 내가 잘 모르는 것 같아. 그럼 메이링 너는 어때?

　메이링: 나는 둘 다인 것 같아. 먼저 다가갔던 적도 있고 기다렸던 적도 있었던 것 같아. 사실 이곳에 처음 왔을 때 모든 것이 낯설어서 조금은 두려웠어, 하지만 친구들이 먼저 다가와준 덕분에 이렇게 잘 지내고 있는 것 같아. 그때의 기억 때문인지 지금은 이곳에 처음 오거나 혼자 있는 아이들을 보면 내가 먼저 말을 걸곤 해.

나는 보기보다 소심해서 새로운 사람들을 만났을 때 먼저 다가가지 못한다. 하지만 먼저 다가와 주는 친구들이 있어서 지금까지 잘 지내온 것 같다. 하지만 앞으로도 계속 이런 식으로 관계를 만들어 나고 싶지는 않다. 나도 언젠가는 저들처럼 타인에게 먼저 다가가는 적극적인 사람이 되었으면 한다. 다음으로 중국인의 특징에 대한 질문을 했다.

　　　나: 중국인들의 특징은 무엇이라고 생각해?

　　메이링: 특징?

　　　나: 응, 인간 관계상의 특징 말이야.

　　신디: 오, 나 이것에 대해서 말하고 싶지 않아.

　　　나: 왜? 뭐에 관한 건데?

　　신디: 내가 미국에 있었을 때, 나는 중국인들이랑 안 어울려 다녔어. 그리고 내 친구들은 모두 백인이었어.

　　　나: 아, 진짜? 왜?

　　신디: 중국인들은 질투가 너무 심해. 내가 초등학교 때, 우리 아버지께서 항상 미국에서 좋은 물건들을 사주셨어. 자, 필통, 샤프 등등의 학용품 모두 미제였어. 근데 그것을 보고 질투한 중국 아이들이 내 자를 부러뜨리고, 내 물건을 버리거나 이상한 곳에 숨겨놓았었어.

　　아미: 진짜? 보통 그런 물건들을 보면 신기해하거나 궁금해하지 않아?

　　신디: 아니, 나는 전혀 그렇지 않았어. 오히려 나는 그런 물건들을 사용해서 왕따까지 당했었어.

　　　나: 정말 놀랍다. 만약에 나였으면 엄청 부러워했지, 시기하지는 않았을 것 같아.

　　신디: 그런 기억 때문에 나는 중국인 친구가 한 명도 없어. 항상 백인이나 일본인, 한국인과 놀았지. 어떤 사람들은 굉장히 웃기다고 생각하겠지만 말이야.

　　　나: 오, 전혀 생각하지 못했던 일이다. 중국인들은 질투가 굉장히 심하구나.

　　아미: 물론 그것이 일반화될 수는 없어, 왜냐하면 나는 착한 중국 친구들이 몇 명 있거든. 하지만 보통 중국인들의 성격이 자기 중심적이라는 것은 사실이야.

신디의 대답이 정말 인상 깊었다. 보통 아이들은 저 정도로 질투가 심하지는 않을 것 같은데, 정말 의외였다. 따돌림까지 당했다는 신디가 정말 불쌍했지만, 한편으로는 잘 이겨낸 점에 대해서 정말 기특한 것 같다. 현재 우리 또래의 몇몇 친구들도 따돌림으로 고생을 하고 있는데, 어떠한 이유에서든지 그런 일은 없어야 한다고 생각한다.

결론적으로, 나는 이번 인터뷰를 통해 많은 것을 알게 되었다. 일단 착한 세 친구들을 만났다는 것 자체가 정말 나에게는 소중한 기회였던 것 같다. 중국에 오고 나서 새로운 사람을 만날 기회가 적었는데, 아주 독특한 세 여자아이들을 만날 수 있어서 좋았다. 세 친구들 모두 각각 자신만의 특징이 있었는데, 정말 배울 점이 많았다. 일단 나는 메이링의 웃음이 정말 부러웠다. 나는 인상이 좋지 않아서 항상 다른 사람들의 오해를 사기 마련이다. 예를 들어, 나는 그저 무표정으로 멍을 때리고 있는데, 다

일본에서 온 메이링

른 사람들은 내가 기분이 안 좋거나 화가 난 줄 아는 경우가 많이 있었다. 그럴 때마다 나는 진짜 억울했다. 그래서 일부러 인위적으로 웃음을 짓고 다니는 경우가 많았다. 근데 메이링의 웃음은 정말 자연스럽고 보면 기분이 좋아졌다. 처음 볼 때부터 미소로 나를 맞이해서 계속 그 인상이 머릿속에 남아 있다. 앞에서 이야기했던 것처럼 인터뷰를 하는 내내 나는 메이링이 얼굴을 찡그린 것을 본 적이 없다. 하지만 나는 조금만 기분이 안 좋아도 인상을

234

찌푸리고, 얼굴이 안 좋아지기 때문에, 다른 사람들의 기분을 상하게 한 적이 여러 번 있었다. 메이링의 모습을 보면서 나도 진심으로 마음에서 우러나오는 웃음을 가지고, 착한 마음을 가지자고 생각했다.

그녀에게서 또 배운 점이 있다면, 타인을 헐뜯지 말자는 것이다. 메이링은 다른 사람 이야기를 할 때, 그 사람의 좋은 점을 강조했다. 인터뷰에서 언급된 한 남자아이에 대해서 다른 사람들은 모두 나쁘다고 말했지만, 그녀는 아주 조심스럽고 차분한 말투로 그의 장점을 이야기했다. 솔직히 그 남자아이가 잘못한 점이 크기도 하고, 그것에 대해 모든 사람이 다 동의하는 상황에서 그런 말을 하는 것은 쉽지 않다. 하지만 메이링은 그의 단점을 인정하면서 동시에 그의 장점도 이야기했다. 이런 면에서 나는 메이링의 속이 참 깊다고 생각했다. 나는 항상 타인의 장점보다는 단점을 부각시키는 경향이 있었다. 그래서 어떤 사람의 단점이 한 번 보이면, 또 다른 단점이 계속 보여서 그 사람을 싫어하게 된다. 예전부터 나는 한 사람을 싫어하면 겉으로도 그것이 드러나서 정말 이런 성격은 고치고 싶었다. 최근 알게 된 것은 내가 다른 사람을 싫어하는 만큼, 다른 사람들도 나를 싫어한다는 것이다. 선행이 베푸는 만큼 돌아오는 것처럼, 증오도 하는 만큼 돌아오는 것 같다. 따라서 내가 다른 사람 욕을 하면, 나도 그만큼 안 좋게 보이고 그만큼 미움 받는다는 것을 알게 되었다. 내가 계속 부정적인 생각만 하고 산다면, 앞으로도 나는 달라질 것이 없을 것이다. 따라서 마음속의 악함을 버리고, 다른 사람의 단점보다는 장점을 보기 위해 노력해야 할 것 같다. 메이링을 통해 정말 소중한 교훈을 얻은 것 같아서 기쁘다.

다음으로 나는 설주에게서 차분함과 유머를 배웠다. 나는 항상 무슨 일이 있으면, 소위 말해 '오버'를 떤다. 그리고 잘 흥분한다. 워낙 목소리도 크고, 말투도 험해서 무언가에 반응할 때 사람들의 주의를 끈다. 그런데 설주는 항상 차분하고 침착하게 반응하고, 말투도 정말 부드러웠다. 내가 그렇지 않아서 그런 건지, 설주를 보면서 정말 부러웠다. 나는 항상 다른 사람의 말에 크게 반응해 줘야 한다는 강박 관념이 있었다. 왜냐하면, 다른 사람이 나의 말에 반응해 주지 않을 때, 약간의 섭섭함을 느끼기 때문이다. 그래서 나는 다른 사람의 기분을 상하지 않게 하기 위해 나 나름대로의 노력을 한 것인데, 돌이켜 생각해 보니, 정말 부자연스럽고 인위적인 것이 오히려 상대방에게 안 좋아 보일 수도 있다는 것을 알았다. 내가 봐도 고의적인 반응보다는 자연스러운 반응이 더 좋다. 내가 동의하지 않으면 반대 의견을 말할 수도 있는 것이고, 안 좋은 소리도 할 수 있을 수 있다는 것을 알게 되었다.

설주에게서 배운 것이 또 한 가지가 있는데, 바로 유머이다. 나는 개그에 정말 소질이 없다. 그래서 아이들이 내게 장난을 칠 때 어떤 말로 받아쳐야 할지 잘 모르겠다. 하지만 설주는 정말 재치 있는 유머로 모든 사람들을 웃기곤 했다. 저런 자연스러운 유머라니! 나에게는 전혀 없는 능력이었다. 대부분의 사람들은 유머 감각이 뛰어난 사람을 좋아한다. 나도 재치 있는 사람과 말을 하면 기분이 좋고, 내가 즐거워진다. 물론 그렇다고 해서 유머 감각을 필수적으로 가져야하는 것은 아니다. 그렇지만 사람을 기쁘게 하는 것은 좋지 않은가? 나도 언젠가는 설주처럼 자연스러운 유머 감각을 가졌으면 하는 바람이 있다.

북한에서 온 설주

마지막으로 신디에게서는 논리적으로 말하는 방법을 배웠다. 아시다시피 그녀는 모든 질문에 제일 길게 답해주었다. 그렇지만 한 번도 버벅거리지 않고, 자신의 의견을 잘 종합하여 조리 있게 잘 말했다. 나는 항상 어떤 질문에 답을 할 때, 생각을 오래 하는 편이지만, 실제로 말을 잘하는 편은 아니다. 머릿속에는 정리되어 있는데, 입으로 말을 하려 하면 마치 버퍼링이 걸린 것처럼 말을 절곤 한다. 그런데 신디는 갑작스런 질문에도 자신의 의견을 잘 정리하고, 하나의 흐트러짐도 없이 또박또박 잘 말한다. 그녀를 보면서 정말 놀랍다는 생각을 했다. 자신의 의견을 저렇게 잘 전달하는 것은 얼마

미국에서 온 신디

나 멋진 일인가! 비록 답변이 질문의 주제나 의도에서 벗어나는 경향은 있지만, 정말 똑똑한 아이라고 생각했다.

세 친구들에게서 정말 많은 것을 배웠다. 그리고 한 가지 나에게 칭찬해 주고 싶은 것은, 내가 나의 결점을 인정하게 되었다는 것이다. 예전에는 항상 나의 결점을 부인하고, 내가 다 옳다고 생각했었는데, 그 때문에 나의 문제점을 잘 보완하지 못했던 것 같다. 또 나의 문제점을 인정하는 것이 두려웠다. 내가 지금까지 틀렸다는 것을 인정하기 싫었기 때문이다. 하지만 지금은 내가 무엇이 부족한지, 무엇이 잘못 되었는지 잘 생각하고, 그것을 고치기 위해 노력하는 중이다. 물론 하루아침에 내 성격이 바뀔 수는 없지만, 조금씩 노력하다보면 더 나은 내가 될 수 있을 것 같다는 생각이 든다. 세 친구들에게 다시 한 번 감사의 말을 전하고 싶다. 또 앞으로의 나의 새로운 모습이 기대가 된다.

학교에서 만난 他人

우리 학교의 슈퍼맨
—保安官 아저씨

매일 교문을 지나면서 항상 지나치던 사람이 한 분 계신다. 바로 학교 경비 아저씨인데, 우리 학교는 총 3분의 경비 아저씨께서 24시간을 주기로 돌아가면서 학교를 지켜주신다고 한다. 그중 한 분과 인터뷰를 해보았다. 나 혼자 가기에는 아직 두려움이 있어서, 친구들과 같이 동행하게 되었다. 경비실 안은 생각보다 굉장히 좁았는데, 겨우 두 사람이 여유롭게 돌아다닐 수 있는 정도였다. 경비 아저씨는 인상이 굉장히 좋으셔서 쉽게 말을 붙일 수 있었다. 인터뷰를 통해서 내가 경비 아저씨에 대해 했던 생각이 바뀌게 되었다. 10분가량의 짧은 인터뷰였지만, 이번 인터뷰도 정말 많은 것을 배웠다고 생각한다. 그러면 이제 인터뷰의 내용을 공개하려고 한다.

(물론 인터뷰는 모두 중국어로 이루어졌지만, 한국어로 번역한 것이다. 또 경비 아저씨를 간략하게 '보안관'이라고 했으니 참고해 주시기 바란다.)

나: 안녕하세요.

보안관: 안녕하세요.

나: 성함이 어떻게 되시나요?

보안관: 제 이름은 張勝利(장승리)입니다. 공장장이지요.

　나: 오, 그렇군요. 그럼 예전에는 어떤 일을 하셨나요?

보안관: 저는 예전에 公安(공안), 경찰이었어요.

　나: (놀란 목소리로) 아, 진짜요? 신기하다.

보안관: 경찰 은퇴 후 이 학교로 오게 되었죠. 이 학교에서 이미 6년이나
근무했어요.

　나: 와, 정말 오래됐네요.

보안관: 예전에 민중지에(지역 이름)에서 일을 했어요. 어딘지 알죠?

　나: 네, 그럼요, 그럼 지금은 집이 어디에 위치해 있나요?

보안관: 지금은 鐵西(철서)에 살고 있어요.

　나: 아 굉장히 머네요? 학교에 오는 데 꽤 많은 시간이 걸리겠어요.

보안관: 맞아요. 대략 1시간 30분 정도 걸린답니다.

　나: 와, 정말 아침마다 힘드시겠어요.

보안관: 이제는 뭐 익숙해져서 괜찮답니다(웃음).

　나: 하하. 그럼 다행이네요. 그럼 다음 질문으로 넘어가 볼까요?

보안관: 네, 그럽시다.

보안관 아저씨

나: 일을 하시면서 보람을 느끼신 경험이 있나요?

보안관: 음, 보람이라면 뭐 매일 아침 학생들이 사고 없이 안전하게 등하교하는 모습을 보는 것이죠. 학교라는 장소는 정말 생각지도 못한 일들이 일어나기 마련인데, 지금까지 별다른 사고사 없었다는 것에 보람을 느낍니다.

나: 맞아요. 게다가 저희 학교는 유치원부터 고등학교까지 다양한 연령대의 학생들이 많이 있어서 더 위험할 가능성도 있지만, 보안관님 덕분에 별 탈 없이 잘 지내 온 것 같습니다. 감사합니다.

보안관: 뭐 학생들이 알아서 주의하며 생활하니까 그런 것 아니겠습니까. 오히려 제가 고맙죠(웃음).

나: 하하. 그럼 다음 질문입니다. 보안관님께서는 근무 중 가장 인상 깊은 일이 있으세요?

보안관: 음, 인상이 깊다라. 정확히 어떤 방면에서요?

나: 어떤 일이든 괜찮아요.

보안관: 음, 질문이 조금 어렵네요. 뭐 저희 학교에서는 운동회나 축제를 할 때가 가장 인상 깊다고 할 수 있죠. 특별한 날을 제외하고는 모두 똑같은 일상의 반복이니까요. 그냥 아침에 학교 문을 열어주고, 또 시간이 되면 닫아주고 하는 거죠. 저녁이 되면, 학교 전체를 확인해요. 사람이 있는지, 모든 불이 꺼졌는지, 틀어 놓은 물은 없는지 등등 말이죠. 그리고 다음 날 아침이 되면 퇴근을 해요.

　　나: 아, 다음 날 아침에 퇴근하세요?

보안관: 네. 우리 학교는 보안관이 3명 있는데, 모두 24시간을 주기로 교대를 한답니다.

　　나: 아, 전혀 몰랐던 사실이네요. 저희는 그저 학생들이 하교한 후 얼마 안 되서 바로 퇴근하시는 줄 알았어요.

보안관: 제가 지키지 않으면 학교에 누가 들어올지 몰라요. 그래서 학교에서 잠을 자는 것이 제 마음에도 편하고, 학교를 위해서 꼭 필요하답니다.

　　나: 아, 다시 한 번 감사함을 느끼는 부분이네요. 보안관님의 노고를 모르고 있어서 죄송합니다.

경비실 내부 모습

보안관: 아니에요. 모르는 것이 당연하죠. 제가 이 학교에서 6년 동안이나 일을 했지만, 학생과 대화한 기억은 굉장히 드물어요. 지금처럼 이렇게 대화할 수 있는 기회가 더 많으면 좋을 텐데, 그래도 여러분이 이렇게 와주셔서 저는 기쁩니다(웃음).

나: 저는 혹시 폐를 끼치는 것은 아닐까 걱정했는데, 그렇게 생각해주시니 다행이네요. 아, 예전에 경찰이었다고 하셨는데, 경찰이었을 때 특별히 기억에 남는 사건이 있으신가요?

보안관: 아, 제가 경찰이었을 때, 저는 기차와 관련해서 일을 했던 적이 있는데, 그때 정말 많은 특별한 경험을 했죠. 한 번은 선로 위를 걸어가는 아이를 구한 적이 있어요.

나: 네? 진짜요? 좀 더 자세히 말씀해 주실 수 있나요?

보안관: 제가 경찰이 된 지 한 4년쯤에, 정말 제 인생에서 가장 중요한 일들 중 하나라고 할 수 있는 일이 있었죠. 그날은 그저 평범한 날이었어요. 기차가 철로를 지나갈 때 거기에 가서 교통정리를 해주고 기차가 지나갈 때까지 사람들이 안전하게 지켜보았죠. 그런데 어떤 아이가 갑자기 철로 위에 나타난 거예요. 기차가 언제 올지 모르는 상황에서 그 아이가 그곳에 있으면 당연히 위험했죠. 이미 가드레일을 다 내린 상태라서 더 위험했는데, 제가 그 레일을 뛰어 넘어서 그 아이를 빠르게 낚아채 왔죠.

나: 어머 어떻게 그런 일이 있을 수 있죠?

보안관: 제가 일하던 곳이 시골인데다가, 기찻길 옆에는 많은 가정집들이 있었어요. 그래서 집 안에 잠시 혼자 있게 된 아이가 기차가 오는 것을 알리는 신호음을 듣고 궁금해서 나와 본 것 같더라구요. 그 가드레일이 사다리 모양처럼 되어 있는데, 2~3살 정도 된 아이는 구멍으로 들어갈 수 있었어요. 하지만 성인은 절대 들어갈 수 없는 크기였죠. 아마 아이가 너무 작아서 제가 그 구멍에 들어가기 전에 눈치채지 못한 것 같아요. 그래도 기차가 오기 전에 발견해서 천만 다행이죠.

나: 와, 이건 정말 평생 잊을 수 없을 이야기 같은데요. 사람의 목숨을

구하다니 정말 대단하시네요. 혹시 또 다른 인상 깊은 사건은 없으신가요?

보안관: 제가 기차에서 일했을 때, 정말 많은 사람들이 티켓을 내지 않고 무임승차하거나 날짜 지난 티켓으로 탑승을 했어요. 그런데 그것은 약과랍니다. 기차에 타면 내부에 매점 같은 곳이 있죠? 계산을 해야 하니 금고가 거기에 배치되어 있었는데, 어떤 사람은 힘이 얼마나 센지 그것을 떼서 가져갔답니다.

나: 아 그러면, 그 사람이 도둑질을 했다는 말씀이세요?

보안관: 네, 맞아요. 그런 사람이 한둘이 아니었어요. 그런데 그중 한 사람은 제 손으로 잡았답니다. 뭔가 수상한 낌새가 보이는 사람은 조사를 하는 것이 좋은 방향이라고 생각되어 그 사람의 몸과 캐리어를 수색했는데, 캐리어 안에서 돈 뭉치와 여러 개의 지갑이 발견되었어요. 예상은 했지만 정말 놀라웠답니다.

나: 와 역시 경찰은 그런 쪽에 관한 직감이 있나 봐요. 그런데 그 사람이 훔친 돈은 다 원래 주인에게로 돌아갔나요?

보안관: 아니요, 아쉽게도 그러지 못했답니다. 너무 오래된 일이라서 이유는 정확히 기억나지는 않지만, 피해자들은 단 일 푼도 돌려받지 못했답니다.

나: 이런, 안타깝네요.

보안관: 네, 저도 그렇게 생각합니다. 피해자의 입장에서 생각했을 때, 정말 분하고 억울하죠.

인터뷰를 잠깐 쉬어가도록 하자. 사실 좁은 경비실 안에는 한 분의 아저씨가 더 계셨다. 분위기가 어색해졌을 때, 농담을 던지시거나 주제를 돌려 활기를 불어넣어주셨다. 역시 보안관님도 말동무가 필요하신 것이 아니었을까라고 생각한다.

나: 네, 그럼 다음 질문으로 넘어가 볼까요? 보안관님은 평소 한국에 대해 어떤 인상을 가지고 계세요?

보안관: 저는 살면서 단 한 번도 해외여행을 가 본 적이 없어요. 그래서 한국을 가본 적이 없답니다. 하지만 저는 한국에 대해 굉장히 긍정적인 생각을 가지고 있어요. 저와 한국인들의 관계는 매우 좋아요. 정치적이나 경제적인 문제는 개개인의 관계에서 배제되어야 한다고 생각합니다. 저희 학교 선생님들과 종종 대화를 나누곤 하는데, 모두 좋은 분이신 것 같아요. 뭐 사드 문제로 여전히 긴장감이 조성되는 분위기지만, 그럼에도 불구하고 저는 개인적으로 한국을 좋게 생각한답니다.

나: 맞아요. 저는 개인과 개인 사이의 관계에서는 그 사람들의 생각이 중요하지, 국가적인 차원의 문제점들이 개입되어서는 안 된다고 생각해요.

보안관: 그래요. 저는 그냥 지금 지켜보는 학생들이 열심히 공부해서 좋은 대학에 합격했으면 하는 바람이 있네요. 이제 입시가 1년도 안 남았죠?

나: 맞아요, 내년 이맘때쯤이면, 모든 입시가 끝날 거예요.

보안관: 모두 한국에서 제일 좋은 대학 '서울대'에 가기를 바랄게요.

나: 아, 그건 불가능하지만, 어쨌든 감사합니다(웃음). 덕분에 원하는 대학에 합격할 수 있을 것 같네요.

보안관: 열심히 노력만 하면, 모든 할 수 있을 거예요!

나: 네. 저도 그렇게 생각해요(웃음). 그럼 마지막 질문입니다. 혹시 보안관님은 '박지원'의 '열하일기'를 아시나요?

보안관: 뭐라고요? 무슨 일기요?

나: 조선 시대 유명한 학자인 '박지원'이 쓴 '열하일기'요.

보안관: 아니요. 전혀 들어보지 못 했어요. 무엇에 관한 책이에요?

나: 박지원이라는 학자가 청나라 건륭황제의 탄신일을 축하하기 위해 사절단 신분으로 중국을 여행하면서 일기처럼 쓴 글을 모아 놓은 책이에요.

보안관: 저는 한국의 책에 대해 문외한이라서 죄송하지만 잘 모르겠네요 (웃음). 일기라면 저도 매일 쓰는데.

나: 아, 진짜요? 그럼 보통 일기에는 무슨 내용을 쓰세요?

보안관: 저는 보통 일을 하면서 하루 동안 있었던 일을 써요. 뭐 내용이

매일 비슷하긴 하지만 그래도 일기를 써두면 나중에 볼 때 굉장히 뿌듯하죠.

　　나: 맞아요. 저도 한 때 일기를 쓰곤 했는데, 거의 한 달도 안 돼서 안 쓰게 되는 것 같아요. 하지만 보안관님은 거의 매일 쓰신다고 하니 놀라울 따름입니다.

　보안관: 별 것 아닌데 어려운 일들 중 하나가 바로 일기 쓰기인 것 같아요. 약 10분만 투자하면 할 수 있는 일이잖아요. 하지만 소모되는 시간보다 말할 수 없을 정도로 큰 가치를 지니고 있답니다.

　　나: 예를 들자면 어떤 방면에서요?

　보안관: 일기를 쓰면 내 자신을 돌아보게 돼요. 하루를 돌이켜 보면서 내가 무엇을 잘 했는지, 무엇을 잘 못했는지 알 수 있게 되죠. 이렇게 문제점을 인식하고 의식적으로 그것을 해결하려고 하면, 어느새 그 문제점들이 사라지고 더 나은 내가 되는 것이죠. 이것 말고도 정말 여러 가지 장점이 있지만, 시간 관계상 여기까지만 말하도록 하겠습니다.

　　나: 네, 감사합니다. 인터뷰는 여기서 마무리하도록 하겠습니다. 혹시 더 하고 싶으신 말씀 있나요?

　보안관: 이렇게 직접 찾아와서 대화도 같이 나누고 하니 정말 좋았어요. 매일 지각하는 학생 맞죠?

　　나: 네, 맞아요(웃음). 다 알고 계셨네요.

　보안관: 당연하죠. 매일 교문 닫을 때 학교에 도착해서 아주 인상 깊어요.

　　나: 하하…… 다음부터는 늦지 않도록 하겠습니다.

　보안관: 그래요. 말 걸기 어려웠을 텐데 먼저 다가와 줘서 고마워요.

　　나: 아니에요, 인터뷰에 흔쾌히 응해 주셔서 제가 더 감사하지요.

　보안관: 그래서 뭐 얻은 것은 좀 있나요?

　　나: 네, 아주 많아요. 일단 보안관님이 저희를 위해 많은 노력을 해주신다는 것을 깨달았어요.

　보안관: 아니에요 별 거 아닌데요 뭐. 그저 제가 할 일을 할 뿐이랍니다.

　　나: 그래도 정말 감사합니다. 힘드시겠지만, 앞으로도 저희 학교 잘

부탁드립니다.

　보안관: 물론이죠. 어떤 문제가 있으면 바로 와서 말해 줘요. 제가 바로 바로 해결해 줄게요.

　　나: 네, 감사합니다!

　보안관: 아, 그리고 심심하고 할 것 없을 때, 자주 찾아와줘요. 오늘처럼 재밌는 이야기를 많이 나눴으면 좋겠네요.

　　나: 물론이죠. 오늘 인터뷰하시느라 정말 수고 많으셨습니다. 다시 한 번 감사드려요!

　정말 많은 것을 얻은 인터뷰였다. 제일 먼저, 우리를 위하여 일해주시는 경비 아저씨의 노고를 이제야 깨달았다. 나는 경비 아저씨가 밤새도록 학교에 남아 우리 학교를 지켜주시는 줄 전혀 모르고 있었다. 그저 학생들의 안전을 위해 묵묵히 일해 온 경비 아저씨들의 노고를 몰라왔던 내가 정말 부끄러워지는 것 같다. 나는 거의 매일 지각하기 때문에 아침에 교문 밖으로 나와 계시는 경비 아저씨를 본 적이 많다. 그때마다 나는 바삐 뛰어가느라 그동안 인사도 잘 못 드렸다. 이제 와서 생각해 보니, 나의 작은 아침 인사 한 마디가 그 분들에게 정말 많은 힘이 될 수 있었을 것 같다. 관찰한 결과, 학교차에서 내려서 경비 아저씨에게 인사하는 아이들은 매우 적다. 하지만 몇몇 아이들은 인사를 하는데, 그럴 때마다 경비 아저씨의 표정이 정말 밝아졌다. 정말 별 것 아닌 것이 누군가에게는 일상을 벗어난 큰 행복이 될 수 있다는 것을 알게 되었다.

　내가 작은 것에 행복을 느낀 적이 있을까? 곰곰이 생각해 봤지만, 최근에는 그런 일이 많이 있지는 않은 것 같다. 시험을 잘 보거나, 원하는 물건을 사거나 등등 일상적인 것에서 행복을 느끼지만, 그런 것들은 여운이 없고 빨리 사라지기 마련이다. 하지만 소소한 행복은 여운이 크고 다른 사람들에게 자랑하고 싶을 만큼 기분이 좋아진다. 사실 행복이란 무엇인지 잘 모르겠다. 물질적인 것일까, 아님 추상적인 것일까? 나는 항상 내가 행복하다고 생각하면 내가 그럴 자격이 있나라고 의심하곤 한다. 모든 일이 순조롭게 풀리면 그것이 이상하다고 생각하기 때문이다. 항상 무언가 실수를 하며 살아왔기 때문인지, 모든 것이 완벽하게 풀린 날은 의심부터 하게 된다. 하지만 이제는 달라질 수 있다. 나는 앞으로 내가 행복할 수 있다는 생각을 가질 것이다. 경비 아저씨처럼 작은 것에도 행복을 느끼는 아주 긍정적인 사람이 되고 싶다.

또 한 가지 경비 아저씨에게 배운 점이 있다. 바로 다른 사람을 배려할 줄 아는 마음이다. 솔직히 갑자기 인터뷰 요청을 하면 누구나 당황하기 마련이다. 하지만 경비아저씨는 누구보다 환한 웃음으로 나를 맞아주셨다. 이번에도 딱히 질문을 준비해 간 것이 아니라서 중간중간 내가 버벅거리는 경우도 있었는데, 그럴 때마다 먼저 이야기를 꺼내주시고, 괜찮다고 말해 주셨다. 갑작스럽게 인터뷰를 하자고 했는데, 질문도, 답도 제대로 못하면 얼마나 당황스러울까. 나였으면 약간 기분이 좋지 않았을 수도 있다. 하지만 경비 아저씨는 오히려 자기가 감사하다며 나를 다독여주셨다. 나는 언제쯤이면 저런 넓은 마음을 가질 수 있을까? 나는 알고 보면 굉장히 속 좁은 사람이다. 다른 사람에게는 아무것도 아닌 것이 나에게는 굉장히 상처가 되고 부정적으로 다가오는 경우가 굉장히 많다. 그리고 성격이 쿨하지 못해 상대방이 무엇인가를 잘못하면 그 기억이 오래 남는다. 게다가 굉장히 찌질(?)해서 다른 사람이 나에게 한 만큼, 나도 되갚아줘야 한다는 생각을 가지고 있다. (이렇게 보니 내가 정말 인성 파탄자 같다.) 모두 다 알겠지만, 이것은 굉장히 나쁜 버릇이다. 옛날보다는 조금 덜한 경향이 있지만, 아직도 고쳐지지 않아서 문제이다. 게다가 나는 감정이 겉으로 잘 드러나는 사람이라서 싫으면 확 티가 나버린다. 하루 빨리 이런 나의 문제점들을 고치고 싶다. 경비 아저씨를 통해서 나의 결점을 상기시키고, 새로운 것을 배우게 되어 정말 기분이 좋다. 역시 사람은 타인과의 교류가 있어야 더 훌륭한 사람이 될 수 있는 것 같다. 앞으로도 다양한 사람들을 만나며, 더 발전된 내가 되길 바란다.

우리 학교의 成將(수장)

─송인발 교장 선생님

아침에 등교를 하면, 제일 먼저 마주치는 분이 바로 우리 학교의 송인발 교장 선생님이시다. 매일 지각하는 나지만, 그때까지도 학교 정문에서 계셔서 학생들을 반겨주신다. 거의 하루도 빠짐없이, 제일 먼저 등교하는 학생들과 제일 늦게 등교하는 학생들까지 직접 인사를 받아주신다. 선양 한국 국제학교만의 특징이라고 하자면 그럴 수 있겠다. 우리 학교에 처음 오신 송인발 교장 선생님께서는, 굉장히 관대한 마음으로 학생들을 대해 주신다. 아무리 학생 수가 적다고 하더라도, 300여 명 가까이 되는 사람들의 이름을 외우기는 어려운데, 교장 선생님께서는 거의 모든 학생들의 이름을 알고 계신다. 처음에 선생님께서 나의 이름을 알고 계신다는 것에 적잖이 놀랐다. 나같이 평범하고 특징 없는 학생의 이름을 아시다니, 정말 감사했다. 우리 학교를 제일 잘 아시는 분인 교장 선생님을 인터뷰하기 위해서 조금 망설여졌지만, 인터뷰 요청을 흔쾌히 받아주시니 정말 감사했다. 짧은 인터뷰였지만, 정말 좋은 말씀들을 많이 해주셔서 정말 감사하다. 그럼 아래의 인터뷰 내용을 같이 살펴보자.

(교장 선생님은 간단하게 '선생님'이라고 표현하겠다.)

　　나: 안녕하세요.

선생님: 안녕하세요. 정말 반가워요.

　　나: 네, 저도 정말 반갑습니다. 그럼 첫 번째 질문부터 시작할까요?

선생님: 네, 그러죠.

　　나: 이 학교에 어떻게 오게 되셨는지 궁금해요.

선생님: 아 이거 다른 인터뷰에서도 답했던 질문 같은데(웃음). 음, 어떻게 오게 되었나. 원래 제가 교사를 20년을 하고, 교육 행정 관련 일은 10년 했는데, 특히 이 재외 학교에 근무하는 계획을 장기적으로 설정했었어요.

그런데 마침 이 학교에 자리가 비었다고 해서 이 학교에 가보라는 주변인들의 권유를 통해 우리 학교에 오게 되었습니다.

　　나: 아, 그렇군요. 그럼 저희 학교 학생들에 대한 인상은 어떠신가요?

　선생님: 음. 학생들이 정말 맑은 것 같아요. 한국의 학생들과 비교했을 때, 이곳의 학생들이 조금 더 착하고 순수한 것 같아요. 여기 학생들의 사고가 조금 더 자유롭고 때 묻지가 않아서 흡수력이 정말 빠른 것 같아요. 특히 우리가 열하일기 캠프를 할 때, 하루는 작가분들이 강의를 하고, 하루는 학생들이 준비한 자료를 발표를 했잖아요. 그런데 발표할 때 보니까, 저렇게 짧은 시간에도 불구하고, 저 정도의 퀄리티이면 학생들이 정말 무한한 잠재력을 가지고 있다고 생각했어요. 국내 학생들은 굉장히 경쟁력이 심한 사회 속에서 살다 보니까, 뭔가 파고들 틈이 없잖아요. 그런데 여기는 뭔가 던져주면, 자기만의 방식으로 표현해낼 줄 아는 것을 보고, 그런 발전 가능성 잠재력이 정말 많다고 생각했어요.

　　나: 맞아요. 확실히 그런 경향이 있긴 하죠. 여기는 학생들이 한국만큼 치열하진 않은 것 같아요. 그럼, 다음 질문 드릴게요. 교직 생활 중에 인상 깊거나 특별한 경험이 있으신가요?

　선생님: 혹시 학생이 묻고 싶은 것이 사람의 관계에 대한 것이에요?

　　나: 아니요. 질문은 모든 분야를 다 포함해요.

　선생님: 음…… 선생님이 교직 생활을 하면서 첫 수업에 들어갈 때 항상 하는 이야기가 있어요. 저와 학생들은 '선생님과 학생'으로 만났지만, '스승과 제자'의 관계로 발전하면 좋겠다라는 것이에요. 모든 관계는 서로가 노력하는 것이 바탕이 되고, 서로 존중하고 상대방의 기대에 부응하려고 하는 것이 중요하다고 생각합니다. 이것이 학생에게만 해당되는 것이 아니라, 선생님에게도 해당되어야 한다고 생각해요. 제가 학교와 공백이 있은 지 10년 정도인데, 저를 찾아오는 학생이 아주 드물어요. 그런데 아직도 저와 연락하고 저와 만나는 제자가 몇 명 있는데, 그중 제 인상에 깊은 학생은 지금 변호사가 되어서 법조계에서 일을 하고 있어요. 그 학생의 직업이 변호사라서

기억에 남는 것이 아니라, 그 학생의 꿈에 관해서 인상이 깊네요.

나: 자세히 알려 주실 수 있나요?

선생님: 그 학생은 중학교 때 시집도 발간하고, 문학에 관해서 정말 뛰어난 소질을 갖고 있었어요. 그래서 대학도 자기가 원하는 과로 진학했구요. 하지만 졸업하고 나니 막상 자신의 적성에 맞는 직업이 없는 거예요. 국어 국문학과를 나와서 보통 갖는 직업이 기자 아니면 작가인데, 작가를 하자고 하기엔 경제적인 측면에서 어려움이 있고, 기자가 되면 다른 사람의 약점을 봐야 하니까 그것이 싫었나 봐요. 그래서 결국 학원 강사가 되었는데, 부모님의 의견을 따라 로스쿨에 진학하고 결국에 지금은 변호사가 되었어요.

나: 결국은 부모님이 원하는 직업을 갖게 된 것이네요?

선생님: 네, 맞아요. 자신이 좋아하는 것보다는 부모님의 의견에 따라 직업을 결정한 셈이죠. 그래도 다행인 것은 변호를 할 때, 변론을 작성할 때 글을 쓰는 것이 도움이 된다고 해요. 그때는 자신의 특성을 살릴 수 있긴 하죠. 결론은, 학생들이 자신의 진로를 빨리 결정하고 그것에 맞는 정확한 목표를 세워야 한다는 것을 말해 주고 싶은 거예요(웃음). 이제 마지막 질문이네요?

나: 네, 맞아요. 마지막 질문이네요. 선생님께서는 앞으로 학교를 어떤 정신과 어떤 방식으로 운영하실 계획이세요?

선생님: 사실 이 학교에 올 때, 논리적인 측면에서 이 학교의 발전을 요구하는 의견들이 굉장히 많았어요. 제가 중국에 있는 다른 국제학교들을 4군데 가 보고, 교장 협의회 등에서 만나서 그러한 사항들에 관해 이야기를 하는데, 우리 학교가 시설 등을 포함한 여러 가지 방면에서 제일 안 좋았어요. 그리고 학교가 위치적으로 굉장히 좋지 않은 곳에 있어서 학교를 신축할 계획 같은 것을 안고 왔지만, 학교 사정상 거의 불가능하고, 저 혼자로는 굉장히 힘들기 때문에, 장기적인 목표를 세워야 하지 않나 싶어요. 또 저는 우리 학교 학생들이 선양의 장점을 살린 인재로 성장하면 어떨까라는 생각을 해요. 손에 잡히지 않는 추상적인 이야기지만, 생각하면 굉장히

간단해요. 심양에서 보낸 세월이나 시간들을 이용해서 학생들이 선양의 장점, 더 나아가서 중국의 장점을 흡수해서 그런 장점들을 활용할 수 있는 인재로 커가고, 우리나라의 국력에 도움이 되는 사람이 되었으면 하는 바람이 있네요. 대부분이 국내 대학으로 진학하는데, 이곳에서 경험했던 것을 살려서 자신만의 장점으로 만들어 우리나라에 도움이 되는 인재가 되었으면 좋겠습니다.

나: 정말 좋은 말씀이네요. 저도 그렇게 될 수 있도록 열심히 노력하겠습니다. 오늘 인터뷰는 여기서 끝내도록 하겠습니다. 소중한 시간 같이 나눠주셔서 정말 감사합니다!

교장 선생님께서 정말 좋은 말씀을 많이 해주셔서 조금 감동을 받았다. 갑자기 찾아갔음에도 불구하고, 많은 교훈을 주신 교장 선생님께 다시 한 번 감사하다는 말씀을 전해드리고 싶다. 정말 갑작스런 질문이었지만, 주제에 맞는 정확한 답변을 해주셔서 너무 좋았다. 딱 4개의 질문을 준비해가서 인터뷰가 너무 빨리 끝나면 어쩌지라는 생각을 했지만, 예상보다 더 오래 해서 죄송하면서도 감사드린다. 역시 교사 생활을 오래 하신 분은 정말 많은 것을 알고 계신 것 같았다. 자신의 생각을 뚜렷하게 잘 표현하시는 것을 보고 나도 나중에 저렇게 되었으면 좋겠다라는 생각도 했다. 또 가장 인상 깊게 배운 점이 한 가지 있는데 그에 대해서 이야기해 보려 한다.

선생님께서 해주신 말씀 중에, 자신의 제자에 관한 이야기가 있었다. 자신이 아니라 부모님의 꿈을 좇은 그분의 이야기가 정말 내 가슴에 와닿았다. 우리 엄마는 내가 하고 싶은 일이면 뭐든 지원해 줄 의향이 있다고 한다. 그리고 한 번도 나에게 이러한 직업을 가졌으면 좋겠다라고 말한 적이 없다. 이런 면에서는 정말 개방적인 분이신 것 같다. 하지만 어떻게 보면 관심이 많고 생각을 많이 해주기 때문에 직업을 강요하는 것이라고 볼 수 있다. 부모님의 의견에 따른 직업 선택보다 내가 교장 선생님의 말씀에서 감명을 받은 부분은, 빨리 내 진로를 정하고 그에 따른 정확한 목표를 가지라는 것이다. 나도 지금은 정확한 꿈을 가지고 있다. 그에 따른 정확한 목표도 가지고 있는데, 내가 지금 대학에 진학하면서 그것보다는 대학의 네임밸류를 보고 있다는 것이 문제점이라고 할 수 있다. 물론 좋은 대학을 가는 것이 나쁠 것은 없다. 하지만 내가 지망하는 학과가 나의 꿈과 관련이 전혀 없다면, 그것은 아주 큰 고민이 될 수밖에 없다. 좋은 대학에 들어가기 위해 무조건 경쟁률이 낮은 과만 찾아보게 되니, 내가 원하는 과는 경쟁률이 높아 처음부터 제쳐놓게 된다. 하지만 이것이 진정으로 옳은 선택인지는 잘 모르겠다. 그러나 교장 선생님의 말씀을 듣고, 내가 원하는 과를 선택하는 것이 현명한 것이라는 것을 알게 되었다. 물론 아직 좋은 대학에 대한 미련은 조금 남아 있지만, 그래도 나는 나의 꿈을 위해 더 열심히 노력할 것이다. 다시 한 번 큰 깨달음을 주신 송인발 교장 선생님께 감사의 말씀을 전하고 싶다.

책을 마무리하며……

    내가 책의 마무리 부분을 쓰게 될 날이 오다니, 정말 감격스럽다. 2017년 8월 말부터 11월 초까지 이 책에 정말 많은 노력을 기울였다. 솔직히 처음에는 훨씬 더 많은 페이지를 생각했었다. 누구나 다 그렇듯 처음에는 의욕이 넘치기 마련이다. 또 한편으로는 굉장히 막막했다. 학교에서 글짓기를 할 때나 원고지 2~3장 정도 분량의 글을 써봤지, 이렇게 긴 글은 전혀 써본 적이 없다. 일단 주제 잡기부터 굉장히 어려웠다. 내가 열하일기에서 어떤 것을 끄집어낼 수 있을까? 동아리에서 정말 많은 활동을 하며, 조금씩, 조금씩 내 책의 전체적인 분위기를 찾아갈 수 있게 되었다. 그래도 내가 이 정도를 썼다고 생각하면 가슴이 벅차오른다.

    나는 언제나 죽기 전에 책을 한 권 출판해야겠다는 목표가 있었다. 그런데 그것도 말로만 그런 것이지, 전혀 실천하려고 하지 않았다. 이 동아리에 들어오기 전에, 책은 아무나 쓸 수 있는 것이 아니라고 생각했다. 또 나 같은 사람들이 책을 쓰는 것은 아마추어가 프로 행세를 하는 것이나 마찬가지라고 생각했다. 하지만 지금 와서 생각해 보니, 나는 정말 경솔했던 것 같다. 처음에는 정말 내 목표를 성취하기 위해 이 동아리에 들어와 순수하게 내 생각을 담으려 했다. 하지만 시간이 지나면서 내 이익을 추구하고 어떻게 하면 나에게 도움이 될지를 우선으로 생각했다. 나는 또 한 번 경솔했다. 책은 어떤 개인의 이익을 위한 목표가 있으면 잘 써지지 않는다는 사실을 간과했다. 사실 지금 대학 입시를 앞두고 굉장히 중요한 시기라서 대학에 관한 생각을 많이 하게 된다. 물론 처음부터 좋은 대학에 가기 위해 이 동아리에 들어온 것은 아니었다. 하지만 생각해 보니 책 쓰기가 내 미래에 정말 큰 도움이 될 것 같아서 눈앞의 이익만을 생각하고 멀리 보지 못 했던 것 같다. 책을 쓰다가 중간에 이런 생각을 했을 때 정말 거짓말처럼 책이 써지지 않기 시작했다. 내가 정말 바보같이 느껴졌다. 내 원래의 순수한 목표가 내 이익 추구로 더럽혀진 것 같았다. 하지만 선생님의 따끔한 충고 덕분에 여기까지 올 수 있었던 것 같다.

그리고 앞에서 말했듯이 나는 아무나 책을 쓸 수 없다고 생각했다. 기존의 책들을 보면 너무 완벽해서 나 같은 일반인이 책을 스면 엄청난 차이가 날 것이라고 생각했다. 참 나라는 사람은 정말 경솔한 것 같다. 하지만 이제는 알고 있다. 책은 누구나 언제든지 쓸 수 있다는 것을 말이다. 나같이 둔한 사람도 책을 쓸 수 있는데, 누군들 못할까. 사실 나는 책을 쓰는 것을 엄청 거창한 것이라고 생각했다. 그래서 더 그랬던 것 같다. 하지만 우리가 일기를 쓰듯이 책도 내 생각을 잘 녹여낸다면 정말 쉬운 일이 될 수 있다. 이 말은, 우리가 쓰는 모든 것, 예를 들어 일기 같은 것은 책이 될 수 있다는 말이다. 누구나 다 무언가를 처음으로 도전할 때는 막막하고 두려울 것이다. 하지만 진심과 쓸 것만 있다면 누구든지 훌륭한 '작가'가 될 수 있다.

책을 쓰면서 또 느낀 것은, 사람들은 책의 가치를 판단할 수 없다는 것이다. 예전에는 나도 책에 대해 함부로 평가를 내렸었다. '이 책은 재미없어', '이 책은 주인공이 마음에 안 들어' 등등 책의 디자인이나 표지부터 내용까지 거침없이 평가했다. 하지만 이제는 책은 함부로 평가할 수 있는 것이 아니라는 것을 알게 되었다. 책은 저마다의 가치를 가지고 있고, 누군가에게는 굉장히 소중한 자식과 같이 중요하다는 것을 깨달았기 때문이다. 물론 내용이 진부하다거나 어색할 수는 있다. 하지만 작가는 단어 하나 하나를 생각하고 자신의 비밀 이야기도 꺼내며 독자들에게 어떻게 읽힐지 배려해가며 책을 쓴다. 정말 많은 노력이 책을 쓰는데 필요하다. 우리는 그러한 노력을, 책의 가치를 모르고 함부로 등급을 나누면 안 될 것 같다는 생각을 했다.

마지막으로 책을 내면서 중간에 포기할까라는 생각을 정말 많이 했다. 하지만 이렇게 내 진심을 담은 책이 나오니 정말 이루 말할 수 없이 뿌듯하다. 밤을 새가며 학교에서 틈틈이 쓴 책이라 더 애착이 간다. 물론 처음이다 보니 정말 어색할 부분들이 많은 것은 당연하다. 하지만 이 책을 읽는 독자들에게 내 진심만 전해진다면 나는 그것 자체만으로도 엄청난 성공을 거둔 것이다. 이 책을 읽는 모든 분께 감사의 말씀을 전하며, 이 책을 통해 단 하나라도, 정말 사소한 것이라도 새로운 깨달음을 얻었으면 하는 바람이다. 다시 한 번 나에게 이런 책을 쓰라고 했을 때 나는 쓰지 못할 것이다. 이것은 내 노력의 산물이니 조금 미흡하더라도 감안해 주셨으면 하는 바람이 있다. 다시 한 번 독자들에게 감사의 말을 전하며 이 이야기를 마무리하겠다.

'너나들이 책 쓰기 동아리.' 문학을 사랑하는 학생들이 모인 우리 동아리는 김은숙 선생님의 지도하에 2015년부터 2017년 현재까지 10권이 넘는 책을 엮어냈다. 그리고 2015년부터 3년 동안 매년 교육부 주관 '전국 학생 책축제'에 유일무이한 재외한국학교로 참가해 독자들로부터 큰 사랑을 받았다. 특히 2017년도에는 교육부 우수 작품으로 선정돼서 우리들의 책이 정식 출판되기에까지 이르렀다. 우리 동아리는 관찰하기, 토론하기 등과 같은 다양한 활동들을 통해 우리가 보다 넓은 시야를 가질 수 있도록 했고, 자신이 주체가 되어 책임감을 가지게 함으로써 뛰어난 문제 해결능력과 더욱 깊은 사고를 가질 수 있도록 했다. 책쓰기 동아리를 통해 나는 꿈을 찾았고, 꿈을 향한 길을 찾았다. 책쓰기 동아리는 우리 모두에게 평생 잊지 못할 하나의 추억이자 경험이 되었다. 너나들이 책쓰기 동아리. 선양한국국제학교의 자랑이자 우리의 자랑이다.

— 권지유(중국 선양한국국제학교 12학년)

선양한국국제학교 최고의 자랑! '너나들이 책쓰기 동아리'는 최강미모, 지성을 갖추신 김은숙 선생님의 지도로 '책쓰기'를 통해 발전된 삶을 꿈꾸는 고등학생들이 모여 '열하일기'를 주제로 책을 엮었다. 책쓰기 동아리라고 하여 단순히 글쓰기에만 집중하는 것이 아니라 진로, 중국에서의 삶을 돌아보는 시간을 통해 자신의 꿈을 향해, 더 나은 삶을 향해 나아갈 수 있는 글쓰기를 하고자 했다. 또한 학교 내에서 가장 활동이 활발한 동아리로 3년 연속 재외한국학교 중에서 유일하게 교육부 주관 〈전국 책축제〉에 참여한 멋진 동아리이다.

— 이지은(중국 선양한국국제학교 12학년)

〈너나들이〉, 이름부터 눈에 띈다. 스프링처럼 어디로 튀어나갈지 모르는 개성만점 김은숙 선생님의 지도하에 3명의 아기 새들이 성장한 곳. 책쓰기라는 것이 말로는 쉬워 보이지만, 실상은 그렇지 않다는 것을 깨닫게 된 곳. 인생의 喜怒哀樂을 느낄 수 있었던 곳! 평범하지 않은 이 동아리가 《열하일기》를 만나 여러 가지 상상할 수조차 없었던 이야기들을 만들어냈다. 사실 책을 써냈다는 것 자체가 믿기지 않는다. 나같이 부족한 사람이 어떻게 책을…? 하지만, 〈너나들이〉를 통해 결국엔 진정한 나를 찾게 되고 자신감도 찾게 되었다. 또한, 세 명의 아기 새들이 책 쓰기를 통해 날개를 펼칠 수 있게 되었다. 〈너나들이〉는 한마디로, 아프로디테보다 더욱 매력적인 동아리인 것 같다.

— 김윤정(중국 선양한국국제학교 12학년)